Citoyen et Voyageur

Par

Kétévi Adiklè Assamagan

Publisher: African Travelers Press—Wading River, NY
ISBN: 978-0-692-08639-1
Library of Congress Control Number: 2018903542
Citoyen et Voyageur/ Kétévi Adiklè Assamagan
Digital distribution I African Travelers Press 2018
Paperback I African Travelers Press, 2018

Courriel : keteviassamagan@gmail.com

Dédicace

À la mémoire de mes parents Marie-Jeanne Afiwa et Alphonse Koumou Lanta.

Version originale en anglais de Kétévi Adiklè Assamagan

Traduction officielle en français de Kétévi Adiklè Assamagan

Version française éditée par :

Joseph Correa, jocorrea60@gmail.com
Nadège Grand, nadege_grand@yahoo.fr

Chapitre Un
Arrivée

Il y a plusieurs années, Kovi quitta l'Afrique pour la première fois au départ de Dakar. Il s'agissait d'un vol d'Air Afrique et l'avion gros porteur était plein. Il roula pendant un long moment sur la piste avant d'atteindre la vitesse de décollage. Au fur et à mesure que l'avion gagnait de l'altitude et de la distance, l'Afrique s'éloignait davantage. Par le hublot, Kovi ne pouvait voir que le vaste étendu d'eau—l'Océan Atlantique. Il avançait vers l'Amérique. Il était jeune et seul, en quête du bonheur.

La veille de son départ, on avait emmené Kovi consulter un vieux gourou qui avait effectué des rituels afin d'éloigner les mauvais esprits pour voyager en toute sécurité.

Kovi et son père, Papa Kodjo, s'étaient dit au revoir en quelques mots. Au moment de monter dans la voiture, Kovi s'était retourné. De nombreuses personnes étaient réunies—des membres de la famille et des amis. Certains étaient en larmes, parce qu'ils ne savaient pas quand ils reverraient leur bien-aimé Kovi. Papa Kodjo était chrétien d'une église évangélique et les membres de la congrégation — y compris le pasteur — étaient parmi la foule et priaient.

Kovi avait remarqué que Papa Kodjo n'était plus dans la foule. Il s'était retiré dans sa chambre. Kovi avait embrassé et étreint tout le monde, en particulier sa mère, Afi Da, qui, les larmes aux yeux, lui conseillait d'éviter les pièges et d'être attentif aux anges sur son chemin.

Kovi était ému et embarrassé parce que Da Afi pleurait et gémissait à la pensée de laisser son fils faire un voyage vers l'inconnu.

Kovi avait voyagé en voiture jusqu'à la capitale où il avait pris un vol pour Abidjan. Après quatre heures d'attente, Kovi avait pris un autre vol d'Air Afrique, avec une escale à Dakar, avant une traversée de sept heures au-dessus de l'Océan Atlantique pour enfin arriver à New York.

Kovi arriva à l'aéroport JFK un samedi et remarqua immédiatement qu'il était incapable de comprendre les Américains, en dépit de son bon niveau d'anglais. Eux ne le comprenaient pas non plus. Kovi avait un fort accent. À l'hôtel, il alluma la télévision en espérant que s'il écoutait attentivement, il commencerait à comprendre peu à peu. Après un moment, il éteignit la télévision avec un sentiment de frustration et de désespoir et s'assit tranquillement sur le lit. Il pensait que les leçons de conversation en anglais dans son pays d'origine avaient été de peu d'utilité et se demandait comment pourrait-il suivre des cours en anglais et finir ses études avec succès.

Il regrettait soudain d'être venu en Amérique et pensait qu'il aurait plutôt dû aller en France. En effet, le Français demeure la langue de l'éducation et des affaires dans son pays. De l'école primaire jusqu'à l'université, l'enseignement se fait en français. Avec une richesse d'informations en littérature française, littérature francophone de l'Afrique et les contacts entre les deux pays, les étudiants de son pays deviennent compétents en français et ont tendance à aller en France pour poursuivre des études supérieures. Beaucoup d'amis et collègues de Kovi étaient partis pour la France. Pourquoi avait-il décidé d'aller en Amérique au lieu d'aller en France ?

Avant son arrivée, l'idée d'aller en Amérique lui avait généré beaucoup d'excitation et d'envie. Comment avait-il été capable d'obtenir une bourse universitaire aux États-Unis d'Amérique ? L'ultime pays industrialisé du monde, le pays des opportunités, le pays des courageux ! Pour beaucoup de sa génération, aller en Amérique était la meilleure option, mieux que toute autre alternative. Pourtant, le voilà, seul et incapable de comprendre quoi que ce soit, même pas assez pour se déplacer dans New York durant cette première fin de semaine.

Kovi avait quelques dollars pour tout le week-end — ceux qu'on lui avait donnés quand il avait converti des Francs de l'Afrique de l'Ouest avant son départ. « Le taux de change était injuste », se disait-il. Néanmoins, ce qu'il avait devait lui suffire pour tout le week-end jusqu'à lundi, au moment où il était attendu à l'agence qui gérait son programme de bourses.

Kovi fut surpris la première fois qu'il acheta quelque chose aux États-Unis. Son premier achat fut un hot dog au coin d'une rue. Il convertit ce qu'il avait payé dans la monnaie qu'il connaissait bien et fut horrifié par le coût du hot dog.

Il devait gérer ses quelques dollars restants pour tenir jusqu'à lundi. Il devint inquiet et essaya, à maintes reprises, de demander le prix avant tout achat. Souvent, les gens ne le comprenaient pas dans son fort accent et quand ils le comprenaient, Kovi n'était pas en mesure de saisir leurs réponses. Il était soulagé le lundi matin quand on lui donna beaucoup de dollars et un billet d'avion pour poursuivre son voyage vers sa destination finale à l'intérieur du pays.

Kovi prit un vol pour Saint Louis et s'assit à côté d'une belle jeune femme qui avait à peu près son âge. Elle était mince, avait un nez pointu, de fines lèvres brillantes et des yeux bleus radieux qui étaient souvent couverts par ses longs cheveux auburn. La jeune femme tenta à maintes reprises de parler à Kovi. Impossible de la comprendre et conscient de son accent, Kovi n'osait rien dire. La jeune fille allait peut-être penser qu'il était sourd ou muet, ou les deux. Néanmoins, elle demeura amicale avec Kovi, qui réduisait ses échanges aux sourires et rires.

À Saint Louis, elle aida Kovi à trouver sa correspondance. Kovi prit quelques secondes pour consulter les écrans d'affichage et quand il se retourna, la jeune femme avait disparu. Il regarda autour de lui mais ne la trouva pas. Il ne pouvait qu'observer la mer de têtes — avec différents styles et couleurs de cheveux qui se dirigeaient vers la zone de récupération des bagages. Alors il pensa que la jeune femme devait être un ange envoyé par le Tout-Puissant pour l'aider dans cette étape de son voyage. Il se rappela les instructions que Da Afi lui avait laissées avant son départ, qu'il devait prêter attention et rendre gloire à Dieu, car il y avait des anges faits hommes et envoyés pour l'aider. Il ne s'était pas rendu compte qu'il avait voyagé avec un ange. « Mon Dieu ! » se dit Kovi.

Kovi fut accueilli à l'aéroport par un des agents de l'institut qui administrait son programme de bourses. Par la suite, il passa plusieurs jours chez un autre étudiant de son pays. Cet arrangement avait été fait avant son arrivée et avait pour but de lui donner assez de temps pour trouver son propre logement avec l'aide des étudiants qui étaient déjà bien installés. C'était une petite ville avec une université d'état qui attirait de nombreux étudiants internationaux. Certains d'entre eux étaient là pour des cours de renforcement intensif en anglais avant le démarrage des études dans une autre université pour certains. Kovi était parmi ces étudiants qui avaient besoin de renforcement.

Chapitre Deux
Leçons d'anglais

Peu après son arrivée, Kovi écrivit une lettre à sa famille. Dans cette dernière, il aborda son voyage et leur assura qu'il était bien arrivé. Il ne pouvait pas leur téléphoner parce que sa famille n'avait pas le téléphone et aucun arrangement préalable n'avait été fait pour les appeler à la maison d'un ami de la famille qui avait un téléphone.

Quand il eut fini de rédiger sa lettre, il se renseigna sur le coût du timbre qui allait lui coûter « quarante-quatre. » Le coût d'envoi de la lettre l'intriguait et ainsi se garda-t-il de l'envoyer, ceci pendant plusieurs semaines. Il attendait d'être mieux informé sur les coûts des dépenses quotidiennes et de développer une bonne estimation d'un budget approprié. Quand il fut convaincu qu'il pourrait payer quarante-quatre dollars pour expédier la lettre sans tomber dans des difficultés financières à la fin du mois, il se rendit au bureau de poste le plus proche.

A la poste, ils ne savaient pas où était son pays et à l'étonnement de Kovi, une discussion sérieuse se poursuivit pendant un certain temps pour savoir où allait l'enveloppe, afin de calculer les frais d'affranchissement. Il y avait beaucoup d'hypothèses sur des endroits en Amérique du Sud, en Afrique et en Asie. Pour les aider à se mettre d'accord plus rapidement, Kovi expliqua aux agents de la poste que son pays d'origine était en Afrique de l'Ouest. On lui conseilla alors d'ajouter cela à l'adresse de destination pour que le courrier n'ait pas à être envoyé quelque part ailleurs dans le monde.

Les frais d'affranchissement demeurèrent les mêmes. Kovi sortit quarante-quatre dollars pour payer. L'agent de poste resta interdit pendant un moment, puis se mit à rire et lui expliqua qu'il voulait dire quarante-quatre centimes, pas dollars. Kovi soupira de soulagement en apprenant que l'envoi d'une lettre en Afrique de l'Ouest ne coûtait pas autant qu'il le craignait. Ainsi pouvait-il affranchir autant que nécessaire pour tenir sa famille au courant de ses progrès et activités.

Lorsque Kovi quitta le bureau de poste, il fit la connaissance d'un homme nommé Josh. Il était derrière lui dans la queue. Josh était un homme d'une forte bonhomie, quinquagénaire, avec un gros ventre, sûrement dû à la bière, qui recouvrait en partie sa ceinture. Il était vêtu d'un T-shirt et d'un jean qui étaient enduits de différentes couleurs de peintures. Ses cheveux dorés étaient tressés en une queue qui pendait dans son dos jusqu'à la hauteur de sa taille et il portait une casquette de baseball avec un symbole que Kovi ne connaissait pas à l'époque. Ses doigts avaient quelques petites coupures et ses ongles étaient bleu foncé.

« Cet homme doit être un bricoleur ou un mécanicien. Papa Kodjo avait le même air à la fin d'une dure journée de labeur », se dit Kovi.

Josh avait suivi les échanges entre Kovi et les agents du bureau de poste et était curieux de lui parler. Josh lui posa des questions sur comment il était arrivé aux États-Unis depuis l'Afrique de l'Ouest. Kovi lui répondit qu'il était venu par avion. Puis Josh répliqua :

« Je voudrais y aller un jour.

— Cela serait super. Vous allez aimer, lança Kovi.

— Pour voir les animaux.

— Les animaux ?

— Vous savez, je voudrais voir les lions, les léopards, les guépards, les éléphants, la savane et faire un safari en voiture pour observer la faune.

— Bien, je comprends. Mais, il y a aussi d'autres choses à voir à part les animaux.

— Je suis désolé. Je ne voulais pas vous vexer. Je sais ce que vous voulez dire. Il y a beaucoup plus à apprendre et apprécier. Pas seulement les animaux ! dit Josh. Puis, il rajouta :

— Vous savez, je suis impliqué dans une organisation de charité à l'église et nous collectons des dons pour un projet scolaire en Afrique. Vous devriez venir à mon église ; les membres seraient ravis de faire votre connaissance.

— Très bien, merci. Je vais y réfléchir. »

Kovi rendit visite à l'église que fréquentait Josh et à son étonnement, il fut reçu comme une célébrité. Les membres de l'église étaient heureux de faire la connaissance d'un Africain en chair et os, une personne qui venait de l'endroit qu'ils aidaient par leur charité, même si ce n'était pas le village destinataire des dons. C'était, néanmoins, l'Afrique et cela suffisait largement. Ils eurent un sentiment de satisfaction comme si la présence inattendue de Kovi à l'église venait à symboliser le fruit de leurs missions charitables, ce qui les encouragea davantage à poursuivre leurs efforts de charité. Certains furent impressionnés de voir un jeune homme aussi instruit venant d'Afrique, un homme qui venait de loin pour continuer ses études dans leur pays. Son courage pour partir si loin de son pays d'origine faire des études avec un aussi fort accent dans leur langue fut une source d'inspiration pour beaucoup.

Kovi se fit beaucoup d'amis à l'église et y retournait aussi souvent que possible le dimanche bien qu'il ne fût pas impressionné par le service religieux en question. La première fois que Kovi se rendit à l'église en Amérique, il pensa que le service religieux était monotone et ennuyeux. Dans son pays d'origine, le pasteur affichait de nombreuses qualités pour conduire la congrégation dans une frénésie de louange et de célébration. Dans son pays, le pasteur ne transmettait pas l'important message de Dieu comme quelqu'un qui est en train de prononcer un discours lors d'une conférence scientifique, mais plutôt, comme un homme politique passionné et déterminé à convaincre son auditoire en chantant et en dansant en même temps.

Au fur et à mesure qu'il prononçait le sermon, le pasteur devenait le chef du chœur et du reste de la congrégation, alors que l'assemblée toute entière suivait dans un unisson parfait. Les décibels augmentaient quand la voix du pasteur devenait plus autoritaire, soutenue par les refrains de la foule et accentuée par de longues périodes d'interludes où le sermon se transformait en une célébration. Il était difficile de mesurer si les gens avaient appris quelque chose du sermon, mais l'enthousiasme du service rendait la plupart des gens heureux, au point qu'ils oubliaient les problèmes de la vie pour lesquels ils étaient venus prier à l'église. En comparaison, Kovi quitta son premier service religieux en Amérique dans la même humeur sombre qu'à l'arrivée, bien que l'intérêt et la convivialité de la population pour son aspect exotique lui avaient tiré quelques sourires.

Avec le temps, Kovi avait assisté à de nombreux autres services religieux en Amérique et observé qu'ils ne se ressemblaient pas forcément. Certains, pour leur ambiance joviale lors des louanges au Seigneur, étaient semblables ou même dépassaient ce à quoi il était habitué en Afrique de l'Ouest.

Après quelques semaines, avec l'aide des membres de l'église locale et des étudiants africains, Kovi trouva une chambre dans une résidence non loin du campus universitaire. Chaque matin, quand il marchait jusqu'à la salle de classe, il voyait une grande foule de personnes marchant dans différentes directions, comme une colonie de fourmis à la recherche de nourriture. Le nombre de personnes augmentait de façon spectaculaire à certains moments de la journée qui coïncidaient avec la fin de cours et les transferts de personnes à d'autres bâtiments pour les prochains cours qui commençaient.

Lors d'une journée ensoleillée d'automne, Kovi sortit de son appartement et se dirigea vers l'université, mais après quelques centaines de mètres, il fit demi-tour. Le temps qu'il fît l'avait dupé et il était sorti en manches courtes, pensant que c'était une de ces journées chaudes de l'Afrique tropicale. Mais après avoir marché quelques centaines de mètres dans le vent froid, il retourna rapidement chez lui, presque tremblant, pour prendre une grosse veste qu'il avait achetée quelques semaines plus tôt pour les temps plus froids à venir. Entre-temps, il remarqua que les étudiants américains, peut-être certains étrangers aussi, étaient légèrement vêtus. Certains même portait des T-shirts et shorts et ils marchaient tranquillement en ce beau temps d'automne alors que Kovi était déjà enrhumé.

Kovi avait du mal à comprendre la résistance des personnes au froid. Le privilège de ces derniers lui était impossible à cette époque. En effet, dans son pays d'origine, les gens se plaignaient du froid et enfilaient de gros pullovers quand il y avait du vent dans la soirée ou de l'air frais avant la pluie. Mais en Amérique, ce jour-là, il faisait beaucoup plus froid que ce que Kovi avait connu dans son pays ; pourtant, les gens se déplaçaient en tenues d'été, apparemment insensibles au froid.

Kovi était ressorti avec ses vêtements d'hiver : une grosse veste complétée avec un chapeau et des gants chauds. Il avait chaud et il marchait vivement vers sa salle de classe. Mais le long du chemin, il devint mal à l'aise lorsqu'il remarqua qu'il était le seul à être habillé de la sorte. D'aucuns le dévisageaient pendant un moment, l'air surpris et continuaient leur chemin, tandis que d'autres trouvaient la scène amusante. Deux jeunes hommes vinrent à sa rencontre.

« Salut. Je m'appelle Jesse. Voici mon ami John.

— Bonjour. Je suis Kovi.

— Hum... Kovi. C'est un joli prénom. Tu es d'où ?

— Mon pays se trouve en Afrique de l'Ouest.

— Hé ! Kovi, as-tu vérifié la météo aujourd'hui ? Un front froid dans les prévisions ? Peut-être la neige ?

— Vérifier la météo ? Comment ? Où ?

— À la télévision ?

— Non. Je suis désolé, je n'ai pas de télévision.

— John, tu as entendu ? Le frère d'Afrique n'a pas de télévision. Pourquoi es-tu habillé comme ça ?

— Il fait froid aujourd'hui. Je suis sensible au froid.

— John, tu as entendu ? Le frère d'Afrique a froid. Il se gèle déjà le cul en septembre. Ça alors ! Que va-t-il faire en décembre?

— Jesse, laisse le pauvre mec, mon pote ! Le frère a froid. C'est tout. Si on t'envoyait là-bas en Afrique, tu te brûlerais les fesses comme si tu t'étais assis sur des braises. N'est-ce pas, Kovi ?

— Eh bien, je ne sais pas. Ses fesses en Afrique ne m'intéressent pas.

À ce moment-là, les trois hommes éclatèrent de rire. Puis Jesse continua :

— Hé Kovi, écoute. Nous allons t'emmener acheter des vêtements appropriés pour la saison. Tu dois avoir l'air cool, tu sais ? Je veux dire, est-ce que tu vois quelqu'un habillé comme toi ? Si tu portes ces vêtements chauds maintenant, cela signifie qu'en décembre tu auras besoin d'en porter trois pour rester au chaud. Tu vas devoir t'habituer au froid, mon vieux ! »

Jesse était grand, élancé et avait une peau brun foncé. Il était chauve et son cuir chevelu était brillant. John aussi était grand avec des cheveux noirs bouclés et plus mince que Jesse. Tous deux étaient vêtus de maillots de sport et avaient l'air d'athlètes accomplis ou de joueurs de basket-ball.

A partir de ce jour-là, tous les matins, Jesse et John attendaient Kovi au coin de la rue pour aller ensemble au campus. Les nouveaux amis de Kovi étaient membres d'un groupe de l'église non confessionnelle qui regroupait des étudiants de différentes races et couleurs et ils s'engageaient à propager les enseignements du Seigneur et à aider les membres du groupe. Parfois, certains d'entre eux se réunissaient au centre des étudiants à l'université afin de discuter et de faire les devoirs. Quand ils avaient fini les devoirs, il y avait ensuite des moments de blagues et de taquineries avant que tout le monde s'en allât. On demanda à Kovi de dire quel mot en anglais lui paraissait le plus drôle. Il reçut des instructions de ne pas se précipiter pour donner la réponse, mais plutôt de s'asseoir, se détendre et penser à la réponse d'abord. Kovi fit exactement cela et quand il fut prêt, ils tonnèrent d'une voix :

« Quel mot anglais te paraît le plus drôle ? Dis-le-nous.

— Wow.

— Wow ?

— Oui, Wow. La première fois que j'ai entendu « Wow », je ne savais pas ce que cela signifiait et j'ai pensé que c'était un bruit drôle à faire ! Vous savez ce que ma réponse fut alors ? Wow ! Naturellement, comme si je savais le moment opportun pour faire le son Wow. »

La plupart de ses collègues n'avaient pas deviné le « Wow » et trouvèrent la révélation de Kovi amusante. Quand tout le monde fut parti, Kovi pensa à l'équivalence du son « Wow » dans sa langue maternelle et cela le fit rire. Il se demanda alors comment les gens traduisaient « Wow » dans leurs langues, si c'était drôle et, si oui, est-ce que cela pourrait enseigner quelque chose sur le caractère commun des réactions humaines à des situations et des événements qui forcent les gens à exclamer le son « Wow ».

Le jour suivant, pendant son cours d'anglais où participaient beaucoup d'étudiants étrangers, Kovi demanda à ses camarades comment ils disaient « Wow » dans leur langue maternelle. C'était un groupe d'une vingtaine d'étudiants et chacun venait d'horizons divers : Asie, Europe, Afrique et Amérique du Sud. Ils étaient devenus amis, liés par leurs forts accents étrangers et étudiaient l'anglais avec diligence afin de se préparer pour leurs programmes d'études supérieures. Chaque étudiant dit « Wow » dans sa langue. Une vingtaine de traduction de ce mot lui parvint. A son tour, il regarda ses camarades et lança son fameux « Wow ». Surpris par son interjection, l'un d'eux dit : « Quoi ? »

« Wow, répondit Kovi.

— C'est tout ce que tu as à dire ? Tu as démarré l'exercice et nous voulons savoir ce que tu penses après avoir entendu tout le monde.

— Parfois, Wow est le dernier mot. Ça dit tout et il n'a rien d'autre à dire après Wow.

— Mais Kovi, nous ne t'avons pas entendu parler. Comment dis-tu Wow dans ta langue ? Demanda un autre étudiant.

Après avoir entendu Kovi dire Wow dans sa langue, leurs réponses furent simplement Wow. »

Certains n'avaient pas vu l'intérêt de l'exercice et s'en allèrent sans être impressionnés. D'autres en firent un jeu et demandaient à tout le monde de répéter le son « Wow » dans leur langue et ils apprirent à dire « Wow » dans une quinzaine de langues différentes. Chaque matin, avant la classe, ils faisaient l'exercice de voir qui se souvenaient de la plupart des quinze différents sons « Wow. »

Bien qu'ils fussent là pour apprendre l'anglais, Kovi développa quelques idées sur d'autres langues aussi. Parfois, ils passaient en revue leurs essais et Kovi était surpris de la cohérence des structures grammaticales différentes dans la formation des phrases. Il s'était ensuite rendu compte que l'un de ses collègues avait écrit un bel essai dans sa propre langue, mais en utilisant simplement des mots en anglais.

Parfois, différentes expressions idiomatiques, inconnues des anglophones de naissance, surgissaient et devenaient la norme parmi les étudiants étrangers. Par exemple, dans une classe de conversation anglaise, une étudiante africaine intervint et conclut avec la phrase « tout le monde n'a pas la même tête ! » Leur professeur d'anglais, une Canadienne qui usait un anglais parfait était abasourdie :

« Oui bien sûr, nous n'avons pas tous la même tête. C'est une évidence, que voulez-vous dire par là ? »

Certains des étudiants offrirent leurs points de vue et explications de cette expression qui alors devint l'objet de débat. L'enseignante écouta un moment et dit :

« Oh ! Vous voulez dire que nous n'avons pas tous les mêmes compétences, les mêmes potentiels, désirs, aspirations, etc. »

Et puis, il y eut le moment « Wow » quand elle continua : « Wow ! Est-ce la façon dont vous le dites dans votre langue ? »

A partir de ce jour-là, l'expression devint populaire parmi les étudiants qui y avaient recours pour se taquiner les uns les autres et justifier les différences entre leurs notes et leurs performances, au grand désespoir de leurs professeurs, qui n'arrivaient pas à leur faire utiliser des formes correctes en anglais. Souvent, les étudiants se disaient les uns aux autres :

« Hé, ne t'inquiète pas, mon pote. C'est tout bon. Et rappelle-toi, tout le monde n'a pas la même tête. »

A l'approche de Thanksgiving dont Kovi et les autres étudiants étrangers avaient beaucoup entendu parler, la ville universitaire prenait un caractère de ville fantôme. Au dire de tous, c'était une expérience désagréable que beaucoup d'étudiants étrangers avaient connue lorsqu'ils étaient restés à l'université seuls pendant les congés de Thanksgiving.

En classe, l'enseignant demanda à Kovi et aux autres étudiants étrangers leurs projets pour les vacances imminentes. Certains étudiants qui étaient aux États-Unis depuis un moment et avaient compris l'ampleur et l'importance de cette fête, ou qui avaient de la famille dans le pays, réussissaient à faire des projets de vacances comme les étudiants américains. Certains des étudiants étrangers avaient déjà gouté le profond sentiment de solitude et d'isolement pendant la saison des vacances de Thanksgiving et étaient déterminés à ne pas laisser cela se reproduire.

D'autres résidents locaux s'étaient organisés en une association de « familles d'accueil » chargées d'aider les étudiants étrangers. Pendant les fêtes de saison, ces « familles d'accueil » invitaient les étudiants étrangers et d'autres qui n'avaient pas pu voyager pour partager ce moment avec eux.

Et d'autres semblaient ne point se soucier ou même être contents de rester sur place et étudier. Heureusement pour Kovi, Jesse et John étaient venus lui demander s'il avait fait des projets pour les vacances :

« Mon frère d'Afrique, tu ne devrais pas être seul le jour de Thanksgiving, mon vieux ! Tu devrais fêter ça en famille ou avec des amis.

— J'ai une cousine à New York mais je n'ai pas encore pris contact avec elle et il est maintenant trop tard pour se présenter pour Thanksgiving.

— D'accord. Viens avec John et moi. Tu vas fêter Thanksgiving avec mes parents dans la région de Gary et ensuite, tu pourras rejoindre John et sa famille à Chicago.

— Je ne peux pas rester trop longtemps. J'ai des cours d'anglais la semaine prochaine.

— Quel est le problème ? Tu peux manquer les cours une semaine. Tu apprendras mieux l'anglais par immersion. Immersion mon pote !

— Immersion ?

— Oui. En discutant avec des Américains. En parlant tout le temps avec les étudiants étrangers tu vas finir par apprendre un anglais différent. »

Kovi réfléchit quelques jours et décida de rendre visite aux familles de Jesse et John à Gary et Chicago respectivement. Les trois hommes partirent ensemble premièrement pour Gary, où Jesse et Kovi restèrent pour Thanksgiving, tandis que John continua à Chicago. La famille élargie de Jesse était déjà réunie chez les parents de Jesse au moment où il arriva avec son ami. Il était tard dans l'après-midi. Tout le monde était ravi de faire la connaissance du « frère venu d'Afrique », d'être la première famille à lui offrir l'expérience typiquement américaine du dîner de Thanksgiving. Oncle Jamal s'occupait de la dinde. Il la préparait avec sa recette spéciale qu'il ne voulait donner à personne par peur de la concurrence ou de perdre le privilège spécial de « L'homme de la dinde. »

Oncle Jamal était un petit homme au teint sombre. Il avait la soixantaine. Il avait une jolie barbe grise coupée avec élégance, de grands favoris et une moustache qui contrastaient avec sa tête rasée. Ça faisait trente ans qu'Oncle Jamal était chargé de préparer la dinde et tout le monde attendait avec intérêt ce délice le jour de Thanksgiving. Quand la volaille sortit du four, elle avait une couleur doré brillant, à tel point que personne n'osa détruire la scène en la coupant. Une appétissante odeur émanait de la viande épicée et Kovi en eut l'eau à la bouche. Après avoir attendu un moment, probablement destiné à montrer son talent de cuisinier, Oncle Jamal se mit à découper la dinde avec une élégance et précision d'un chirurgien.

Le dîner était servi sous forme de buffet et lorsque Kovi s'approcha de la table, il fut étonné par la quantité de nourriture. Il y avait de la dinde, du jambon, des boyaux de porc, un large choix de légumes, y compris du maïs, du chou vert, de la farce et de la purée de pommes de terre. Certains membres de la famille avaient apporté des plats et également de nombreux desserts. Kovi pensa, « c'est trop de nourriture pour si peu de monde. » Il avait vu un morceau de cuisse posé sur le côté et dit à Oncle Jamal que c'était le morceau de viande qu'il voulait. Lorsque Kovi finit son assiette, Oncle Jamal lui hurla à travers la salle à manger :

« Hé, frère, tu as aimé la cuisse de dinde ?

— C'était bon. Merci, Oncle Jamal.

— Pas de quoi, pas de quoi, mon pote. J'aime voir mes invités bien manger et être rassasiés. »

À ce moment, le père de Jesse, Steve, se joignit à la conversation. Steve aussi était un peu trapu et d'un teint sombre, comme son frère Jamal. Kovi l'observa attentivement. Steve avait une épaisse chevelure noire qui était élégamment peignée. Contrairement à Oncle Jamal, Steve avait rasé sa barbe, mais il avait une moustache bien coupée et ses favoris s'étendaient de ses cheveux et descendaient aux côtés de ses oreilles jusqu'environ à mi-hauteur de la mâchoire.

« Hum, je ne sais pas, déclara Steve. La viande n'est pas aussi succulente et juteuse que l'an dernier. Tu ne crois pas, Tante Jean ?

— Hum... Oui, maintenant que tu le dis, je constate qu'il y a quelque chose qui manque cette fois, mais je ne sais exactement quoi, répondit Tante Jean. »

Tante Jean portaient des belles boucles d'oreilles et bracelets et un chapeau plein d'ornements divers. Elle avait une peau brune rayonnante qui illuminait la salle entière. Elle s'assit dignement et sa présence imposait le respect, mais Oncle Jamal ne tint pas compte de son commentaire ni de celui de Steve sur sa qualité culinaire et il se décida à demander l'opinion des autres :

« Mon frère d'Afrique, qu'en penses-tu ? demanda Oncle Jamal.

— Eh bien, je n'étais pas là l'année dernière, donc je ne peux pas comparer, mais pour moi, ce fut un bon repas. Merci de m'avoir invité, répondit Kovi.

— Ça alors ! Le mec est diplomate. Bien dit, mon pote. Bien exprimé. Mais nous, nous étions ici l'année dernière et cette dinde n'est pas aussi bonne. Il manque quelque chose. Tante Jean est d'accord, déclara Steve.

— Qu'est-ce que vous en pensez, vous autres ? demanda Oncle Jamal. »

Presque tout le monde se tut. Seuls Tante Jean et Steve insistaient que cette année, la dinde était bonne mais pas autant que l'an dernier. Exaspéré, Oncle Jamal grimpa les escaliers et cria qu'il n'allait plus jamais préparer la dinde de la famille.

Quand Oncle Jamal quitta le salon, Jesse et les autres éclatèrent de rire de façon incontrôlable et Kovi ne comprit pas ce qui était si drôle. Lorsque Jesse se ressaisit finalement, il expliqua que Kovi avait eu du culot d'avoir choisi la cuisse de dinde d'Oncle Jamal. Depuis plus de trente ans, il partageait les deux cuisses, les meilleures et les plus savoureuses parties de la dinde, avec son frère Steve. Mais Kovi, fraîchement arrivé d'Afrique, à son premier dîner de Thanksgiving, avait osé prendre le précieux morceau réservé au chef de famille.

« Mes parents taquinent Oncle Jamal chaque année sur la cuisson de la dinde mais c'est la première fois qu'il se met en colère, c'est parce qu'il n'a pas eu sa cuisse de dinde », expliqua Jesse. Lorsqu'il entendit ça, Kovi commença à s'inquiéter. Il ne s'était pas rendu compte des conséquences du choix de son morceau et avait vexé Oncle Jamal qui avait passé beaucoup de temps à cuisiner la dinde.

« Ne t'inquiète pas, mon fils. Je suis heureuse que tu aies aimé la dinde. Oncle Jamal est très bien. Son cœur est au bon endroit, dit Tante Jean.

— Il a le cœur à la bonne place ? Je l'espère. Il n'est pas né avec une anomalie, n'est-ce pas Jesse ? répondit Kovi.

— Ne sois pas scientifique avec moi, mon fils. Oncle Jamal est un homme bon. Son cœur est toujours à la bonne place, insista Tante Jean.

— Hé, écoute Kovi. Cela signifie qu'il voulait bien faire. Ses intentions sont bonnes, expliqua Jesse.

— Ah, d'accord. Merci, dit Kovi.

— Sauf la fois où il a crié dans un magasin pour obtenir ce qu'il voulait, déclara Steve. »

À l'étage, ils purent entendre oncle Jamal se plaindre du fait que Steve avait soulevé cette histoire de nouveau. Oncle Jamal pensait que ce n'était pas nécessaire de ressasser cette histoire, en particulier en présence d'un visiteur d'Afrique. Mais Steve était insensible à ses commentaires et continuait à raconter l'histoire avec beaucoup d'excitation pour taquiner son frère davantage.

Oncle Jamal était devenu pompier après être revenu de la guerre du Vietnam. Il avait pris sa retraite avec de nombreuses distinctions pour ses années de service à son pays. C'était un homme respectable et digne de confiance. Un jour, il alla dans un magasin pour acheter un nouveau téléviseur. Dans le magasin, il avait insisté pour que l'appareil fût vérifié et testé avant qu'il l'amenât chez lui. Il ne voulait pas la désagréable surprise d'acheter un téléviseur défectueux.

Quand il arriva à la maison, alors qu'il sortait le téléviseur du coffre de la voiture, celui-ci lui glissa des mains et tomba sur le sol brusquement. A la maison, il brancha le nouveau téléviseur, mais en dépit de tous ses efforts, le téléviseur ne fonctionna pas. Il le remballa soigneusement et retourna au magasin. Quand il arriva, le vendeur qui l'avait aidé avant n'était plus là. Il expliqua au nouveau vendeur qu'ils lui avaient vendu un appareil défectueux et lui avaient causé le dérangement de devoir revenir au magasin pour un remplacement.

L'agent contrôla et vérifia que l'appareil qui avait été vendu à Oncle Jamal avait été testé dans le magasin et était dans un bon état donc le problème résultait d'une mauvaise utilisation de l'appareil et cela n'était pas couvert par la garantie. Par conséquent, Oncle Jamal n'avait pas droit à un remplacement. À ce moment-là, Oncle Jamal haussa la voix et se mit en colère. Il attira l'attention du responsable de magasin.

Les clients étaient surpris et effrayés par la scène et ils commencèrent à quitter le magasin. Pour éviter tout problème supplémentaire et conserver les clients, le gérant demanda à l'Oncle Jamal de baisser la voix et accepta de remplacer l'appareil. Oncle Jamal obtint le remplacement du téléviseur, mais il n'avait pas fini d'entendre cette histoire que son frère et sa femme racontaient à qui voulait l'entendre et chaque fois en l'embellissant avec bon esprit pour taquiner Oncle Jamal.

Juste au moment où Steve finissait de raconter l'histoire, un garçon d'environ onze ans qui mangeait le dessert éructa bruyamment.

« Excusez le cochon, le porc est déjà dehors », répondit Tante Jean.

Kovi regarda Jesse avec un air interrogateur. Au même moment, Tante Jean regarda Kovi, surprise et s'interrogea sur le type d'anglais qui était enseigné à l'université. Elle suggéra que Kovi ferait plus de progrès en passant du temps avec elle afin qu'elle puisse lui apprendre l'anglais qui était vraiment nécessaire pour s'intégrer. L'apprentissage par immersion dont Jesse avait parlé ! Jesse traduisit le commentaire de Tante Jean sur le rot comme une expression désapprobatrice pour souligner l'impolitesse d'un geste ou un acte en public, en particulier parmi les gens respectables.

Le garçon était désobéissant et avait trop rempli son assiette. Il était sur le point de jeter ce qui restait quand sa mère lui dit d'une voix autoritaire :

« Je t'ai déjà dit de ne pas gaspiller la nourriture. Tu dois terminer ton assiette.

— Mais je n'ai plus faim, répondit le garçon.

— Pourquoi as-tu pris plus que tu ne pouvais manger ? »

Le garçon resta debout avec son assiette dans la main et évita de regarder sa mère dans les yeux. Il ne répondit pas à la question et il y eut un moment de silence avant que la mère continuât :

« Combien de fois dois-je te dire de penser aux pauvres Africains ? »

Et elle ordonna à son fils de finir son assiette. Le garçon revint à la table avec des larmes coulant sur son visage et il s'assit calmement pour finir de manger. Pendant ce temps, tout le monde continua comme si de rien était, mais Kovi pensait à ce qu'il venait d'entendre :

« Les pauvres Africains… ? D'où je viens, je ne me souviens d'aucun d'entre nous qui soit allé au lit le ventre vide. Et penser aux pauvres Africains ne va pas leur donner la nourriture gaspillée. On devrait juste servir ce qui est nécessaire pour ne pas gaspiller l'excès. Tous les Africains ne sont pas pauvres et certains d'entre eux pourraient être plus riches que la plupart des gens ici… »

Kovi était perdu dans ses pensées quand il entendit Steve annoncer :

« Excusez-moi. J'ai besoin de parler à quelqu'un au sujet d'un chien. »

Puis Steve quitta le salon. Kovi voulait comprendre et encore une fois il se tourna vers Jesse pour lui demander de l'aide.

« Est-ce si urgent ? demanda Kovi.

— Apparemment oui, répondit Jesse.

— Mon garçon ! Il est juste allé aux toilettes, dit Tante Jean de l'autre côté de la pièce. »

Kovi resta silencieux. En une soirée, il avait eu un bon dîner de Thanksgiving et apprit de nombreuses expressions utiles qu'il ne pouvait pas apprendre dans ses cours d'anglais.

Le jour suivant, Kovi fut content de profiter des restes de la dinde et des andouillettes avant de prendre le train pour Chicago où il allait visiter John et sa famille.

Kovi s'installa avec John, sa mère, deux frères et une sœur dans un appartement confortable près du centre de la ville. C'était une famille unie, d'origine italienne avec un grand sens de la famille et de l'amitié. La mère de John, Silvia, intégra Kovi dans la famille comme un enfant de plus. Chaque matin, tout le monde se réunissait autour de la table de la cuisine pour prendre le petit-déjeuner et Mama Silvia emballait des sandwichs, des collations et des boissons pour Kovi et John qui allaient explorer la ville, en particulier les musées qui présentaient les travaux et les succès du grand physicien Enrico Fermi. Le soir, ils se réunissaient religieusement autour d'un dîner soigneusement préparé par Mama Silvia. Elle était heureuse de voir ses enfants bien nourris et elle menait sa famille avec autorité et respect, souvent intervenant pour mettre fin à une dispute entre ses fils avant qu'elle ne fût hors de contrôle.

Elle n'aimait pas aller au restaurant, en particulier les restaurants italiens ; elle préférait faire le repas elle-même à son goût. La qualité d'un délicieux repas dans un restaurant italien ne pouvait pas égaler ce qu'elle cuisinait à la maison, donc elle trouvait inutile et trop coûteux de dîner dehors.

Chez Mama Silvia, il y avait toujours de la nourriture en plus. Souvent, des membres de la famille élargie arrivaient à l'improviste et Mama Silvia avait toujours un repas prêt à servir. Mama Silvia rappelait à Kovi sa propre mère en Afrique, qui avait toujours accueilli d'autres gens qui se présentaient inopinément à l'heure des repas. Souvent, Kovi et ses frères et sœurs attendaient que le visiteur parte pour pouvoir manger, surtout quand ils croyaient que la nourriture ne serait pas suffisante. Mais la mère de Kovi n'était pas d'accord, surtout lorsque l'invité n'était qu'un enfant. Elle soutenait que toutes les personnes sous son toit devaient être bien nourries, de la même façon. Elle avait toujours bien calculé la quantité de nourriture nécessaire et si elle trouvait que ce n'était pas suffisant, elle disparaissait pendant un moment pour aller chez un voisin emprunter quelques denrées ou au marché pour acheter plus d'aliments et avant que Kovi ne se rendit compte, il y avait assez de nourriture pour tout le monde. Mama Silvia faisait de même avec un énorme réfrigérateur plein de réserves, alors que dans le cas de la famille de Kovi, il n'y avait pas de frigo et, par conséquent, la mère de Kovi devait sortir pour s'approvisionner quand le besoin se faisait sentir.

Kovi n'avait pas posé de questions au sujet de l'époux de Mama Silvia, qui était décédé bien des années auparavant, lorsque les enfants étaient encore jeunes. Elle avait quand même réussi à élever quatre enfants par elle-même.

Plus tard, alors que Kovi faisait des études supérieures de physique, Jesse et John étudièrent la religion et devinrent des pasteurs influents dans une congrégation près de Chicago. Bien des années plus tard, Kovi revit Jesse et John lors d'un congrès religieux qui eut lieu à quelques heures de là où vivait Kovi. Kovi emmena sa famille pour les rencontrer et ils assistèrent à l'un des sermons de Jesse, que ce dernier avait prononcé avec émotion et passion. Ce jour-là, Kovi apprit la triste nouvelle qu'Oncle Jamal, Tante Jean et Mama Silvia étaient morts des années auparavant et Steve avait déménagé pour vivre plus près de Jesse et l'aider dans sa congrégation. Les frères et sœur de John s'étaient éloignés de Chicago et s'étaient ensuite dispersés à travers le pays, poussés par les exigences et les contraintes de leurs emplois respectifs. Kovi regarda avec enthousiasme les photos des familles de Jesse et John et il promit d'aller un jour avec sa famille à Chicago pour leur rendre visite. Kovi quitta ses vieux amis dans l'espoir de les revoir bientôt.

Kovi vit Josh pour la dernière fois après les vacances de Thanksgiving. Bien qu'ils ne se soient plus revus en personne, Josh et Kovi étaient restés en contact. Avec les encouragements de Kovi, Josh fit un voyage en Afrique. Il s'y était rendu avec un groupe de son église. Ils avaient rendu visite aux gens qu'ils aidaient avec leur organisme de charité et Josh profita de l'occasion pour faire le safari en voiture pour voir la faune ; donc, il vit enfin les animaux. Durant son séjour, Josh, le bricoleur accompli, construisit des maisons, des écoles et des puits pour le peuple. Il prit en charge de jeunes comme apprentis et les forma en menuiserie et en maçonnerie. Après son retour, il appela Kovi et lui raconta son expérience avec enthousiasme. Il était particulièrement touché par l'accueil chaleureux des habitants. Josh retourna plusieurs fois en Afrique, s'engageant dans plusieurs projets philanthropiques.

Lorsque Kovi retourna à l'université après le voyage de Gary et Chicago, on l'informa qu'il avait fait suffisamment de progrès en anglais pour commencer ses études en maîtrise. Il reçut un billet d'avion pour une autre université, où il commença le programme de maîtrise après Noël.

Chapitre Trois
Études supérieures

Kovi était arrivé à sa nouvelle université quelques jours avant Noël et sa famille d'accueil l'avait rencontré à l'aéroport. C'était un couple polonais de bonne réputation. Ils s'appelaient Pawel et Liza Majeski. Pawel était médecin à l'hôpital universitaire et Liza était une avocate réputée. Kovi resta chez eux jusqu'à ce qu'il trouvât un appartement.

Liza et Pawel avaient plusieurs types d'équipement d'exercice physique dans leur sous-sol. Il y avait un tapis roulant, un vélo, une machine d'haltérophilie et d'autres appareils que Kovi ne connaissait pas. Tous les jours, Liza et Pawel passaient au moins quarante-cinq minutes dans le sous-sol pour faire leurs exercices physiques le matin avant d'aller au travail ou le soir en rentrant. De temps en temps et si les conditions météo le permettaient, ils s'habillaient chaudement et allaient courir dans le quartier. Liza et Pawel étaient minces, sans une once de graisse.

Il y avait beaucoup d'étudiants internationaux à l'université et la ville s'était organisée pour accueillir et aider bon nombre de ces étudiants. Kovi passa son premier Noël avec sa famille d'accueil et d'autres étudiants internationaux qui n'étaient pas parti en vacances.

Les membres de la famille étendue de Pawel et Liza étaient venus d'aussi loin que Chicago pour l'occasion. Le repas du jour de Noël rappela à Kovi ce qu'il avait connu le jour de Thanksgiving chez Jesse, à l'exception des choux verts et des andouillettes et avec l'ajout de la sauce aux canneberges que Kovi n'avait pas aimée avec son repas. Pour Kovi, la sauce aux canneberges sucrées devait faire partie du petit-déjeuner ou du dessert, pas être un accompagnement pour un grand repas de dinde pour lequel les épices et la saveur du bouillon devaient suffire. Kovi remarqua que certains des étudiants internationaux évitaient les sauces sucrées alors que les autres personnes avaient apprécié le repas avec des sauces sucrées. Les gens étaient assis ou debout, en petits groupes et s'engageaient dans différentes discussions, rien de dramatique comme chez Jesse.

Plusieurs fois, Kovi dut raconter l'histoire de son voyage depuis l'Afrique vers les États-Unis. Certaines personnes courageuses insistèrent pour deviner son pays à partir de son histoire. Elles commençaient avec une conjecture au hasard, comme : « laisse-moi voir, ton pays… est-ce dans le centre ou l'Est de l'Afrique ? » et elles étudiaient les expressions faciales de Kovi pour décider du bien-fondé de leur hypothèse. Si elles pressentaient un geste de désapprobation, elles avançaient une autre hypothèse au hasard. Finalement, elles devinèrent l'Afrique de l'Ouest et furent aussi contentes que si elles avaient gagné au Trivial Poursuit. Certains s'arrêtèrent à la bonne réponse de l'Afrique de l'Ouest, peu intéressés à en savoir plus, peut-être fatigués d'avoir utilisé plus de cellules du cerveau que prévu pour la soirée. Ou bien, ils étaient satisfaits par l'idée erronée que le pays était « l'Afrique de l'Ouest », et il n'y avait rien d'autre à apprendre. D'autres étaient disposés à continuer jusqu'à deviner le pays d'origine de Kovi et comme ils avaient deviné correctement la région de l'Afrique de l'Ouest, ils avaient une meilleure chance d'identifier le pays.

Après le départ des invités, cette nuit-là, quand les membres de la famille élargie eurent regagné leurs chambres, Kovi, Liza et Pawel passèrent quelques heures de plus à déguster leurs grandes liqueurs digestives. C'est à ce moment-là qu'ils parlèrent à Kovi de Billie. Ils s'excusèrent au cas où ils auraient paru tristes et silencieux et lui expliquèrent que c'était parce qu'ils étaient encore en deuil pour Billie, qui était mort quelques jours plus tôt.

D'après ce qu'ils disaient, Billie était un compagnon, un ami qui était avec eux depuis le début. Ils faisaient tout avec Billie, mais quand ils allaient en vacances, Billie restait chez un de leurs amis, car ils ne voulaient pas que Billie restât dans la maison, seul. Au fur et à mesure qu'ils racontaient l'histoire de Billie, la tristesse envahit Kovi et l'atmosphère devint de plus en plus triste. Kovi se rendit alors compte que Billie était un chien.

Kovi s'excusa car il était fatigué et avait besoin de repos et il alla dans sa chambre en secouant la tête. Dans son village d'origine en Afrique, les gens avaient beaucoup de chiens, qui semblaient n'appartenir à personne dans le village. Les chiens allaient et venaient et personne ne s'inquiétait de les nourrir. Certainement, la mort d'un chien ne déclenchait pas une intense émotion, égale ou supérieure à celle ressentie lors du décès d'un être humain. Ici, il partageait la douleur et la peine de son hôte pour la mort d'un chien qui dans sa vie aurait reçu une attention et des soins médicaux impressionnants. Kovi respectait le sentiment de ses hôtes, mais il ne se souciait pas de Billie le chien. Le jour suivant, Kovi réitéra ses condoléances à Liza et Pawel pour le décès de leur cher Billie et pria pour qu'ils trouvent réconfort et joie avec leur autre chien.

À cette époque, Kovi eut besoin d'une coupe de cheveux. Il ne s'était pas coupé les cheveux depuis qu'il était arrivé en Amérique et ses cheveux crépus et épais étaient devenus difficiles à coiffer. Pawel l'emmena chez son coiffeur. Dès leur arrivée, les cheveux de Kovi posèrent un grand défi pour le plus expérimenté des coiffeurs qui n'avait jamais coupé les cheveux d'un homme noir. Ils auraient pu dire :

« Désolé Monsieur, nous n'avons aucune idée de la façon de traiter efficacement votre type de cheveux. Nous n'avons pas l'expérience. Franchement, nous n'avons jamais coupé les cheveux d'un noir et vous êtes la première personne de race noire à venir ici. »

Pour Kovi, cela aurait été parfaitement compréhensible. Mais ils ne dirent rien et firent un effort louable pour couper les cheveux de Kovi. Ce fut d'abord une jeune femme apprenti coiffeur qui s'attela à la tâche.

C'était une femme sympathique et elle avait mis Kovi à l'aise. Mais, après plusieurs minutes, elle avait fait quelques trous dans les cheveux de Kovi mais aucun progrès visible et elle abandonna avec frustration. Kovi resta là et se regarda dans le miroir. Il s'inquiéta, ses cheveux étaient pires qu'à son arrivée. La jeune femme revint avec le chef coiffeur, c'était celui qui avait le plus d'expérience. Il se présenta et informa Kovi qu'il allait prendre la relève. Il commença alors à travailler les cheveux de Kovi et à chaque étape il faisait des commentaires sur les cheveux et montrait à son apprenti comment faire. Quelques autres élèves étaient venus regarder et apprenaient auprès de leur grand professeur en action qui trouvait dans les cheveux de Kovi un modèle en or pour l'enseignement. Lorsque l'exposé et la démonstration terminèrent, le professeur coiffeur était satisfait de son travail mais apparemment, les étudiants étaient moins impressionnés. Kovi se regarda dans le miroir et ne put pas contenir sa tristesse quand il vit que ses cheveux étaient inégaux sur la tête avec par endroits des trous de différentes tailles.

Pawel se tenait là, incrédule. Il se rendait compte que son grand salon de coiffure n'avait aucune expérience avec les cheveux crépus. Il le reconnut plus tard et dit à Kovi que durant ces nombreuses années dans ce salon de coiffure, il n'y avait jamais vu de client noir. Les noirs se coupaient les cheveux ailleurs, mais il ne savait pas où et était peiné de constater que, mêmes les affaires de coupes de cheveux, se faisaient séparément entre Noirs et Blancs. Il promit de trouver un salon coiffure spécialisé dans les cheveux des noirs, mais pour l'instant Kovi dut vivre avec ce désordre sur la tête.

Quelques jours plus tard, Kovi alla au campus universitaire pour les procédures d'inscription et y rencontra un homme. Ils se dirigeaient dans des directions opposées et dès qu'ils s'étaient rapprochés l'un et l'autre, Kovi le salua :

« Y'a un problème, mon frère ? »

L'homme s'arrêta net, regarda Kovi et répondit :

« Vous n'êtes pas d'ici, n'est-ce pas ? Pourquoi voulez-vous imiter les gens ? « Y'a un problème ? » Vous ne saluez pas les gens correctement et vous avez un accent. Vous êtes d'où ? Du Nigéria ?

— Non loin du Nigeria.

— Ça alors ! Qu'est-ce qui est arrivé à vos cheveux ? Qui vous a fait ça ? Nous devons réparer vos cheveux, mon pote. Vous ne pouvez pas vous balader comme ça !

— Ma famille d'accueil m'a emmené chez le coiffeur, au centre-ville. Ils ont essayé et ont fait de leur mieux mais ça n'a pas suffi. Je n'en suis pas du tout content. Mon hôte est à la recherche d'un autre salon de coiffure.

— Le salon de coiffure au centre-ville ? Avez-vous vu un client noir là-bas ?

— Mon Dieu, aie pitié ! Je vais vous faire arranger ça. Mon nom est Hakeem. Et vous ?

— Je m'appelle Kovi. Je vous remercie.

— Avez-vous un numéro où je puisse vous appeler ?

— Non, pas encore, mais vous pouvez appeler mon hôte. Voici son numéro.

— D'accord. Je vous appelle demain. A demain, mon frère! »

Quand il quitta Hakeem, Kovi l'entendit dire :

« Merde ! Pourquoi lui ont-ils gâché les cheveux comme cela? Ce n'est pas bon, mon vieux. Ce n'est pas bon. »

Il prononça le mot « merde » en anglais comme si ce mot contenait au moins trois syllabes, comme « Shi-yee-ett ! » Kovi s'était entrainé souvent, mais même après avoir vécu en Amérique pendant de nombreuses années, il n'était toujours pas en mesure de jurer si élégamment.

Pawel emmena Kovi chez le coiffeur dans les quartiers résidentiels où il fut aux petits soins. Les gens lui exprimèrent leur sympathie et étaient dégoûtés que quelqu'un ait pu gâcher les cheveux d'un frère de la Mère Patrie. Un vieux coiffeur était chargé de couper les cheveux de Kovi et alors qu'il était sur le point de commencer, il dit :

« Le mec blanc aussi veut une coupe de cheveux ?

— Non, je n'en ai pas besoin. Juste lui, répondit Pawel.

— Nous pouvons bien couper vos cheveux, mon pote. Ici, nous avons l'expérience avec tous les types de cheveux.

— Merci. Peut-être la prochaine fois. »

Le vieux coiffeur prit son temps et pendant toute la coupe, les gens venaient et repartaient et il y avait des blagues, commérages et rires. Lorsque le vieux coiffeur finit de couper les cheveux de Kovi, il s'émerveilla de sa propre réussite et déclara avec assurance que Kovi était tellement beau qu'il allait trouver une petite amie en un rien de temps.

Kovi trouva une chambre dans une maison connue sous le nom de Maison de la Physique près du département de physique où il avait la plupart de ses cours. La Maison de la Physique appartenait à un professeur de physique et les pièces de la maison étaient louées à des étudiants diplômés, dont la plupart se spécialisaient en physique, d'où le nom de Maison de la Physique. Après avoir terminé les cours requis, Kovi choisit de faire sa thèse de maîtrise en physique théorique liée aux applications de l'énergie solaire, qui pourrait être utile pour les besoins d'énergie en Afrique.

Pour améliorer ses compétences en informatique, Kovi prit quelques cours dans le département d'informatique, où certaines personnes étaient impressionnées de voir son style différent de manipulation de l'arithmétique. Par exemple, elles étaient émerveillées par la rapidité avec laquelle il effectuait des divisions ou des racines carrées compliquées sans l'aide d'une calculatrice ou d'un outil informatique.

Pour ce qui est des activités extrascolaires, Kovi s'impliqua dans la gestion de l'organisation d'étudiants africains. Il y avait beaucoup d'étudiants africains de différents pays à l'université et chaque année, la ville organisait un défilé de mode et une séance de tambours pour montrer un peu la culture africaine. Ces activités nécessitaient une bonne planification et les étudiants africains s'étaient réunis volontairement et s'étaient organisés dans l'un des groupes les plus réussis de l'université.

Les événements organisés par les étudiants africains attiraient toujours de grandes foules. Pendant le défilé de mode, beaucoup de gens — pas seulement des étudiants africains — portaient des vêtements africains et ceux qui se portaient volontaires étaient autorisés à se présenter pour quelques instants devant la foule de spectateurs.

Kovi portait les tenues traditionnelles que son oncle Théodore, un tailleur, lui avait fait avant son départ pour l'Amérique.

Au cours de la séance de tambours, les gens apportaient leurs instruments de musique et jouaient volontiers avec quelques personnes expérimentées qui maintenaient le rythme de sorte que le bruit retentissait toujours comme une musique agréable. Habituellement, la foule participait à la séance de tam-tams et de danse. À la fin de ces événements, de nombreuses personnes s'approchaient de Kovi et des autres participants pour les féliciter et faire des commentaires utiles sur les différents styles et modèles des éléments qui étaient exhibés. Parmi les personnes intéressées étaient les universitaires et les experts, des gens qui avaient appris ou étudié certains aspects des traditions ou cultures africaines. Certaines de ces personnes avaient passé du temps en Afrique pour la recherche ou des actions caritatives. Les universitaires partageaient souvent leurs connaissances issues de leurs observations ou analyses, connaissances que les étudiants africains n'avaient pas ou bien étaient agréablement surpris de voir que les étrangers les avaient saisies. Par exemple, ils pouvaient faire des commentaires sur un instrument de musique, son origine, comment cet instrument était traditionnellement fabriqué et le principal objectif pour lequel il était utilisé. Ceci déclenchait des discussions animées avec des étudiants africains qui étaient heureux de voir les intérêts académiques, analytiques et connaissances des cultures et traditions africaines.

Il y avait une dame Afro-américaine qui avait formé un groupe de danse africaine, un groupe composé d'habiles percussionnistes et danseurs de partout. Elle avait voyagé dans plusieurs régions d'Afrique, appris nombre de rythmes et danses de différentes régions et les avait habilement intégrés dans son répertoire. Au début de chaque séance, elle faisait un bref discours pour présenter la pièce à exhiber et d'où elle provenait et comment les gens en Afrique l'utilisaient. Lorsqu'elle présentait une variété de musiques ou des danses de différentes régions, les étudiants africains découvraient toujours quelque chose de nouveau qu'ils ne connaissaient pas avant de venir en Amérique. Lorsqu'elle présentait un morceau d'une région particulière, les étudiants africains de cette région rejoignaient heureux sa troupe, chantaient et dansaient avec le groupe et cela augmentait la bonne ambiance.

Après un de ces événements, lorsque la plupart des gens étaient partis et il restait seulement une poignée de personnes pour nettoyer, la discussion se porta sur Kovi. Un groupe d'étudiants africains s'approcha de lui et voulut discuter avec lui. Kovi était inquiet et pensait que cela devait être une affaire sérieuse, bien qu'il ne sût pas ce qu'il avait pu faire. Ils virent son regard inquiet et lui assurèrent que ce n'était rien de grave et qu'ils voulaient simplement avoir une conversation amicale.

Certains avaient remarqué que Kovi allait à l'université depuis plusieurs mois et il n'avait toujours pas de copine et, selon leurs informations, il était hétérosexuel. Ils voulaient savoir s'il avait un problème d'impuissance ou autre chose. Un membre du groupe commença à parler et fit semblant de choisir ses mots avec soin. Tout le monde se tut et évita de regarder Kovi dans les yeux. Celui-ci écouta intensément et ce faisant, il remarqua que tout le monde, y compris le porte-parole, essayait à peine de contenir l'envie de rire. Lorsque Kovi eut enfin compris l'objet la discussion, lui aussi éclata de rire. Il leur expliqua qu'il était une personne timide qui était déterminée à se concentrer sur ses études pour pouvoir obtenir des bourses pour poursuivre son doctorat. Kovi devint de plus en plus sur la défensive à mesure que les gens l'écoutaient attentivement, mais d'un air soupçonneux. Après cette conversation, des efforts remarquables furent faits pour encourager Kovi à se détendre et apprendre à partager son temps entre études et loisirs, mais en vain.

Kovi pensait que la communauté des étudiants africains offrait une référence de base dont il avait l'habitude et fournissait une réplique de l'Afrique à l'université sans l'inconfort de l'exploration au-delà de cette bulle culturelle. Ainsi, une fois de plus, Kovi décida de joindre une église non confessionnelle où il espérait pouvoir rencontrer de nouvelles personnes, en particulier des étudiants américains, afin d'augmenter son immersion dans le nouveau contexte culturel.

Kovi se fit de nombreux amis, dont certains à travers l'église. L'un d'eux s'appelait Jeff, qui affirma qu'il avait du sang amérindien, vingt-cinq pour cent pour être précis. Après de nombreuses semaines, Jeff invita Kovi à passer un week-end avec lui chez ses parents. Un vendredi après-midi, ils firent le voyage trois heures de voiture pour se rendre là-bas.

Ils arrivèrent tard dans l'après-midi au printemps lorsque les arbres avaient commencé à récupérer leurs feuilles et des fleurs attrayantes surgissaient de partout. La maison était un peu isolée du reste de la ville et entourée de grands arbres, sauf à l'avant, qui donnait sur un long et raide chemin de gravier bordé d'arbres alignés. La fin de la route de gravier était une jonction en T avec la route principale qui dans un sens conduisait à la ville en quelques minutes et dans l'autre sens à une autoroute très fréquentée. De la jonction en T à l'entrée de l'autoroute, sur les deux côtés de la route, se trouvait une impressionnante prairie verte dont l'étendue semblait infinie et coupait le souffle.

La maison elle-même était immense, bien qu'elle ne donne pas cette impression jusqu'au moment où l'on entrait à l'intérieur. Le vaste salon au rez-de-chaussée était en bois brillant, d'une couleur brun doré, au centre duquel était placé un tapis exquis. Tout autour du tapis, il y avait un ensemble de meubles de salon soigneusement arrangés et composés d'un canapé, un fauteuil à bascule, une causeuse, un centre de table et deux tables d'appoint. Un énorme téléviseur était accroché au mur et faisait face au canapé principal et l'ensemble était organisé pour faire face à une grande porte en verre transparent qui offrait une vue sur le chemin de gravier et la prairie au-delà.

Les murs du salon étaient décorés de peintures et de têtes de gibier et un jeu de lumières à intensité variable complétait l'image de la richesse et du confort. La cuisine aussi était grande avec un parquet assorti à la table de cuisine et équipée d'un ensemble d'appareils électroménagers soigneusement choisis. La salle à manger n'était pas moins intéressante et en son centre il y avait une grande table et douze chaises rembourrées qui semblaient être des objets antiques inestimables. La salle de bains que Kovi avait utilisée était spacieuse, très propre et équipée d'un sauna.

Un morceau lent de musique country retentissait dans le salon quand Kovi fut présenté à la famille. Ce fut à ce moment-là que la grand-mère de Jeff, une petite dame rondelette avec des cheveux blancs et d'environ quatre-vingts ans, demanda la permission de toucher les cheveux de Kovi. Le père et la mère de Jeff s'excusèrent et quittèrent le salon. Kovi regarda Jeff, qui était pétrifié, alors que la grand-mère avait un air innocent et sincère et attendait patiemment une réponse. Kovi lui permit de toucher ses cheveux et elle prit son temps, fit le tour de sa tête et serra doucement les cheveux. Quand elle eut fini, elle ne fit qu'un seul commentaire, « c'est si beau ! » Kovi se demandait pourquoi elle voulait toucher ses cheveux et pourquoi les parents de Jeff avaient disparu dès qu'elle le demanda. Mais il n'en pensa pas davantage jusqu'à ce qu'il en parlât à Hakeem quand il fut de retour à l'université.

Entre-temps, Jeff emmena Kovi au sous-sol pour lui montrer la collection d'armes à feu de son père. Kovi n'avait pas compris ce que Jeff entendait par « collection d'armes » jusqu'au moment où ils furent au sous-sol et qu'il fut stupéfait par ce qu'il voyait. Il y avait des armes à feu partout. Des armes à feu sur le mur nord, les armes à feu sur le mur sud, plus d'armes à feu à l'ouest et plus encore sur le mur est. Des armes à feu ! Des armes à feu ! Et de différents types d'armes à feu !

« Pourquoi est-ce que ton père possède autant d'armes ? demanda Kovi.

— Pour la chasse !

— De combien d'armes a-t-il besoin pour chasser ? Il y en a assez ici pour équiper une infanterie toute entière !

— Il aime les armes à feu et les collectionne. Beaucoup de gens le font, tu sais ?

— Tu veux dire que d'autres personnes, dans cette région, ont leurs sous-sols remplis d'armes comme ça ?

— C'est le droit du peuple, garanti par le deuxième amendement constitutionnel !

— Ah ! Je ne juge pas, Jeff. Je suis sincèrement surpris par la nécessité d'avoir un si grand nombre d'armes par personne. Je suppose que si une armée étrangère réussissait à envahir l'Amérique, elle se retrouverait nez à nez avec des citoyens lourdement armés et les envahisseurs ne gagneraient probablement pas.

— Ce n'est pas pour ça, Kovi ! C'est pour le droit de nous défendre ici dans notre pays.

— De vous défendre contre qui ? D'autres citoyens américains ?

— Pour protéger la constitution.

— Je ne te comprends pas.

— Une violation de la constitution ferait face à l'opposition à des citoyens lourdement armés.

— Je vois. Je ne suis pas sûr d'être d'accord mais je te comprends. »

À ce moment, le père de Jeff apparut au sous-sol, peut-être pour vérifier ce que ces deux jeunes y faisaient. Après tout, son bien-aimé Jeff était rentré à la maison avec un ami que le père ne connaissait pas. Puis, Jeff avait emmené le garçon dans son sous-sol plein d'armes à feu et il n'avait aucune idée de ce qui pourrait arriver. Mais ils étaient une belle famille, respectant Dieu, aisés — et Kovi fut très bien accueilli pendant cette fin de semaine.

Le lundi matin, Kovi rencontra Hakeem par hasard et ce dernier fut heureux de le voir. Il dit à Kovi qu'il l'avait cherché tout le week-end. Il demanda à Kovi où il était allé.

« J'ai passé le week-end chez la famille de Jeff.

— Quoi ? Tu y es allé ? Ça alors ! Tu es fou ou quoi ? La prochaine fois, demande-moi.

— Te demander quoi ? La permission d'aller quelque part ?

— Eh bien, oui ! Tu es allé à cet endroit qui est plein de membres du Ku Klux Klan.

— Ah bon ? Je n'ai pas vu de membres du Ku Klux Klan et j'ai été très bien accueilli par la famille de Jeff ! Peut-être que j'ai eu la chance de la naïveté.

— Peut-être que oui, mon pote. Peut-être que oui ! Raconte-moi comment ça a été. Allez, raconte.

— La grand-mère a voulu me toucher les cheveux et le sous-sol était rempli d'armes !

— Quoi ? Attends ! Attends ! Attends ! Tu l'as laissé te toucher les cheveux ? Merde ! Je ne peux pas te croire, Kovi. Elle t'a frotté la tête en signe de chance !

— Frotter la tête pour avoir de la chance ?

— Les américains blancs considèrent que frotter la tête d'une personne noire leur porte chance. En plus de cela, tu ne dois pas le permettre parce que tu n'es pas un animal exotique.

— Ah ! Je vois. Maintenant, je comprends ce que tu veux dire.

— Tu comprends vraiment ?

— Oui. Nous avons quelque chose de similaire dans mon village ancestral, même si le contexte est totalement différent. »

Sur ce, Kovi expliqua à Hakeem que dans son village ancestral en Afrique, il n'aurait jamais autorisé une vieille dame, mère ou grand-mère, à toucher sa tête, surtout s'il y avait des rumeurs selon lesquelles la femme en question était une sorcière. Dans la croyance traditionnelle des gens du village de

Kovi, une sorcière qui frotterait la tête de quelqu'un confisquerait l'âme de la victime et la mort serait imminente, à moins que des contre-mesures appropriées ne soient prises rapidement.

Kovi raconta à Hakeem un de ses événements durant son enfance lorsqu'il se retrouva face à face avec une sorcière. Kovi avait environ cinq ou six ans quand, un après-midi, il sortit de la maison de sa grand-mère, Nana Mawulé et se trouva face à face avec une femme dont les enfants du village pensaient qu'elle était une sorcière. Kovi se pétrifia, la femme et lui se dévisagèrent pendant un bon moment. Bien que la « sorcière » ne l'eût pas touché ou frotté la tête, Kovi pensait que s'il restait là plus longtemps, la puissance de la sorcière allait le consommer et qu'il allait mourir. Mort de peur, Kovi s'enfuit en courant, alla voir Nana Mawulé au centre du village et lui raconta tout ce qui s'était passé. Pour s'assurer que Nana Mawulé allait réagir, Kovi embellit totalement l'histoire et ajouta que la « sorcière » lui avait frotté la tête. Quand elle entendit cela, Nana Mawulé quitta le marché, furieuse, pour aller affronter la sorcière :

« Si quelque chose arrive à cet enfant, s'il éternue, développe un mal de tête, une fièvre ou mal au ventre, je vais vous tuer de mes propres mains. »

La dame fut surprise et tenta d'expliquer qu'elle n'avait jamais touché Kovi. Plus la dame expliquait, plus la colère de Nana Mawulé augmentait et le bruit attira les gens du village qui se réunirent pour regarder. Kovi se sentit triste et à ce jour, c'était la seule chose qu'il regrettait dans sa vie, d'avoir accusé à tort une vieille dame innocente.

Mais maintenant il était en Amérique dans la maison de Jeff où une vieille dame lui avait en effet frotté la tête. C'était un geste inapproprié mais sans conséquences néfastes, selon Kovi!

Après une année à l'université, Kovi avait économisé suffisamment pour s'acheter une berline à transmission manuelle. À l'époque, Kovi ne savait pas conduire et encore moins comment conduire une voiture à levier de vitesse, mais c'était une bonne affaire que Kovi ne voulait pas rater. Alors il avait acheté la voiture, mais elle était toujours garée près de la maison de l'ancien propriétaire parce que Kovi ne pouvait pas conduire et n'avait pas de permis de conduire. Il demanda à l'un de ses amis, André Simon Le Beau, un étudiant africain qui savait conduire une voiture manuelle, d'aller chercher la voiture et de la garer à la Maison de la Physique.

Plusieurs mois avant d'acheter la voiture, Kovi avait commencé à étudier le code de la route pour se préparer pour passer le permis de conduire et d'autres étudiants diplômés en physique étaient assez gentils pour lui donner des cours de pratique de conduite. Lorsque Kovi fut capable de conduire une voiture à boîte à vitesses automatique, André Simon lui apprit à conduire une voiture à transmission manuelle en une semaine.

Kovi alla avec André Simon au département des véhicules à moteur où il passa et réussit le permis de conduire. On lui remit le permis le jour même et il était heureux d'être finalement capable de conduire, tout seul. Au moment où ils quittèrent le département des véhicules à moteur, de la neige mélangée à la pluie tombait et Kovi remarqua que toutes les voitures se déplaçaient lentement en gardant une grande distance de sécurité. Kovi n'avait pas compris ce qui se passait et il profita des grandes espaces entre les voitures et fit un tour sur la route. Ça alors ! Kovi eut un cours accéléré ce jour-là sur la façon de conduire dans des conditions météorologiques épouvantables alors qu'un mélange de neige et de pluie créait des conditions dangereuses en rendant les routes glissantes.

Après deux ans à l'université, Kovi obtint une maîtrise en physique, avec mention. Plusieurs semaines après la cérémonie de remise des diplômes et toutes les célébrations d'adieu, Kovi chargea sa voiture avec ses effets personnels et conduisit quinze heures à travers plusieurs états pour arriver sur la côte est des États-Unis, où il était attendu pour démarrer le programme de doctorat en physique dans une autre université.

Il y arriva et passa quelques temps avec sa nouvelle famille d'accueil, sans perdre de temps pour commencer ses études supérieures avec d'autres étudiants internationaux. Il fut admis au programme avec un poste de chargé de cours qui couvrait les frais de scolarité, en plus d'une allocation mensuelle. Kovi supervisait des expériences et des démonstrations en laboratoire, corrigeait des examens et organisait des travaux dirigés pour des étudiants médecins ou ingénieurs qui avaient besoin de quelques leçons de physique pour réussir leurs examens. À la fin du semestre, les étudiants remplissaient un sondage pour évaluer leurs enseignants. Kovi et les autres assistants enseignants étaient autorisés à lire les commentaires anonymes de leurs étudiants. Pour Kovi, les commentaires négatifs étaient centrés sur son accent, par exemple :

« Il a un fort accent. Je ne comprends pas ce qu'il dit. Je dois me concentrer pour comprendre ce qu'il dit. C'est ennuyant. Merci de faire quelque chose à son sujet. »

Kovi remarqua qu'au début du semestre, ses cours étaient pleins d'étudiants enthousiastes mais au fil du temps, de moins en moins d'étudiants venaient assister à ses cours.

Entre leurs cours, les enseignements et les heures de bureau, Kovi et les autres étudiants diplômés discutaient de leurs devoirs et des conférences. Parfois, lorsque les étudiants diplômés assistaient aux cours de certains de leurs illustres professeurs, ils se regardaient les uns les autres et se rendaient compte qu'ils n'avaient pas compris grand-chose. L'un de leurs professeurs sondait les regards souvent perplexes de ses étudiants et sous une pluie de questions, il disait « Je suis sûr que vous allez vous débrouiller. » Ensuite il poursuivait son exposé, sans se rendre compte que ses étudiants ne comprenaient plus depuis plus de trente minutes. Dans ces moments-là, quand Kovi comprenait si peu de la conférence, non pas à cause du fort accent du professeur, il sympathisait avec ses propres étudiants qui avaient la dure tâche de comprendre d'abord le charabia exprimé avec son accent et ensuite de comprendre le message sous-jacent de la physique.

Kovi vivait dans une résidence avec un autre étudiant diplômé nommé Xie, originaire d'un pays asiatique, mais ils ne partageaient pas le même appartement. Souvent, ils allaient ensemble au département de physique et avaient de nombreuses occasions de discuter de la physique. Un soir, Xie alla à l'appartement de Kovi et il s'assit sur le canapé en silence pendant un moment, la tête penchée et reposant sur sa main gauche. Xie était habituellement loquace et souriant, mais ce jour-là quelque chose le chiffonnait. Quand il commença finalement à parler, il expliqua qu'alors qu'il se promenait seul, il était tombé sur un groupe de jeunes gens noirs, apparemment des étudiants de l'université. Ce groupe de personnes avait commencé à le traiter de toutes sortes de noms racistes. Pour éviter l'affrontement, Xie avait continué de marcher et avait agi comme s'ils ne s'adressaient pas à lui. Kovi écouta Xie jusqu'à la fin, puis se sentit obligé de s'excuser auprès de lui, bien qu'il n'ait rien à voir avec l'incident :

« Nous devons donner le bon exemple et traiter les autres qui sont différents de la façon dont nous, nous aimerions être traités. »

À partir de ce jour, l'amitié entre Kovi et Xie s'était renforcée et ils avaient commencé à parler de sujets qui n'avaient rien à voir avec la physique. Deux hommes de différentes cultures, éduqués dans différentes parties du monde, qui se disputaient farouchement pendant leur enseignement supérieur et se comprenaient parfaitement avec leurs accents respectifs. Un jour, ils eurent une conversation mémorable :

« Kovi, j'ai une question pour toi. Est-il vrai qu'en moyenne vous avez les plus gros ?

— Les plus gros quoi ?

— Je suis sûr que tu sais ce que je veux dire.

— Je n'ai pas vu de preuves scientifiques convaincantes pour cela.

— Il mesure combien le tien ?

— Regarde mes chaussures. On dit qu'il y a une corrélation.

— Non. Ce n'est pas vrai. Cette hypothèse de corrélation n'est pas validée.

— Oui. Je suis d'accord avec toi. Changeons de sujet maintenant, parlons plutôt de nos devoirs. J'ai examiné les problèmes et le premier semble être le plus difficile. Nous aurons besoin d'en arriver d'abord à un Lagrangien avec le terme d'interaction correct. »

Xie abandonna la conversation et se mit à arpenter la pièce en silence. Kovi ne disait rien et après quelques instants il tenta un sourire. Les deux hommes se mirent à rire et bientôt, la discussion revint aux devoirs. Xie ne souleva plus jamais cette question.

Xie obtint son doctorat, retourna dans son pays et se maria. Il invita Kovi à la cérémonie de mariage mais Kovi ne put pas y aller. Des années plus tard, alors que Kovi était dans la région pour une conférence de physique, il rendit visite à Xie. La famille s'était agrandie avec deux enfants. Après un excellent dîner traditionnel, ils buvaient de la bière sur le balcon lorsque Kovi dit à son ami :

« Tu as une famille merveilleuse. Tu sais ce que j'ai entendu dire ? La taille ne fait pas le bonheur ! »

Xie ne dit rien et continua à siroter sa bière avec un sourire. Sa femme pensait qu'ils avaient demandé quelque chose et elle cria pour savoir ce dont ils avaient besoin. Xie répondit franchement :

« Non. Nous sommes juste en train de conclure une conversation inachevée que nous avions commencée pendant nos études supérieures. »

Un jour, Kovi monta dans sa voiture et démarra. Il remarqua que le moteur était en marche, mais la clé était encore dans sa main. Il lui fallut un moment pour comprendre que la clé s'était cassée de telle sorte qu'un morceau brisé était coincé dans le contact et l'autre était dans sa main. Il pouvait démarrer ou arrêter le moteur quand il insérait le morceau brisé avec soin dans le contact et tournait la pièce qui y était coincée. La manœuvre nécessitait de la patience. Sa famille d'accueil l'aida pour aller voir un garagiste qu'ils connaissaient depuis de nombreuses années et en qui ils avaient confiance. C'était un mécanicien automobile, un serrurier, ou une combinaison des deux.

Kovi arriva au rendez-vous et dut attendre que le travail fût terminé. Le morceau brisé de la clé coincé dans le contact devait d'être enlevé et une nouvelle clé de rechange fabriquée. Le garagiste était un homme blanc, d'une trentaine d'années. Il possédait et gérait le magasin avec sa femme, qui traitait les appels téléphoniques, accueils et paiements. Le couple avait une fille qui avait environ quatre ou cinq ans et ce jour-là, l'enfant était à la réception avec sa mère.

Kovi attendait à l'accueil tandis que l'homme réparait sa voiture. L'enfant jouait et se salissait les mains pendant que la mère était constamment au téléphone pour répondre aux appels et prendre des rendez-vous. Elle leva la tête à un moment et demanda à sa fille d'arrêter de jouer sur le sol pour ainsi éviter d'avoir les mains si sales. À ce moment-là, le père surgit de l'atelier et donna à Kovi une évaluation des dégâts et une estimation du coût de la réparation. Puis, il demanda l'accord de Kovi avant de procéder à la réparation du véhicule.

Distraite par la présence de son mari et la nécessité de mettre à jour une facture, la jeune femme oublia de surveiller sa fille qui décida alors de ne pas respecter les instructions de sa mère et de continuer à jouer sur le sol. Kovi s'en mêla et rappela à l'enfant que sa mère avait demandé de ne pas jouer sur le sol et qu'elle allait se salir les mains. La gamine s'approcha de Kovi, pointa du doigt le dos de sa main et lui dit que lui aussi était très sale. Kovi essaya d'expliquer à l'enfant qu'il était juste un homme noir et qu'il n'était pas sale. Au contraire, les paumes de ses mains étaient remarquablement sales. L'enfant ne comprit pas cela et insista innocemment. Ses parents qui avaient entendu la discussion avaient disparu, embarrassés. Quand la réparation du véhicule fut terminée, les parents réapparurent et avant de partir, Kovi leur demanda de façon subtile d'élever leur fille merveilleuse correctement. Selon lui, son développement était fortement influencé par ce qu'elle entendait et apprenait auprès des adultes.

Lorsque Kovi finit ses études, il réussit l'examen d'entrée en doctorat et obtint une bourse pour travailler sur sa thèse. Il choisit de travailler avec un professeur qui était en train de préparer une de ses expériences de recherche dans un laboratoire en Suisse et fut envoyé là-bas pour recueillir les données nécessaires pour sa thèse.

Chapitre Quatre
Grüezi Mitenand

Kovi partit en Suisse, dans la région germanophone pour recueillir et analyser des données pour sa thèse de doctorat. Il était encore étudiant à l'université aux États-Unis, mais son professeur avait une expérience de recherche en cours dans un laboratoire prestigieux en Suisse. Auparavant, il y était allé quelques fois pour de courtes visites, mais cette fois il était supposé y rester pendant dix-huit mois. Ce temps lui suffirait pour apprendre tous les différents aspects du projet et devenir l'expert et la force motrice vers la publication des résultats, comme attendu des étudiants diplômés en physique expérimentale.

Le projet requérait une connaissance approfondie de nombreux aspects et cela pourrait être assez intimidant. Son professeur lui avait assuré que seul un petit nombre de gens doués pouvait atteindre ce niveau de connaissances dans tous les domaines et que c'était suffisant de devenir un expert dans un certain nombre de choses, d'être un spécialiste ou un membre indispensable de l'équipe de recherche. Cyniquement, le professeur déclara :

« Si on prend n'importe quel projet et on le divise en plusieurs petites tâches, finalement chaque membre de l'équipe deviendra un expert en quelque chose. »

De l'aéroport, Kovi devait prendre un train, puis un bus pour aller au laboratoire. Par erreur, il prit un train qui s'e rendait seulement à la gare centrale du centre-ville, où il dut prendre un autre train. À la gare principale, Kovi s'était rendu compte trop tard de son erreur. Il ne dormait pas ; il n'avait pas entendu ou compris l'annonce.

Il n'était pas complètement sûr du quai où prendre sa correspondance, alors il s'approcha d'un individu pour demander des précisions. Dès que Kovi commença à le saluer en anglais, l'homme haussa la voix et dit un tas de choses en suisse allemand que Kovi ne comprit pas. L'homme s'éloigna et Kovi resta là sans comprendre ce qu'il avait fait de mal. Heureusement pour lui, une dame qui avait suivi l'échange entre Kovi et le monsieur, eut pitié de lui et l'aida à trouver le bon quai. Kovi monta à bord du train mais ne trouva pas de siège libre. Le train était complètement plein. Kovi traîna sa valise d'une voiture à l'autre en cherchant un siège alors que le train quittait la gare. Il arriva dans un wagon où il y avait de nombreux sièges confortables et disponibles. Kovi s'assit joyeusement et se détendit et s'endormi après un vol de nuit au cours duquel il était resté éveillé la plupart du temps. À ce moment-là, une femme habillée en uniforme fit son entrée dans le wagon et annonça « Grüezi Mitenand. Tous les billets. » Lorsqu'elle arriva là où était assis Kovi, il lui tendit son billet. La dame regarda et dit quelque chose en suisse allemand. Lorsqu'elle se rendit compte que Kovi ne comprenait pas le suisse allemand, elle changea en un anglais parfait et expliqua à Kovi qu'il avait acheté un billet de deuxième classe mais il était assis en première classe. Elle lui ordonna de retourner en deuxième classe en traversant un bon nombre de wagons.

Kovi était épuisé lorsqu'il arriva dans une voiture de deuxième classe et ne trouva pas encore de siège. En marchant dans l'allée, il repéra enfin un siège libre, juste en face de l'homme qu'il avait approché plus tôt sur le quai. Kovi hésita un moment mais fit preuve de courage et occupa le siège. L'homme explosa de colère à nouveau et hurla avec véhémence. Kovi ne comprenait pas ce qui le mettait en colère ou ce qu'il disait. Kovi resta juste assis tranquillement, mal à l'aise et évita de le regarder en face. De temps en temps, l'homme regardait Kovi et continuait de dire beaucoup de choses et était un peu étonné qu'il n'y ait pas de réactions de la part de Kovi. À l'arrêt suivant, l'homme était toujours en colère et continuait de crier quand il descendit du train.

Le lendemain, en allant à la cafétéria, Kovi et ses collègues furent accueillis par « Grüezi Mitenand. » Il remarqua que, s'il était seul, c'était juste « Grüezi » et « Mitenand » s'appliquait à plus d'une personne. Kovi commençait à apprécier la politesse et gentillesse des expressions de salutation. Il trouva un appartement dans un petit village sur la rive de la rivière Aare. Il était la seule personne de couleur dans le village et attira beaucoup d'attention et de respect une fois qu'il fût établi que Kovi était scientifique au laboratoire. Kovi apprit quand dire « Grüezi », « Grüezi Mitenand » ou d'autres phrases pour échanger des politesses en parfait suisse allemand. Cela lui permit d'améliorer son immersion dans le nouvel environnement culturel et rendit son séjour agréable.

Un matin, en allant au laboratoire, une voiture sortit d'un parking et heurta Kovi doucement. Il ne fut pas blessé et le conducteur s'excusa. Kovi était, néanmoins, dans un état de choc et dut retourner chez lui pour se changer. Le pantalon qu'il portait s'était sali à cause du contact avec un pneu de la voiture. Kovi fut encouragé à déposer un rapport de police. Il se rendit alors au poste de police avec un dictionnaire anglais allemand. Le policier ne parlait pas l'anglais et Kovi n'avait que des bases d'allemand. Les voilà tous les deux avec un dictionnaire comme langue commune ! Ils prenaient le dictionnaire chacun leur tour pour le consulter et montrer à l'autre ce qu'il voulait dire. C'e fut un échange agréable ; le rapport fut déposé à la grande satisfaction de Kovi et du policier.

Le moment vint où Kovi avait terminé l'expérience et devait retourner à l'université pour terminer l'analyse des données et la rédaction de la thèse. Avant de quitter la Suisse, il devait aller à la mairie pour les formalités de départ. L'agent qui avait traité son dossier était surpris que Kovi quitte déjà la Suisse. Il lui demanda en Suisse allemand si la Suisse n'était pas assez bien pour lui. Kovi se débrouilla pour lui expliquer le but de sa présence et les raisons de son départ. Convaincu que la Suisse avait été une bonne expérience pour Kovi, l'homme dit « Alles Gueti ! »

Kovi passa une nuit avec une famille suisse allemande près

de l'aéroport et le jour suivant, il prit le bus pour l'aéroport. Quand il arriva à l'aéroport, il remarqua qu'il n'avait pas son porte-document dans lequel il avait mis son passeport et plusieurs documents personnels. Perdre son passeport et son portefeuille signifiait qu'il était un homme sans identité. Avait-il laissé le porte-document dans le bus ? Il ne se souvenait pas. Peut-être qu'il l'avait laissé à la maison où il avait dormi. Kovi prit un taxi, bien qu'il n'ait pas d'argent pour payer le chauffeur de taxi à la fin de la course, pour retourner où il avait passé la nuit. Il savait que c'était risqué. Qu'allait-il faire si personne n'était à la maison ? Comment allait-il payer le chauffeur de taxi ? Pire encore, le taxi qu'il avait pris coûtait très cher.

Pendant le trajet, Kovi était nerveux. Il expliqua son angoisse due à la perte du porte-documents au chauffeur de taxi qui fit de son mieux pour aller aussi vite qu'il le pouvait. Quand ils arrivèrent à la maison, il n'y avait personne comme prévu parce que les enfants étaient à l'école et les adultes au travail. Kovi frappa en vain tandis que le chauffeur de taxi attendait le paiement et le compteur du taxi continuait de tourner.

Dans un de ces moments magiques lorsqu'on voit la main de Dieu, apparut Christian, l'homme de la maison. Christian avait oublié quelque chose et il était revenu à la maison pour le prendre. Il vit Kovi qui aurait dû être dans un avion quelque part au-dessus de la Manche et il comprit que quelque chose n'allait pas. Ils fouillèrent toute la maison mais ne trouvèrent pas de porte-documents. Le chauffeur de taxi attendait pour qu'au cas où ils trouvent le porte-documents, il puisse ramener Kovi à l'aéroport sans tarder ; peut-être Kovi pourrait encore prendre un vol plus tard. Lorsqu'il devint évident qu'il n'y avait pas de porte-documents, Christian paya le chauffeur de taxi, puisque Kovi n'avait pas d'argent. Christian ne retourna pas au travail ce jour et resta avec Kovi qui était inquiet et déprimé.

À l'époque, le pays d'origine de Kovi n'avait pas

d'ambassade ni de consulat en Suisse et il n'aurait pas été facile pour Kovi d'obtenir un nouveau passeport rapidement. Il aurait dû probablement retourner dans son pays avec un permis spécial ou un laissez-passer au lieu du passeport, mais tous les papiers qui pourraient prouver son identité étaient perdus avec le porte-document. Il était, désormais, un homme qui n'avait pas d'argent ni de citoyenneté et était coincé dans un endroit où il ne parlait pas bien la langue locale. Même s'il pouvait retourner dans son pays, il n'était pas évident qu'il puisse facilement retourner aux États-Unis pour terminer ses études puisque son visa d'entrée aux USA était collé dans le passeport perdu.

Kovi regrettait de ne pas être citoyen d'un pays industrialisé. La perte d'un passeport ne serait pas être la destruction de son avenir, si c'était le cas. Il se rappela que plusieurs mois plus tôt, un de ses collègues qui était en voyage en Suisse pour le même projet de recherche, s'était fait voler son passeport et d'autres articles personnels pendant son escale à Londres. Kovi était impressionné que son collègue se présentât à l'ambassade de son pays à Londres, obtint un nouveau passeport le jour même et arrivât au laboratoire plus tard le même soir. Il avait peut-être obtenu un passeport temporaire ; Kovi ne se rappelait pas. Mais, quel privilège tout de même, pensait-il, pour les citoyens voyageant à l'étranger d'obtenir cette qualité de service et ce traitement spécial de la part de leur gouvernement. Au contraire, dans son cas, après de nombreuses années d'études, son avenir était menacé à cause de la perte d'un passeport. Kovi sombrait dans la dépression.

Christian suggéra d'aller vérifier à la mairie où parfois les objets perdus et trouvés étaient gardés. Ils devaient vérifier là-bas avant d'aller à la police pour une déclaration de perte. Et ils se rendirent à la mairie et à leur grande surprise, le porte-documents de Kovi était là. Christian paya des frais de vingt francs suisses seulement pour récupérer le porte-documents. Tout le contenu de la mallette était là et rien n'avait été volé. On informa Kovi qu'une dame qui attendait à l'arrêt de bus où Kovi avait pris le bus pour l'aéroport avait vu le porte-documents sur le banc et l'avait apporté à la mairie.

« Super ! C'est seulement dans ce merveilleux pays, que l'on peut s'attendre à un tel dénouement heureux. Ailleurs, le porte-documents n'aurait jamais été récupéré, ou bien le contenu indésirable aurait terminé dans les poubelles de la région. »

De nos jours, un porte-documents oublié dans un endroit public comme sur un banc à un arrêt de bus pourrait être considéré comme un objet abandonné ou une menace de bombe, un périmètre de sécurité serait établi et le porte-documents pourrait être détruit.

Kovi prit un vol le lendemain matin et rentra aux États-Unis pour finir ses études universitaires. Mais, ce n'était pas la dernière fois qu'il perdit son passeport. Cela se reproduisit en Suisse, mais la deuxième fois, dans la région francophone du pays. Pendant ses études postdoctorales, Kovi fut envoyé à Genève où il passa un peu de temps pour un projet de recherche. Un jour, en rentrant de voyage, un portefeuille que Kovi portait autour du cou, disparut mystérieusement quelque part entre l'aéroport et son appartement. Il y avait de l'argent, des cartes de crédit et son passeport. L'expérience désagréable du passé se répétait. Encore une fois avec un dénouement heureux après frustration et désespoir. En effet, une semaine après la disparition du portefeuille, un employé de banque appela Kovi pour l'informer qu'un portefeuille avait était déposé à la banque, dans la boîte aux lettres pour les dépôts après la fermeture. Les cartes de crédit et le passeport se trouvaient encore dans le portefeuille, mais l'argent n'y était plus.

Avec le temps, Kovi obtint la double nationalité et put enfin voyager avec un passeport issu d'un pays industrialisé. Il passa beaucoup moins de temps dans les ambassades et consulats pour les demandes de visas et l'idée de perdre son passeport dans un pays étranger ne fut plus un cauchemar. Mais avant d'obtenir cette double nationalité, il voyageait avec un passeport qui, en cas de perte, ne pouvait pas être rapidement et facilement remplacé.

Quand il termina l'analyse des données après son retour aux USA, Kovi rédigea sa thèse et obtint le doctorat en physique.

Chapitre Cinq
Visites Familiales

Kovi ne pouvait pas se permettre de payer les frais de voyages de son père et sa mère pour qu'ils assistent à sa cérémonie de remise de diplômes. Seul Papa Kodjo lui rendit visite pour l'occasion. Papa Kodjo était fier, non seulement de sa visite, mais aussi du succès de son fils comme étant le premier de la famille à obtenir un doctorat.

Papa Kodjo assista à la cérémonie de remise des diplômes, au cours de laquelle Kovi et d'autres personnes portèrent de somptueux costumes et il lui fut remis son diplôme de doctorat qu'il encadra par la suite et accrocha au mur dans son appartement. Papa Kodjo taquinait souvent son fils qui avait fait de longues études et était devenu docteur, mais qui n'était pas en mesure de guérir une personne malade. Il n'était pas facile pour Kovi de lui expliquer la différence entre un docteur en tant que médecin et un docteur en physique. Pour Papa Kodjo, un docteur était une personne formée pour guérir les gens et Kovi n'était pas « un vrai docteur auquel il pensait » en dépit des nombreuses années que Kovi avait passé à étudier sanctionnées par le diplôme de doctorat.

Plusieurs mois plus tard, Kovi et son père visitèrent la Maison Blanche où papa Kodjo apprit l'histoire de l'origine du nom « Amérique ». Kovi s'en souvint lorsqu'il se préparait à l'exam pour être naturalisé citoyen des États-Unis.

Après leur visite à la Maison Blanche, sur le chemin du retour, alors que la nuit tombait, il se mit à neiger. Papa Kodjo n'avait jamais vu la neige et il demanda ce que c'était. Kovi eut du mal à lui expliquer pourquoi et comment la neige se formait et tombait. Kovi pensait qu'il avait réussi mais papa Kodjo n'avait pas compris. C'est seulement le lendemain alors qu'ils se tenaient au bord d'une falaise et observaient la baie qu'il réalisa. La neige avait commencé à tomber tout autour d'eux et Papa Kodjo se tenait immobile et regardait intensément sans rien dire. Tout devenait progressivement blanc sauf la baie. Après son retour en Afrique, ce fut ce spectacle que Papa Kodjo aurait aimé revoir, mais il n'en eut jamais la chance.

Dans la ville de New York, ils avaient visité toutes les attractions touristiques habituelles, culminant avec une vue panoramique sur la ville depuis le sommet des célèbres gratte-ciels. Le voyage de Papa Kodjo en Amérique avait permis aux deux hommes de bénéficier d'une chance pour renouer le lien entre père et fils, lien qui leur avait manqué pendant de longues années. Kovi souhaita que son père séjournât plus longtemps mais il ne pouvait pas dépasser la durée maximale du séjour sur son visa et Papa Kodjo avait insisté pour retourner au pays parce que pensait-il « ses petits-enfants lui manquaient. » Avant de repartir en Afrique, Papa Kodjo confia à son fils que le voyage aux États-Unis avait été le meilleur et le plus mémorable de sa vie.

Un an après la cérémonie de remise de diplôme, Da Afi aussi vint lui rendre visite. C'était un voyage spécial et exceptionnel pour sa mère. Quand elle prit l'avion en Afrique, avec une escale à Paris, elle était paralysée et en fauteuil roulant et de plus, elle ne savait pas lire ou écrire ni en français ni en anglais. Sa famille se faisait du souci au sujet de sa capacité à faire le voyage toute seule. Les frères et sœurs de Kovi, en particulier, étaient les plus inquiets au sujet de leur mère et ils étaient préoccupés. Mais Da Afi était déterminée. Elle voulait visiter l'Amérique pour voir elle-même le nouveau lieu de résidence de son fils et comprendre ce qui l'occupait tellement qu'il ne venait plus souvent dans son pays d'origine. En outre, elle n'avait pas vu son fils depuis des années et se plaignait souvent qu'elle ne savait pas combien de temps de vie lui restait. En tant que personne handicapée ayant besoin d'aide, ses enfants avaient fait les démarches nécessaires pour qu'elle fût prise en charge durant tout le voyage vers l'Amérique. Malgré les craintes de tout le monde, le voyage se passa bien et Kovi accueillit sa mère à l'aéroport JFK, tous deux très heureux de se revoir.

Ils se tenaient debout près d'un gros rocher sur la plage non loin du domicile de Kovi et elle demanda à son fils : « N'es-tu pas fier que j'ai pu faire le voyage toute seule ? » En effet, Kovi en était très fier.

Da Afi resta avec Kovi Afi pendant trois mois. Ce fut une période spéciale. Kovi eut souvent l'occasion de s'exprimer dans sa propre langue et il retrouvait la maîtrise totale qu'il avait eue autrefois. Afi Da lui livra quelques secrets pour faire de bons repas traditionnels.

Au cours de sa visite, Kovi dut faire quelques voyages à l'extérieur des États-Unis pour la recherche scientifique. Ces voyages étaient d'une durée d'une semaine chacun. Durant son absence, Da Afi logea chez la cousine de Kovi, Ashley. La proximité d'Ashley généra des rencontres familiales avec une reproduction de l'atmosphère et ambiance traditionnelles que Kovi n'avait pas vécues pendant plusieurs années.

Le jour où Da Afi retourna en Afrique, Kovi et sa mère prirent le même vol pour Paris où ils se dirent au revoir. Après quelques heures d'escale, Da Afi continua vers l'Afrique et arriva dans la soirée. Elle fut accueillie à l'aéroport par ses enfants enthousiastes. Kovi, cependant, prit un autre vol pour un autre pays où il faisait une expérience de recherche en physique.

Les souvenirs des visites de ses parents étaient tout ce qui restait après la mort de Papa Kodjo. Parfois, Kovi regardait les albums photos nostalgique et se rappelait un amusant voyage, une querelle ou un désaccord. Kovi était toujours heureux que ses parents, à leurs âges avancés et à la mobilité réduite, aient été en mesure de visiter l'Amérique et de découvrir une culture différente. Quand ils étaient venus et avaient vu la société dans laquelle leur fils s'était installé, ils avaient mieux compris la vie dans un pays développé par rapport aux réalités quotidiennes dans les pays du tiers monde. De plus, leurs visites renforcèrent les liens familiaux, car il y eut de nombreuses conversations joviales au cours des événements de leurs visites.

Durant ses études postdoctorales, Kovi fut invité en Afrique de l'Ouest pour donner des cours dans une école de physique et il profita de l'occasion pour passer quelques jours avec sa famille. Avant de se rendre à l'aéroport pour son vol de retour aux USA, Kovi se rendit dans un restaurant avec l'un de ses frères, Koku Jean Tonton.

C'était un restaurant en plein air, sous un énorme baobab, où Kovi dînait souvent avant de quitter le pays pour ses études supérieures à l'étranger. Le restaurant servait des repas seulement à la fin de l'après-midi et le soir et attirait des gens de tous les milieux et conditions sociales pour apprécier la nourriture, écouter de la musique, discuter d'affaires, ou bien regarder des matchs de football à la télévision. Le restaurant était spécialisé dans une variété de plats africains de tout le continent ; il attirait les gens du coin et les étrangers et cela lui donnait une atmosphère internationale.

Pour pourvoir aux besoins des étrangers, les épices les plus piquantes n'étaient pas mises directement dans les plats tel que c'est fait normalement, mais au contraire, elles étaient servies à côté et les gens étaient prévenus afin d'utiliser les sauces épicées avec modération.

La nourriture était servie sous forme de buffet et Kovi et Koku étaient dans la queue pour se servir. Il y avait une dame devant eux qui avait pris une énorme quantité d'une sauce pimentée malgré le conseil d'un serveur. Elle se vantait de son expérience des repas épicés au cours de ses nombreux voyages dans différents endroits d'Amérique latine, d'Asie et d'Afrique où elle avait mangé de la nourriture épicée à diverses occasions.

Kovi et Koku étaient en train de déguster leur repas quand elle commença à crier et à courir hystériquement comme un poulet sans tête, saisissant et buvant chaque verre d'eau à sa portée. Tout le monde se retourna pour la regarder et dans un premier temps, personne ne savait quel était le problème. Quelques membres de son propre groupe s'approchèrent d'elle pour l'aider et lui conseillèrent de se calmer. Elle s'assit sur le sol avec la bouche grande ouverte et essaya d'aspirer autant d'air que possible pour atténuer l'effet de brûlure de la sauce piquante sur la langue et dans la gorge. Elle respirait fortement et rapidement ; elle bougeait les mains en avant et en arrière devant sa poitrine et ses yeux étaient larmoyants.

Certains tentèrent de prendre un taxi pour l'emmener rapidement à l'hôpital mais, heureusement, à chaque seconde qui passait, elle semblait se sentir mieux au fur et à mesure que la brûlure du piment s'apaisait. Lorsqu'il fut évident qu'elle était hors de danger, les gens du coin éclatèrent de rire d'une façon contagieuse et incontrôlée et certaines parmi eux imitèrent ses précédents mouvements hystériques tandis que tous les étrangers restaient silencieux, toujours avec un air préoccupé. Le gérant du restaurant s'approcha d'elle et dit :

« Je vois que nous avons eu un peu peur et beaucoup d'émotion ce soir. J'espère que vous allez mieux maintenant. Vous savez, les gens d'ici mangent des repas très pimentés depuis leurs enfances. Ils mettent les épices piquantes directement dans la nourriture lorsqu'ils cuisinent, pas sur le côté et il n'y a pas d'assaisonnement qui ne soit pas piquant. Je comprends que vous avez mangé des repas piquants avant mais quand vous venez ici, vous devriez faire attention aux sauces piquantes et aux repas épicés pour éviter une expérience désagréable. Votre repas aujourd'hui est gratuit. »

La dame, embarrassée, partit avec ses amis, mécontente que les gens du coin n'aient pas eu plus de compassion.

Kovi évita toutes les sauces piquantes et Koku Jean Tonton le taquina impitoyablement parce que Kovi n'était plus en mesure de tolérer les repas épicés ; il y avait plusieurs années que Kovi n'avait pas mangé des repas épicés. Kovi répondit à son frère qu'il pouvait encore supporter les repas piquants mais il ne voulait pas devoir se préoccuper de l'attaque en trois phases du piment pendant le vol : dans la première phase, la bouche, la langue et la gorge seraient en feu, comme dans le cas de la dame. Dans la deuxième phase, la sauce piquante pourrait brûler l'estomac et dans la phase finale, le rectum pourrait être en feu. Dans certains cas, ces trois phases d'attaque indésirables pouvaient se chevaucher dans le temps et déboucher sur une triste et insupportable expérience.

Kovi continuait d'affirmer qu'il ne voulait pas avoir à monopoliser les toilettes dans l'espace clos d'un avion, trente-cinq mille pieds au-dessus du niveau de la mer, quelque part au-dessus de l'Océan Atlantique. Koku répondit qu'il n'avait jamais subi de tels effets, ce qui prouvait que Kovi avait perdu la capacité de manger les repas épicés.

Kovi prit son avion ce soir-là. Il avança dans l'allée et arriva au numéro de son siège. Là se trouvait la personne qui avait subi l'effet indésirable du piment plus tôt au restaurant. Elle n'était pas au courant que Kovi avait été témoin de son expérience désagréable avec la sauce piquante.

« Bonsoir. Je pense que j'ai le siège du couloir, dit Kovi avec un sourire.

— Ah ! Je suis désolée. Donnez-moi une minute pour rassembler mes affaires et passer au hublot. »

Elle répondit avec un sourire particulièrement évocateur et timide, en dessous d'une monture de lunettes brune et un peu inclinée qui donnait au beau visage une attraction irrésistible. Elle avait des cheveux longs et naturellement foncés, de toute évidence, bien soignés et tressés dans un style complexe. Elle projetait une allure digne d'une personne confiante et respectueuse qui était à l'aise avec son charme et son intelligence. Lorsque Kovi rangea son bagage à main et s'assit confortablement, il poursuivit :

« Je m'appelle Kovi. Et vous ?

— Aisha ! Je suis heureuse de faire votre connaissance.

— Pareillement ! Qu'est-ce qui vous a amené dans ce pays?

— Je travaille pour une organisation religieuse qui sponsorise un abri pour les orphelins.

— Orphelins ? Où ?

— Nous travaillons avec un pasteur et son église locale pour identifier les personnes qui sont dans le besoin. Puis, nous leur construisons des abris où ils restent jusqu'à la fin de leurs études scolaires. J'étais dans le centre du pays pendant trois semaines pour la construction d'un centre là-bas.

— Cela semble être un grand projet. Mais maintenant vous partez ?

— Quelqu'un d'autre est venu pour me remplacer. Nos agents sont en rotation comme ça jusqu'à ce que le centre soit opérationnel. Puis, deux personnes resteront en permanence pour aider le pasteur dans l'administration et les finances.

— Alors je suppose que vous reviendrez.

— Je ne suis pas encore sûre mais j'aimerais bien !

— C'est votre première visite ? La première fois en Afrique?

— Oui, c'était ma première visite ici. Mais j'ai été dans d'autres pays en Afrique. Nous avons différents projets dans de nombreux endroits.

— Alors comment a été votre séjour ici ?

— C'était super. Les gens sont gentils et sympathiques et la nourriture est savoureuse. Sauf le piment ! »

À ce moment, Kovi essaya de ne pas rire :

« Le piment vous a joué un mauvais tour ?

— Ah, mon Dieu ! J'ai cru que j'étais en train de mourir. Je parlais à mon amie et je ne prêtais pas attention. J'avais mis un peu de ces poivrons verts et ronds dans ma bouche et je commençais à mâcher. Quelques secondes plus tard, cela m'a frappé subitement comme une tonne de briques. C'était comme si ma bouche était au feu et ma langue en flammes.

— Oui, j'étais là. Tout le monde vous regardait.

— Mais pourquoi les gens du coin se sont mis à rire ? Je n'ai pas aimé ça. C'est mal élevé.

— Ils ont ri quand ils ont vu que vous étiez hors de danger. C'est un événement potentiellement grave qui s'est bien terminé. Donc, les gens peuvent se détendre lorsqu'il n'y a plus de danger. Dans mon village ancestral, un événement pareil vous apporterait un surnom, comme « Aisha, celle qui ne supporte pas le piment » et une chanson pourrait être écrite à ce sujet. La taquinerie peut continuer longtemps après l'événement dans la gaieté et le plaisir.

— Donc vous êtes d'ici ?

— Oui. Élevé ici jusqu'à ce qu'au moment où je suis parti aux USA pour mes études supérieures. Je suis venu pour donner des cours dans une école de physique et maintenant je retourne aux États-Unis.

— Ah ! C'est super. »

Ils continuèrent à bavarder pendant le service du repas et échangèrent leurs coordonnées car Kovi était intéressé à suivre le développement de l'orphelinat. Kovi apprit qu'Aisha était originaire des États-Unis, fille d'un homme blanc et d'une femme noire de Guinée. Ses parents s'étaient rencontrés aux USA quand sa mère y faisait des études et elle avait grandi dans une famille qui était engagée dans de nombreux projets philanthropiques en Afrique et ailleurs.

À l'aéroport à Paris, ils se dirent au revoir et commencèrent à partir dans des directions opposées, mais après quelques instants, elle se retourna et lui demanda « quoi ? » Pour répondre à sa question, Kovi sourit et dit sciemment : « J'aime vous voir vous éloigner ! » Elle répondit en disant « merci » et s'en alla.

Aisha prit un vol de correspondance pour Washington D. C. tandis que Kovi continua à New York après une courte escale. En se dirigeant vers sa porte d'embarquement, Kovi pensait qu'il aimerait revoir Aisha et fut envahi d'un sentiment de bonheur et de satisfaction.

Chapitre Six

Aisha

Après son retour aux USA, Kovi renoua avec Aisha et ils décidèrent de faire un voyage ensemble. Kovi et Aisha ne s'étaient pas revus depuis leur séparation à Paris, mais ils avaient maintenu des contacts réguliers. Pour donner suite aux nombreuses discussions au bout du fil, ils avaient soigneusement planifié un voyage à travers le pays. Cela allait prendre plusieurs semaines, durant lesquelles ils partiraient au sud, puis à l'ouest et au nord avant de rendre la voiture de location et prendre un vol de retour vers l'est.

Kovi partit avant l'aube pour aller chercher Aisha tôt à son université où elle faisait des études de maîtrise. Ils arrivèrent dans la ville de Lancaster en Pennsylvanie vers midi. Ils voulaient passer quelques jours dans le pays Amish avant de continuer vers le sud. Ils étaient en direction de leur hôtel dans un village Amish mais ils ne prêtaient pas attention à l'endroit où ils allaient. Kovi ralentit pour qu'ils puissent admirer la magnifique campagne Amish, les terres agricoles et les personnes qu'ils voyaient le long du chemin dans les calèches Amish.

Après un moment, ils se rendirent compte qu'ils étaient perdus et Aisha, la co-pilote, se renseigna à l'aide de son smartphone. Kovi remarqua qu'Aisha semblait un peu confuse et fixait intensément son appareil. Kovi se demandait pourquoi elle n'était pas capable de lui dire le temps qui restait pour arriver leur hôtel ni l'endroit exact où ils se trouvaient. Kovi conduisait et la beauté du paysage marquait le rythme au ralenti. Ils ne se souciaient de rien jusqu'à ce que la faim et l'épuisement se firent sentir.

« Nous devrions trouver l'hôtel vite ou s'arrêter quelque part pour déjeuner. Je suis fatigué et affamé, dit Kovi.

— Oui, moi aussi.

— Où sommes-nous ?

— Au milieu d'un rapport sexuel — Intercourse !

— Hé ! Aisha, ce n'est pas le moment de faire des mauvaises plaisanteries.

— Je ne plaisante pas. L'appareil dit que nous sommes au milieu d'un rapport sexuel.

— Quoi ?

— Ouais ! Nous sommes en plein milieu d'un rapport sexuel ! »

Kovi se tourna vers Aisha qui lui montra une carte sur son téléphone et sur la carte, leur emplacement était identifié comme « Intercourse », en Pennsylvanie. Sceptique, Kovi regarda les panneaux tout en conduisant. Il ne voulait pas faire confiance au gadget électronique qui les avaient mal informés, pensait-il. Puis, il vit le panneau, l'indéniable confirmation qu'il cherchait : ils étaient en effet au milieu d'Intercourse — rapports sexuels. Puis Kovi et Aisha se mirent à rire et Kovi eut du mal à se concentrer sur la conduite. Aisha décida de poster une mise à jour sur les réseaux sociaux à propos de l'endroit où ils étaient. Aussitôt, commentaires et réactions au post affluaient et il y en avait un en particulier qui dit « trouvez une chambre ! » A ce commentaire, quelqu'un répondit et écrivit « Si vous vous trouvez au milieu d'un rapport sexuel, « Intercourse », vous disposez déjà d'une chambre. » Mais bien sûr, c'était une déclaration très subjective et après quelques secondes quelqu'un d'autre écrivit : « Pas nécessairement. »

Kovi et Aisha se promenèrent en calèche Amish, visitèrent un village, musée et marché d'Amish, apprirent de nombreuses choses à propos de la vie en communauté du peuple Amish. Dans un magasin qui vendait de nombreux articles et souvenirs, ils trouvèrent un pull où à l'avant et l'arrière il était écrit, respectivement : « J'aime Intercourse » et « Pennsylvanie ».

Irrésistiblement, Kovi acheta ce pull et fit attention aux diverses réactions sur les visages des gens, quand il le portait. Les gens se détournaient après avoir lu ce qu'il y avait sur le pull, tournaient la tête et n'avaient pas envie d'en savoir plus ou faisaient semblant de n'avoir rien lu. D'autres affichaient un air de dégoût, de choc ou de confusion. Puis il y avait ceux qui souriaient poliment à Kovi comme pour dire : « Oui, je sais où est ce coin. J'y suis allé et j'ai l'intention d'y retourner bientôt ! » Enfin, il y avait ceux qui étaient curieux et voulaient en savoir plus et Kovi expliqua qu'il l'avait acheté en Pennsylvanie, dans un village appelé Intercourse.

Ils quittèrent le pays Amish et continuèrent vers le sud en direction de Washington D. C. où ils passèrent quelques nuits chez les parents d'Aisha. Kovi eut beaucoup de peine à conduire dans la capitale, en particulier autour des grands carrefours où des rues différentes convergent en diagonales et en horizontales. Ceci peut confondre le conducteur novice qui doit faire plusieurs tours dans le rond-point afin d'identifier la rue à prendre. Aisha prit en charge la conduite pendant qu'ils étaient dans cette ville. Ils allèrent à l'ambassade du pays d'origine de Kovi qui devait se renseigner sur le processus de renouvèlement de son passeport avant ses futurs voyages d'affaires. À l'ambassade, les concitoyens de Kovi étaient heureux de faire sa connaissance. Ils prirent ses coordonnées pour garder le contact avec lui parce qu'ils disaient : « les gens comme lui » pourraient être appelés pour des projets scientifiques pour leur pays.

Aisha avait présenté un bref aperçu de ses projets philanthropiques dans cette région d'Afrique et avait reçu un accueil chaleureux, des encouragements et des félicitations.

Un jour, ils allèrent dans un restaurant qui offrait des plats exclusivement du pays d'origine de Kovi dans un quartier de Washington D. C. qui avait beaucoup de restaurants exotiques. Le propriétaire du restaurant était un concitoyen de Kovi ; ils se mirent alors à parler dans leur langue maternelle pendant un moment et il dit à Kovi que maintenant il allait devoir faire plus d'efforts pour préparer les plats comme les connaissait Kovi dans son pays d'origine. La nourriture était servie chaude et elle irradiait une vapeur qui aiguisait l'appétit de Kovi. Il commença à manger et ne prêta plus attention à ce que disait Aisha. Il remarqua que les épices piquantes étaient cuites avec les plats tel que c'était habituellement fait dans son pays d'origine.

Lorsque le propriétaire avait annoncé qu'il allait préparer les plats en suivant les recettes originales du pays de Kovi, il était sérieux et déterminé à l'impressionner. Le propriétaire réussit mais Kovi conseilla à Aisha de ne pas manger le plat pimenté pour éviter l'éventuelle répétition de l'expérience inquiétante avec la sauce piquante qu'Aisha avait subie en Afrique. À la déception du propriétaire, elle dut attendre que son plat fût refait sans épices piquantes. Entre-temps, ils avaient commencé un débat sur l'utilisation des sauces piquantes.

D'une part, Aisha, qui était devenue prudente et évitait les repas épicés depuis son expérience désagréable en Afrique, maintenait qu'il est bien préférable d'avoir le piment, sel et d'autres assaisonnements sur le côté pour donner aux gens la possibilité d'assaisonner leurs repas à leur goût. D'autre part, le propriétaire du restaurant et Kovi soutenaient que cuire tous ensemble conférait au plat un goût un peu meilleur que l'on ne peut obtenir autrement. Ils ne purent arriver à un compromis et après avoir savouré leur repas, Kovi et Aisha poursuivirent leur périple vers le sud jusqu'à la vallée de Shenandoah et firent escale à Warm Springs dans la région de Bath County, en Virginie.

Ce comté de Virginie offre des sources naturelles chaudes ou tièdes qui peuvent être utilisées à des fins thérapeutiques ou pour un moment de détente dans le calme d'une vallée bordée par les sommets et les crêtes des Blue Ridge Mountains et des Appalaches. Kovi et Aisha se baignèrent dans une source chaude pour renouveler leur force pour le reste du périple qui les fit traverser la région pittoresque et magnifique de la Caroline du Nord et du Tennessee. Ils arrivèrent à Atlanta en Géorgie où ils firent une autre escale pour rendre visite à Ashley — la cousine de Kovi — et sa famille qui avaient déménagé de New York après leur retraite pour s'installer dans la région près d'Atlanta. Ils restèrent là pendant plusieurs jours et Kovi et Ashley eurent l'occasion de se mettre au courant des dernières nouvelles et événements dans le village ancestral en Afrique et de rendre visite à d'autres membres de la famille à Atlanta.

Après plusieurs heures de conduite, Kovi et Aisha virent un panneau annonçant un grand restaurant steak house et décidèrent de s'y arrêter. Le menu de ce restaurant contenait exclusivement de la viande de différents types et tailles, assaisonnée et marinée de différentes manières. Kovi et Aisha auraient voulu pouvoir y retourner plusieurs fois ou trouver le même restaurant près de leurs résidences, pour pouvoir tout goûter, en particulier les steaks séchés et vieillis. Le restaurant était plein de compatriotes américains qui dégustaient leurs steaks cuits à leurs grés et accompagnés d'une bonne variété de légumes. De tels repas étaient accompagnés de grands vins importés de tous les endroits réputés pour leurs crus.

Le gérant du restaurant passait de table en table, bavardait avec ses clients et était ravi de les entendre exprimer leur satisfaction. Il dit hardiment aux clients que si, pour une raison quelconque, ils n'étaient pas satisfaits de leurs steaks, il les laisserait partir sans payer. Depuis dix-neuf ans qu'il gérait ce restaurant, pas un seul client ne s'était plaint. Le personnel et les cuisiniers étaient si attentifs aux détails et à la satisfaction de la clientèle que les clients laissaient de grands pourboires et les gens du coin qui aimaient la viande étaient devenus des clients réguliers.

Il y avait une option qui consistait d'un énorme steak d'un kilogramme et si quelqu'un pouvait le manger en entier, seul et en un seul repas, il aurait le repas gratuit. Pour éviter que les gens ne prennent leur temps et mangent lentement afin de finir le steak, les concurrents devaient terminer le steak géant en quatre-vingt-dix minutes à compter du moment où il était servi.

Quand le serveur s'approchait d'une table pour prendre les commandes, les personnes déterminées déclaraient leurs intentions de concourir pour le plus gros steak du menu et la chance d'avoir un repas gratuit. Les gens étaient libres de donner des spécifications détaillées concernant la façon dont l'immense steak devait d'être assaisonné et cuit. En fait, pour faire monter les enchères, les candidats étaient autorisés à choisir leur bouteille de vin et l'ensemble du repas y compris les apéritifs et le vin serait gratuit si le concurrent réussissait. Cependant, les desserts n'étaient pas inclus dans l'arrangement, parce qu'il était peu probable que quelqu'un pût manger autant et avoir encore de la place pour le dessert.

Les murs du restaurant étaient décorés avec les photos des personnes qui avaient réussi à manger le plus gros steak en moins de deux heures. Mais il n'y avait pas d'informations sur ces personnes spéciales après qu'elles aient quitté le restaurant, c'est-à-dire, si elles étaient tombées malades ou même si elles avaient survécu après la gloutonnerie.

La plupart des gens relevaient le défi juste pour le plaisir, étant bien conscients qu'ils ne pouvaient pas réussir, mais au moins ils emmèneraient les restes à la maison pour les déguster plus tard. Kovi aussi, se décida à essayer et Aisha flattait son égo et l'encourageait, même si elle croyait qu'il n'était pas capable de réaliser cette prouesse.

Kovi essaya vaillamment avec une bonne bouteille de vin mais après le temps alloué, il n'avait consommé qu'à peu près six cents grammes du steak géant et n'alla pas plus loin.

Le gérant s'approcha de Kovi et Aisha, peut-être soulagé que Kovi n'avait pas gagné son repas gratuit et il leur parla vivement d'un homme qui était parmi les rares à avoir réussi. Il leur montra sa photo sur le mur et jugeant de la photo, le gars avait l'air mince et ne semblait pas avoir un estomac pour pouvoir ingérer autant de nourriture.

Apparemment, la première fois que l'homme avait essayé, il n'avait pas réussi, mais presque. Plusieurs semaines plus tard, il était retourné au restaurant et la deuxième fois, il avait terminé le steak géant et était parti sans payer un sou. Il avait renouvelé l'expérience avec succès lorsqu'il était revenu une troisième fois et jusqu'à ce jour, il était la seule personne avec deux succès consécutifs depuis que le restaurant était en service. Après, il était encore revenu au restaurant mais on avait refusé de prendre sa commande de steak géant de peur qu'il encourage d'autres personnes à réussir et si beaucoup de gens arrivaient à manger le grand steak gratuitement, le restaurant pourrait faire faillite.

Le jour suivant, Kovi peinait à se déplacer et se sentait léthargique. Son estomac était lourd comme s'il y avait encore une grande quantité de viande non digérée. Aisha se chargea de la conduite et se dirigea vers l'ouest. Ils couvrirent une grande distance en un temps record pour les emmener à la périphérie de White Sands, au Nouveau Mexique. Là, ils firent une randonnée dans la chaleur torride à travers d'impressionnantes dunes de sable blanc qui s'étendaient à perte de vue. Ils étaient émerveillés par l'écosystème qui s'était adapté pour prospérer dans un tel environnement hostile. Ils étaient captivés par le coucher du soleil et le ciel nocturne, avec son impressionnant lever de lune au-dessus des montagnes qui, à distance, paraissaient de gigantesques silhouettes. Le cadre naturel paisible, loin des activités humaines, insuffla un sentiment de paradis sur terre. Pendant un moment, il semblait qu'ils étaient les deux seuls êtres humains, comme au paradis.

Dans le clair de lune, la peau d'Aisha brillait et contrastait avec ses longs cheveux noirs tressés et son corps mince semblait avoir développé un charme spécial et une aura angélique que Kovi trouvait exceptionnellement belle et irrésistible. Dans la lumière de la nuit, la corpulence de Kovi apparut plus nettement définie et son crâne rasé brillait davantage alors qu'il fixait Aisha d'un regard intense et un sourire désarmant. Ils se faisaient face et se tenaient les mains quand Kovi se pencha en avant et leurs lèvres se rapprochèrent. Ils restèrent immobiles pendant un moment, en silence, on entendait juste le bruit des créatures nocturnes et leurs cœurs battaient plus vite quand ils se serraient les mains fermement. Aisha relâcha sa main et la plaça derrière sa tête, caressant sa nuque doucement tandis que Kovi enroula sa main autour de sa taille et l'attira plus près de lui. Leurs lèvres étaient jointes dans un baiser envoûtant qui semblait devoir durer pour l'éternité.

Ils rentrèrent à l'intérieur et passèrent une nuit d'amour passionné jusqu'au petit matin puis tombèrent dans un profond sommeil. Ils étaient à peine réveillés quand le téléphone sonna et la réceptionniste leur demanda s'ils allaient garder la chambre pour une nuit supplémentaire.

En début de soirée, ils arrivèrent dans la région de Santa Fe et s'arrêtèrent à un restaurant sur la rive du Rio Grande. Le restaurant était plein et ils durent attendre le serveur un bon moment. Impatient, Kovi décida d'aller au bar pour commander des boissons. Il y avait beaucoup de monde autour du comptoir et certaines personnes étaient assises alors que d'autres se tenaient debout. Kovi attendait derrière certaines personnes qui semblaient avoir formé une file d'attente. Quand finalement il atteignit le comptoir, il se tenait derrière un homme et il tenta d'attirer l'attention des serveurs. L'homme derrière lequel se tenait Kovi était confortablement assis et regardait la télévision tout en sirotant de temps en temps sa boisson. Il portait une casquette de baseball sur ses cheveux noirs et sa peau était de couleur cuivrée. L'homme se retourna et fixa Kovi pendant un certain temps, mais il ne dit rien alors que Kovi essayait toujours d'attirer l'attention d'un serveur. L'homme se tourna à nouveau et la deuxième fois il dit :

« Je n'aime pas quand quelqu'un se tient derrière mon dos.

— J'attends juste pour commander des boissons, monsieur, répondit Kovi.

— Ça me rend nerveux.

— Eh bien, bon nombre de personnes faisait la queue derrière votre dos il y a un moment et ça ne vous a pas rendu nerveux. Lorsque j'arrive derrière vous, vous vous sentez soudainement nerveux. Ne vous inquiétez pas, je ne suis pas ici pour vous voler votre porte-monnaie.

— Non ! Non ! Je suis désolé, monsieur. Ce n'est pas ce que je voulais insinuer… »

Le sourire sur le visage de Kovi disparut rapidement et il s'éloigna de l'homme qui offrait une piètre explication de pourquoi il se sentait nerveux quand un noir se tenait derrière lui dans un bar bondé.

Kovi revint en colère et sans les boissons et Aisha l'écouta raconter l'incident. Aisha pensait que ça ne valait pas la peine de se mettre en colère et que Kovi aurait dû simplement se mettre de côté et passer sa commande et qu'au moins ils auraient leurs boissons maintenant. Kovi soutenait que le bar était tellement bondé que s'il s'était mis de côté, il se serait tenu derrière une autre personne qui aurait pu également devenir nerveuse. Aisha tenait les mains de Kovi et lui conseilla de se détendre. Elle offrit d'aller chercher les boissons elle-même. À ce moment-là, l'homme s'approcha de leur table et leur demanda poliment s'il pouvait s'asseoir avec eux un moment. Il présenta ses excuses pour l'incident et leur offrit des boissons. Il paraissait ivre et il disait un tas de choses sur l'histoire de son peuple et des noirs en Amérique. Il dit qu'il s'appelait Bob, mais Kovi insista pour connaître son vrai nom. C'était Puyama. Il expliqua à Kovi et Aisha la signification de son nom mais sous l'influence de l'alcool, ils oublièrent vite. Après un bon repas et beaucoup de boissons, Puyama invita Kovi et Aisha à un Powwow et quitta le bar.

Le lendemain, Kovi et Aisha arrivèrent sur les lieux du Powwow vers la fin de la matinée et virent un grand rassemblement d'amérindiens, habillés en costumes élégants, dans un grand espace organisé en cercles concentriques de danseurs, percussionnistes, spectateurs et vendeurs. L'événement avait attiré beaucoup de gens qui, entre les annonces, les chants et danses, marchaient autour du rond central pour visiter les stands où se vendaient de la nourriture et divers types de pièces d'arts et de souvenirs. Parmi les groupes de personnes élégamment vêtues qui se relayaient pour l'exécution des chants et danses, Kovi et Aisha cherchaient Puyama, mais ils ne le trouvèrent pas.

Kovi était particulièrement impressionné par un groupe de jeunes hommes qui avait exécuté une danse où le rythme des tambours s'accélérait et les hommes suivaient avec des mouvements rythmés de leurs corps en se baissant à terre, pour ensuite étirer leurs corps de façon progressive en cadence avec la musique. Parmi ces hommes, Kovi en remarqua un qui semblait être Puyama, mais Aisha n'en était pas sûre.

Plus tard, un groupe de personnes fut appelé sur la scène et présenté comme un groupe mexicain qui avait fait le voyage pour le Powwow. Il fut annoncé que le groupe allait exhiber une danse de guerriers. Cela attira un plus grand nombre de personnes et le cercle de spectateurs augmenta de façon spectaculaire.

Une femme membre du groupe expliqua en anglais parfait la danse des guerriers et leur patrimoine culturel comme prélude au spectacle. Quand la danse commença enfin, un beau gars athlétique, avec des ornements décoratifs impressionnants le long de son corps de la tête aux pieds, la mena. Les tambours résonnaient rapidement et le meneur de danse suivait le rythme et couvrait toute la scène en dansant avec rapidité et agilité. La foule était hypnotisée par l'élégante démonstration de talents et Kovi et Aisha regardaient en silence quand ils sentirent des mains sur leurs épaules. C'était Puyama qui les avait remarqués dans la foule. Il avait l'air magnifique dans sa tenue traditionnelle et il les informa que son groupe de danseurs allait danser à nouveau plus tard dans la journée. Ils lui demandèrent des conseils sur les souvenirs et pendant qu'il bavardait avec Aisha, Kovi partit acheter un attrape-rêves.

Kovi s'approcha d'une jeune amérindienne dans la section des vendeurs et après une discussion il se décida sur l'attrape-rêves qu'il voulait. Il était sur le point de payer quand son attention se porta sur un collier qu'il trouva magnifique pour Aisha. Il oublia complètement l'attrape-rêves. Mais, il y avait beaucoup de choix de colliers et il avait du mal à se décider. La vendeuse avait des cheveux noirs semblables à ceux d'Aisha et avait le même teint et corpulence qu'elle. Kovi lui demanda d'essayer les colliers pour savoir celui qui irait le mieux à Aisha. La vendeuse essaya plusieurs colliers successivement et se regarda dans le miroir. Ils firent tous les deux des commentaires sur chaque collier jusqu'à ce qu'ils choisissent celui qui obtint l'unanimité. À ce moment, la jeune femme rougit et Kovi fut mal à l'aise. Kovi paya rapidement et s'en alla, embarrassé : le cadeau idéal pour sa copine avait déclenché une attraction pour une autre femme.

Kovi et Aisha continuèrent leur périple en Arizona où ils visitèrent deux sites importants : la vieille ville de Tombstone et le Grand Canyon. À Tombstone, ils virent une reconstitution de la célèbre bataille d'armes à feu de   O.K. Corral. Ils apprirent que toute la fusillade avait duré moins d'une minute et lorsque la fumée se dissipa, un brave homme était le seul qui se tenait encore debout alors que les autres gisaient par terre, morts ou blessés. Ils continuèrent ensuite vers le nord et atteignirent le Grand Canyon tard dans la nuit. Ils n'avaient pas réservé de chambre d'hôtel et furent surpris de constater que, les hôtels dans la région, étaient tous complets. Ils étaient trop fatigués pour faire demi-tour avant de trouver un motel avec des chambres libres et par conséquent, ils dormirent dans la voiture.

Ils ignoraient que bien que l'endroit fût chaud pendant le jour, il faisait froid la nuit. Kovi se réveilla plusieurs fois pour allumer le moteur et réchauffer la voiture. Pour économiser de l'essence, il démarrait le moteur et lorsque la voiture était réchauffée, il éteignait le moteur et se rendormait pour se réveiller un peu plus tard quand la voiture serait redevenue froide. Le matin, Kovi était de mauvaise humeur parce qu'il n'avait pas bien dormi tandis qu'Aisha avait dormi profondément toute la nuit sans se réveiller.

Ils firent une promenade aux alentours et s'arrêtèrent souvent sur les bords du canyon. En bas, se trouvait le grand fleuve du Colorado qui ressemblait à un serpent géant d'une couleur bleu vert. Au-dessus, volaient de majestueux oiseaux de grandes envergures. De loin, au-dessus du canyon, un coucher de soleil se formait et cela attirait beaucoup de gens pour regarder le soleil disparaître progressivement dans le canyon, laissant derrière lui un horizon radieux de couleur orange.

Ils continuèrent à voyager vers l'ouest et atteignirent Las Vegas où ils passèrent une nuit. Ils furent fascinés par les activités de jeux de hasard qui attiraient les gens même de loin et avaient donné vie à une ville animée dans le désert. Aisha était tentée d'essayer le jeu comme un amusement et pour se relaxer mais Kovi hésitait de peur de perdre tout ce qu'il avait ou d'en devenir dépendant. Il réussit à convaincre Aisha, qui déçue, regardait les gens venus perdre ou gagner de l'argent.

Kovi expliqua à Aisha que selon son expérience, lorsqu'il jouait au jeu à l'école secondaire, la chance, au début, était à ses côtés avec une série de gains qui l'incitait à continuer de jouer, seulement, la fin était moins heureuse, car il perdait tout. Lorsqu'il arriva à l'étape de l'addiction et qu'il voulut emprunter de l'argent pour continuer après avoir tout perdu, il prit une remarquable décision de renoncer entièrement au jeu. Il avait peur que les vieux démons refassent surface et il avait décidé de ne pas tenter le destin. « Pourquoi aller à Las Vegas et ne même pas jouer une seule partie ? » se demandait Aisha, mais elle concéda la demande de Kovi et ils partirent au nord-est et entrèrent dans l'état de Utah où ils traversèrent Provo pour arriver à Salt Lake City à la tombée de la nuit.

À Salt Lake City, Aisha rencontra une de ses amies nommée Allison qui travaillait pour la même organisation religieuse, mais n'était pas allée en Afrique. L'agence centrale de l'église était à Utah, de là, ils géraient leurs activités philanthropiques et évangéliques à l'étranger. Aisha et Allison avaient parlé au téléphone plusieurs fois, mais ce soir-là, c'était la première fois qu'elles se rencontraient en personne. Le père d'Allison était pasteur à l'église et il était allé en Afrique plusieurs fois pour convertir les gens — un objectif qui fut atteint plus facilement quand ils offrirent aux gens de l'aide concrète et immédiate sous la forme d'une école, une infirmerie ou un orphelinat.

Kovi écoutait tranquillement pendant qu'Aisha et Allison parlaient pour s'informer des diverses activités de l'église. Allison, à travers son travail, au siège social, possédait une meilleure vue globale sur les activités de l'organisation tandis qu'au contraire, Aisha possédait des informations pratiques et détaillées sur les activités sur le terrain. Allison eut le plaisir de faire la connaissance de Kovi, comme quelqu'un de l'endroit où ils effectuaient une mission évangélique et elle demanda ses impressions et commentaires sur leurs activités. Là, franc et honnête, Kovi n'hésita pas à dire qu'il ne trouvait pas juste qu'un groupe religieux ou une secte attirent les gens à leur foi en leur offrant des produits de première nécessité ; en outre, il s'inquiétait au sujet de l'expansion et de la prolifération des groupes religieux américains en Afrique.

Kovi et Aisha avaient déjà débattu sur ce sujet maintes fois, mais n'étaient pas parvenus à des conclusions définitives. Ce soir-là, Kovi s'était trouvé dans le même débat, mais, cette fois, contre deux jeunes femmes passionnées, d'un remarquable talent argumentatif, caractérisées par de grandes tirades qui éclipsaient complètement l'attitude introvertie de Kovi. Ce soir-là, ils n'étaient pas parvenus non plus à des conclusions importantes et Allison avait compris que Kovi était un homme calme qui prenait le temps de faire attention et d'écouter attentivement, puis s'exprimait en quelques mots réfléchis pour souligner sa conviction inébranlable. Kovi admit que les diverses aides concrètes que les organisations de l'Église offraient à leurs convertis locaux étaient néanmoins utiles.

Ils quittèrent Salt Lake City le jour suivant et se dirigèrent vers le sud-est dans le Colorado. Ils avaient décidé de traverser la région pittoresque de Durango dans la vallée des Montagnes Rocheuses, avant de rejoindre l'aéroport de Denver, où ils rendirent la voiture de location et prirent un vol pour New York.

Le billet d'avion de Kovi était surclassé en classe affaires et il échangea son siège avec Aisha, qui jusqu'alors, n'avait jamais volé en classe affaires. Kovi alla à son siège en classe économique et mit son bagage à main dans le compartiment à bagages après voir avoir jeté quelques effets personnels sur son siège. Il y avait une dame à côté de lui qui s'agita et parut mécontente parce que Kovi avait mis des choses sur le siège. Elle hurlait en disant que le siège n'était pas un dépotoir et exigeait que Kovi enlevât ses articles du siège. Kovi la regarda surpris et lui dit poliment que c'était son propre siège ; la femme se calma et parut gênée.

Pendant le vol, elle fut sympathique et volubile, elle bavarda avec Kovi pendant tout le temps. Kovi apprit que son fils était au service militaire à l'étranger et était revenu brièvement au pays. Elle se rendait à Norfolk en Virginie pour le voir. Elle parla avec enthousiasme des cadeaux qu'elle avait emballés et la nourriture qu'elle avait préparée pour son fils qu'elle n'avait pas vu depuis quelques années. Elle était devenue charmante et amicale, complètement différente de cette personne déraisonnable et colérique au début du vol.

Avec le temps, la relation entre Kovi et Aisha évolua au point que Kovi lui proposa le mariage et elle accepta. Les parents d'Aisha avaient rencontré Kovi à plusieurs reprises et avaient approuvé leur relation, mais ils ne connaissaient pas la famille de Kovi à l'exception de sa cousine Ashley et sa famille. Comme

Aisha le dit plus tard à Kovi, sa mère lui avait demandé de tout lui dire sur la façon dont Kovi lui avait proposé le mariage :

« Vas-y, Aisha. Dis-moi. Comment ça s'est passé ? Qu'est-ce qu'il a dit ?

— Il n'a pas dit grand-chose. Il a sorti une bague et m'a demandé en mariage.

— Comment a-t-il fait cela ? Il était à genoux ? A-t-il dit quelque chose de spécial ? Dis-moi tout.

— Je ne me souviens pas qu'il ait dit quelque chose de dramatique. Il n'était pas à genoux. Il a juste pris une bague de manière inattendue et a dit quelques mots. En fait, il a juste parlé comme s'il était en train de discuter de ses expériences de physique.

— Ça alors ! Dieu merci, tu sais qu'il t'aime. L'homme de peu d'émotions ! »

Kovi insista pour aborder le processus du mariage dans la manière traditionnelle qui consistait de deux étapes.

Dans la première étape, il demanda à sa cousine Ashley, son mari Keith et son vieil ami Hakeem de se présenter comme des intermédiaires pour ses parents et d'aller voir les parents d'Aisha pour la demander officiellement en mariage. Ils se réunirent chez les parents d'Aisha à la date convenue et les oncles maternels d'Aisha qui avaient émigré aux États-Unis, il y a des années, étaient aussi là. Les oncles d'Aisha n'avaient jamais rencontré Kovi avant et l'aîné, qui était du coup le maître de cérémonie, demanda de savoir qui d'entre Keith, Hakeem et Kovi était l'homme chanceux. À ce moment-là, ils demandèrent à Kovi et Aisha de quitter la pièce et la délibération entre les deux familles commença.

Après environ deux heures, ils furent rappelés à l'intérieur pour les prières et les bénédictions de l'union conjugale et une petite célébration fut organisée par la suite. Kovi et Aisha étaient officiellement fiancés.

Quelques semaines plus tard, Kovi et Aisha déménagèrent en Afrique du Sud, où Kovi commença des recherches postdoctorales d'une durée de deux ans dans une université.

Chapitre Sept
Hatshepsut

Kovi obtint un visa à long terme pour l'Afrique du Sud basé sur ses talents exceptionnels. Il se sentait fier d'être reconnu pour ses compétences. Comme ils n'étaient pas encore mariés, Aisha n'avait pas eu le visa de long séjour en tant que membre de la famille de Kovi. Elle s'appuyait sur l'option d'un séjour sans visa d'une durée maximale de quatre-vingt-dix jours par an pour les Américains. Elle avait réparti ces quatre-vingt-dix jours en quelques visites touristiques de courtes durées entre ses voyages d'affaires en Afrique de l'Ouest. Ils avaient dû accepter de vivre éloignés l'un de l'autre, heureusement, c'était juste pour quelques mois et cela n'était pas assez grave pour menacer la survie de leur relation.

Lorsqu'Aisha venait en Afrique du Sud, ils avaient établi un rituel familial qui consistait à se retrouver à la maison tous les vendredis autour de dix-sept heures trente pour commencer le week-end avec du vin rouge qu'ils buvaient sur la véranda. Ils attendaient avec impatience la fin de la semaine et chaque vendredi ils partageaient une bouteille de vin ensemble à coup sûr. C'était leur moment sacré pour se reconnecter et renouveler leur engagement et obligations et même lorsqu'ils avaient un événement, ils réussissaient à trouver un moment pour partager un verre de vin.

Après quelques temps, ils avaient voyagé à travers l'Afrique du Sud et avaient aimé la région montagneuse du Drakensberg, dans l'Est du pays où ils décidèrent de célébrer leur mariage.

Après leur mariage, le visa d'Aisha changea pour devenir un visa à long terme, en tant que membre de la famille de Kovi.

Ils avaient planifié la deuxième étape du mariage traditionnel pendant plusieurs mois et invité leur famille et les amis de partout. Des États-Unis, en plus de la famille d'Aisha, Ashley, Keith et Hakeem vinrent en Afrique pour le mariage. D'autres membres de la famille des deux côtés vinrent de l'Afrique de l'Ouest et de France. Parmi eux, du côté de Kovi, il y avait un neveu, une sœur nommée Josiane Kayi, un oncle qui était prêtre catholique et officiellement connu sous le nom de Monseigneur Cécile Le Grand et un cousin Jean Patrice de Paris. Les parents de Kovi étaient âgés et pas en état de faire le voyage. Lorsque Kayi arriva en Afrique du Sud, la première chose qu'elle demanda fut à propos des Zoulous :

« Où sont les Zoulous ? Je veux les voir.

— Les Zoulous ?

— Le grand peuple que nous avions étudié à l'école secondaire. Je veux voir ces gens.

— Très bien, répondit Kovi. J'ai des amis Zoulous et tu en verras quelques-uns durant la cérémonie de mariage. »

Monseigneur Le Grand fit équipe avec un pasteur local et ensemble ils présidèrent la cérémonie de mariage. Jean Patrice fut chargé de la photographie et du film. Le mariage eut lieu en décembre au cours de l'été austral et le jour d'avant, tout le monde se réunit à Johannesburg et se rendit à Drakensberg en convoi de cinq camionnettes de douze places chacune. Il y avait une superbe ambiance de musique et de chansons au cours du périple de quatre heures.

La célébration était dans un hôtel situé sur un plateau montagneux entouré de sommets verts. L'hôtel consistait en une série de chalets indépendants qui étaient construits de telle sorte que chacun d'entre eux avait une vue spectaculaire sur le plateau et bien au-delà sur les sommets montagneux.

La cérémonie commença le soir même quand ils arrivèrent à l'hôtel. Il y eut des spectacles de danses traditionnelles par les amis de la famille en Zoulou et Tsonga. La danse Zoulou était caractérisée par des mouvements rapides et coordonnés de danseurs, semblables aux spectacles mexicains pendant le Powwow. Au cours de la danse Tsonga, la musique était d'un rythme rapide et les femmes, jeunes et vielles, suivaient à pas rapides et courts synchronisés avec des vibrations agiles de leurs corps, surtout autour de la taille et des fesses.

Hakeem fit un discours lors de l'événement ce soir-là et raconta les circonstances dans lesquelles il avait fait connaissance avec Kovi et comment il s'était senti désolé pour le jeune mec, de la « Mère Patrie », avec une horrible coupe de cheveux et comment ils avaient maintenu leur étroite amitié à travers les années, bien qu'ils ne se fussent pas vus souvent et le mariage était la première fois qu'ils se revoyaient depuis la cérémonie des fiançailles. Il exprima sa gratitude d'avoir eu l'occasion de voyager en Afrique, ce qui était un rêve qu'il avait toujours voulu réaliser. Après le mariage, Hakeem fit un tour d'Afrique du Sud et visita les grands parcs nationaux et la région du Cap. Puis il voyagea vers « l'Afrique au Nord » et visita de nombreux pays, toujours jovial et heureux de venir à la « Mère Patrie pour voir ses frères et sœurs. »

À la fin de son voyage, Hakeem retourna aux États-Unis et commença un nouveau travail à Seattle en tant qu'ingénieur en aérospatiale. Quelques années plus tard, Kovi et sa famille lui rendirent visite alors que Kovi était allé à une université là-bas pour une conférence. Hakeem ne perdit pas de temps pour raconter à sa femme et Aisha la façon dont ce naïf étudiant africain était allé chez les parents de Jeff dans une région que Hakeem savait pleine de membres du Ku Klux Klan et il était revenu vivant. Il secoua la tête avec un regard désapprobateur quand Kovi lui dit qu'il irait là de nouveau pour rendre visite à Jeff.

La fête avait continué tard dans la nuit et comme les gens regagnaient leurs chalets, quelqu'un dit en plaisantant que Kovi et Aisha ne devaient pas consommer le mariage cette nuit-là avant d'avoir dit « Oui, je le veux. » La plaisanterie continua lorsqu'une autre personne répondit qu'ils avaient déjà consommé le mariage plusieurs fois avant d'arriver à ce stade-ci. Mais les doyens étaient sérieux et avaient insisté pour que le couple ne dormît pas ensemble cette nuit et les avaient forcés à passer la nuit dans des chambres différentes.

Le lendemain était le jour de la cérémonie officielle, organisée de telle sorte que les « Oui, je le veux » furent prononcés à douze heures douze minutes et douze secondes du douzième jour du douzième mois de l'année pour porter chance aux jeunes mariés sur leur chemin de vie conjugale. Ils avaient réussi à avoir le mois, le jour et l'heure correctement, mais en raison de retards et des circonstances imprévues, ils n'avaient pas pu respecter les minutes et les secondes. S'ils avaient réussi, ça aurait été un remarquable et incroyable exploit.

Ce jour-là, Kovi n'avait pas vu Aisha jusqu'au moment où son père l'avait accompagnée à la chapelle. Depuis le début de la matinée, deux jeunes femmes avaient travaillé dur pour tresser ses cheveux dans un réseau complexe et exquisément élégant qui exigeait de nombreuses heures de travail manuel. Elle portait une robe de mariage et un long voile blanc qui traînait derrière elle lorsqu'elle s'avançait.

Les hommes, y compris Kovi, portaient un uniforme composé d'un ensemble de costume avec une chemise blanche et un nœud papillon violet qui coordonnaient avec les robes des femmes. Monseigneur Le Grand prononça son sermon en français avec la traduction de Jean Patrice en anglais et le pasteur local fit son discours en Sotho avec un traducteur anglais. Quand les « Oui, je le veux » furent prononcés et les mariés eurent signé le document de mariage devant le prêtre, le pasteur et les témoins, les mariés sortirent de la chapelle. Ils montèrent à bord d'une Mercedes Benz décorée pour une promenade à travers les montagnes et les vallées jusqu'à la ville la plus proche avec une procession de voitures pleines de gens heureux derrière eux. Ce fut le moment le plus merveilleux pour Kovi et Aisha avec la famille et les amis présents.

Le jour suivant, Kovi et Aisha ne perdirent pas de temps pour commencer leur lune de miel sur une île déserte et isolée des Seychelles. Ils prirent un vol de Johannesburg à Victoria et de là, ils changèrent pour un vol national jusqu'à leur destination finale, une petite île de l'archipel avec une plage de sable fin et une flore tropicale de grands arbres verts et sous-bois dense. Quand ils débarquèrent sur l'île, ils furent accueillis par le personnel de l'hôtel et conduits jusqu'à leur chalet isolé. A l'intérieur, ils trouvèrent sur une table une bouteille gratuite de champagne mise au frais dans un seau de glace. Les repas étaient riches et variés.

Un jour après un petit déjeuner en fin de matinée et pendant qu'ils se détendaient dans la brise fraîche sous un parasol, une tortue massive émergea de l'océan et se déplaça sur la plage de façon nonchalante et majestueuse. De nombreuses personnes s'étaient réunies pour l'observer et certains osèrent toucher son énorme coquille. Le spectacle dura pendant quelques minutes, après quoi la belle créature plongea dans l'eau et disparut.

Sur cette île, l'heure n'avait pas de sens car tout était mis à la disposition des invités et les problèmes personnels disparaissaient dans un paradis apparemment loin de la Terre. Là, Kovi et Aisha apprirent le jeu de « sautiller d'île en île », il s'agissait d'aller d'une île à une autre dans un insatiable désir de bien-être. Il n'était pas surprenant d'entendre des gens parler avec enthousiasme des îles qu'ils avaient prévu d'aller visiter après ou bien de celles qu'ils avaient déjà visitées. Parmi les touristes, Aisha et Kovi étaient les rares qui n'avaient pas les ressources financières pour « sautiller d'île en île. »

La fille de Kovi et Aisha fut conçue dans les eaux chaudes de l'océan Indien sur une plage déserte et calme sous le ciel bleu d'un après-midi ensoleillé. Ils avaient passé six nuits dans une île surréaliste avant leur retour à la réalité de la vie ordinaire.

Après leur retour, Aisha tombait malade souvent, surtout le matin. Lorsque la grossesse fut confirmée, cela n'empêcha pas leur rituel de vin des vendredi soir, mais Aisha ne buvait plus d'alcool. Seul Kovi dégustait le vin et Aisha devint jalouse. Elle imposa une règle selon laquelle chaque fois que Kovi ouvrait une bouteille de vin, il devait en réserver une autre du même type pour elle jusqu'au moment où elle pourrait boire à nouveau.

Kovi commença alors à réserver au moins une bouteille par semaine tout au long de la grossesse, en plus des six mois supplémentaires pendant la période d'allaitement et cela équivalait à une enviable collection de bouteilles de vin qu'Aisha réclamait exclusivement pour elle. Elle cherchait toujours le consentement de Kovi que ces bouteilles-là étaient pour elle seule car Kovi avait déjà consommé les siennes. Kovi apprit à ne pas contester sa revendication et Aisha les partagea avec lui dans leur rituel familial perpétuel.

Après environ trois mois de grossesse, Kovi accompagna Aisha pour une échographie prénatale et quand on leur demanda s'ils voulaient connaître le sexe du bébé, Aisha répondit rapidement par l'affirmative. Le médecin leur dit que c'était une fille et il expliqua comment il était arrivé à cette conclusion à partir des images vidéo du fœtus. Aisha affirma qu'elle savait que c'était une fille et cela avait conduit à une discussion qui arrivait souvent lorsqu'ils se taquinaient. Kovi soutenait qu'elle n'avait rien dit à propos de sa connaissance du sexe du bébé et dès que le médecin l'avait révélé, tout d'un coup, elle déclara qu'elle le savait avant. Pour Kovi, c'était similaire au devin qui interprète sa prédiction après les faits, en fonction des évènements d'actualité.

Lorsque la date prévue de l'accouchement arriva et le bébé n'était toujours pas né, le médecin conseilla d'induire l'accouchement. Aisha fut admise à l'hôpital et le médecin essaya un médicament qui déclenchait la contraction de l'utérus mais au début, il ne se passa rien. Il semblait que le bébé était tranquille dans l'utérus et pas pressé de sortir. D'autres femmes qui étaient admises le même jour accouchèrent plus rapidement, soit par césarienne, soit par accouchements stimulés, ou spontanés et elles étaient surprises qu'Aisha n'ait pas encore accouché. Le médecin demanda à l'infirmière de l'appeler lorsque l'utérus serait suffisamment dilaté pour qu'il soit là pour superviser la naissance du bébé. Après environ trente-trois heures qui semblaient une éternité de crispation et nervosité, tout se passa rapidement, si rapidement que le médecin manqua le spectacle.

Quand il arriva, il fut déçu d'avoir été bloqué dans le trafic et de n'avoir pas réussi à arriver à temps. En son absence, l'infirmière prit les choses en main, parla à Aisha et l'encouragea constamment. Kovi était là, accablé, sans savoir comment l'aider. D'une main il caressait la tête d'Aisha et de l'autre, il lui tenait la sienne :

« Ça fait mal, se plaignit Aisha.

— Poussez ! Répondit l'infirmière après qu'elle eut rapidement rassemblé outils et équipement sur une table juste en dessous de l'endroit où les jambes et les cuisses d'Aisha étaient ouvertes aussi largement que possible.

Bientôt la tête du bébé apparut tout d'abord, elle était petite et pleine de cheveux noirs bouclés et humides.

— Encore une grande poussée, encouragea l'infirmière. »

Puis, le reste de l'enfant surgit et elle sortit couchée sur le côté avec les mains repliées sur sa poitrine. L'infirmière montra à Kovi où couper le cordon ombilical et lui demanda de le couper. Aisha et le bébé, nommé Hatshepsut, d'après la grande reine pharaon d'Égypte, firent la joie de la famille élargie. Pour Aisha et Kovi, un nouveau chapitre et une responsabilité énorme venaient juste de commencer.

Quelques mois plus tard, ils allèrent à l'ambassade américaine pour déclarer la naissance d'un citoyen américain à l'étranger. Toute une liste de documents, y compris l'acte de naissance de l'enfant, devait être soumise au préalable pour prendre un rendez-vous.

À la date prévue, Kovi et Aisha se présentèrent à l'ambassade avec l'enfant et l'employé qui traita le cas fut sympathique et courtois mais ferme dans ses questions pour vérifier le lien parental de l'enfant. Il vérifia les dates des cachets dans les passeports d'Aisha et Kovi pour corroborer leurs réponses à ses questions à la chronologie des événements de la conception à la naissance de l'enfant. Il voulait prouver que cet enfant était le leur et dûment né à l'étranger d'Aisha comme citoyenne américaine. Après environ trente à quarante-cinq minutes, il fut convaincu et une semaine plus tard, Kovi et Aisha reçurent les papiers qui ouvraient la voie à une demande de passeport américain pour l'enfant.

Kovi obtint sa carte verte grâce à Aisha mais, à l'époque son statut de résident permanent était sujet à la preuve que leur mariage était authentique, puisqu'ils n'étaient mariés que depuis moins de deux ans. Après leur séjour en Afrique du Sud, Kovi retourna aux États-Unis avec sa famille, qui avait un nouveau membre. Deux ans plus tard, Kovi et Aisha soumirent une demande pour supprimer les conditions sur le statut de résidence permanente de Kovi.

Chapitre huit
Citoyen

Ce fut à la fin du mois de juin que Kovi fut naturalisé citoyen des États-Unis d'Amérique. Il conduisit plusieurs heures pour rejoindre d'autres personnes qui toutes participaient à la cérémonie de naturalisation pour devenir citoyens américains ce jour-là.

Kovi devait prendre un avion le même jour pour aller dans un pays étranger pour une expérience de recherche. Il rendit sa carte verte au cours de la cérémonie de naturalisation et il semblait impossible d'obtenir un nouveau passeport et quitter le pays le jour-même. Il essaya la demande accélérée pour un nouveau passeport et obtint un rendez-vous pour ce jour-là. Malheureusement, au moment où le processus de naturalisation fut terminé, l'heure de son rendez-vous était passée. Après qu'il fut déclaré citoyen, il appela le centre de passeport et on l'informa qu'il n'était plus possible d'obtenir le passeport ce jour puisqu'il avait raté son rendez-vous. On lui conseilla de demander un nouveau rendez-vous pour un autre jour. Malheureusement, il ne pouvait pas voyager avec son passeport étranger sans visa ou la carte verte, mais il avait absolument besoin de voyager ce jour-là.

Il décida de conduire quelques heures pour aller au centre de passeports et se présenter sans rendez-vous contrairement au conseil qui lui avait été donné. Quand il arriva, il expliqua son cas aux employés chargés de traiter les demandes de passeports et ils décidèrent de lui faire le passeport le jour-même. Ainsi, son pari porta ses fruits, mais il devait revenir deux heures plus tard pour récupérer le nouveau passeport. Au moment où il reçut son passeport, il restait deux heures avant le décollage de son vol et Kovi était encore à quelques heures de l'aéroport. Il allait rater l'avion. Kovi conduisit à l'aéroport tout en pensant que c'était trop tard, mais au moins il pourrait prendre un autre vol plus tard le jour même. Au comptoir d'enregistrement, il expliqua à l'agent qu'il avait raté son avion. Il était nerveux, avec de la sueur qui coulait sur son visage à cause de la chaleur de juin, de l'agitation et l'angoisse dues aux évènements de la journée.

« Détendez-vous », lui répondit l'employé. « Il y a du retard et l'avion n'a pas encore décollé. Vous êtes juste à l'heure ! »

Tout le monde, au comptoir d'enregistrement, au contrôle de sécurité et à la porte d'embarquement, fut impressionné et heureux de voir ce nouveau passeport, délivré quelques heures auparavant, à un homme qui avait été naturalisé plus tôt ce jour-là et était sur le point de prendre un avion le même jour pour un voyage à l'étranger.

Kovi raconta plusieurs fois les événements de cette journée à ses amis et collègues avec enthousiasme : le jour où il était devenu citoyen américain, avait obtenu un nouveau passeport et était monté à bord d'un avion qu'il avait failli rater pour aller faire de la recherche scientifique dans un pays étranger. Jamais la chance ne lui avait souri si vivement.

En revenant de son voyage, Kovi attendait à la porte d'embarquement et ses pensées se fixèrent sur les personnes qui attendaient le même avion. Certains devaient être des hommes d'affaires, d'autres venaient pour leurs études, les vacances, etc. D'autres comme lui étaient peut-être citoyens américains. Certains de ces visiteurs allaient peut-être immigrer.

« De nos jours, il est difficile d'être un étranger partout. Étrangers ! Il semble facile de les blâmer pour tous les problèmes. Ils ne peuvent pas venir ici. Ils ne peuvent pas y rester. Pas de travail pour vous ! »

La science lui avait enseigné que les gens sont tous les mêmes.

« L'Homo sapiens était originaire d'Afrique et avait migré vers tous les coins de la Terre pour les mêmes raisons : dans l'espoir de trouver de meilleures possibilités de survie. Qu'est-ce qui aurait pu se produire si les Néandertaliens avaient tenu bon et réussi à subjuguer les humains modernes ? » se demandait Kovi.

« Ils ne peuvent pas venir ici. Ils ne peuvent pas y rester. Pas de travail pour vous ! Étrangers ! Nous dénigrons les autres ! »

Qu'est-ce qui pourrait se produire si des extraterrestres voyageaient à travers le vaste espace intergalactique pour arriver sur Terre ? Comme dans les films, alors peut-être nous pourrions enfin vraiment nous unir pour la même cause contre les vrais étrangers. Nous pourrions réussir, mais espérons n'avoir jamais à nous engager dans cette bataille, car nous devrions perfectionner les uns sur les autres ce que nous aurions à faire aux extraterrestres. Pour l'instant, autant que nous le savons, dans ce vaste univers, la Terre est notre seul endroit de résidence commune. Pas d'étrangers ! Pas d'étrangers ! » Ces pensées traversaient son esprit lorsqu'il monta à bord de l'avion.

Quand il avait commencé à voyager avec un passeport d'un pays industrialisé, Kovi avait pensé qu'il pourrait traverser les frontières et être mieux respecter mais il découvrit plus tard que même avec un tel passeport, traverser les frontières était parfois encore assez désagréable :

« Suivant !

— Où allez-vous ?

— Pour faire mon travail, monsieur.

— Quel genre de travail faites-vous ?

— De la recherche en physique des particules.

— Quoi ?

— Physique des particules, monsieur.

— Ah ! Puis-je voir vos papiers ?

— Quoi ? Vous ne pensez pas que je puisse faire de la physique des particules ?

— Monsieur, vous êtes un étranger de là-bas ; ce n'est pas évident.

— Étranger ? Je vois que nous avons encore un long chemin à parcourir !

— Vous êtes certainement un étranger spécial. J'ai entendu parler du boson de Higgs à la télévision.

— Oubliez, monsieur ; ce que vous dites n'arrange pas la situation ; je ne me sens pas mieux.

— Ayez une bonne journée. Suivant ! »

Puis, quand il revenait au pays :

« Les citoyens et résidents permanents de ce côté. Les étrangers de l'autre côté. Ne franchissez pas la ligne. En arrière, retournez en arrière. Suivant !

— Combien de temps avez-vous passé à l'extérieur du pays, monsieur ?

— Trois semaines.

— Qu'est-ce que vous avez fait ?

— De la recherche en physique des particules.

— La physique des particules, monsieur ?

— Oui.

— Bon retour.

— Merci. Bonne journée.

— Suivant ! »

Kovi s'acquittait des modalités d'immigration, récupérait son bagage et passait les protocoles de douanes très rapidement tandis que les étrangers moisissaient dans des files d'attente longues et ennuyeuses sans la possibilité de s'amuser à l'aide de gadgets électroniques. Kovi se souvenait que lui aussi avait été un étranger et il détestait être appelé et traité comme tel. Lorsque Kovi revenait chez lui, il avait le privilège de ne pas être un étranger bien que partout ailleurs, il était pris et traité comme tel.

« Toute personne qui voyage en dehors de son pays est considérée comme un étranger ailleurs. Tout dépend si on est dans son propre pays ou en pays étranger », disait Kovi.

Chapitre Neuf
L'homme qui murmurait aux plantes

Lorsque Kovi et sa famille revinrent d'Afrique du Sud, Kovi devint « l'homme qui murmurait aux plantes.

« Le jardinage, c'est amusant » pensait Kovi. Mais, il voulait devenir un jardinier compétent. Il fut un temps où il était locataire. C'était la responsabilité du propriétaire d'entretenir la propriété. Il avait l'habitude d'aller et venir et ne faisait pas attention à la beauté autour de la maison ou du quartier. C'était son devoir de signaler les problèmes de la maison. Pas dans l'intérêt d'entretenir le bien, mais plutôt pour le propre confort de sa résidence. Il n'appréciait pas le fait de gaspiller de l'argent pour payer le loyer sans aucun droit à l'immobilier, pas même une déduction d'impôt. Puis il eut la chance d'acheter sa propre maison avec Aisha.

Quand il devint propriétaire, tout d'un coup, sa vision de la propriété changea. Il se souvint qu'il y avait une clause quelque part dans l'acte de propriété qui stipulait que le propriétaire s'engageait à prendre soin de son bien. En plus de ce qui était écrit dans l'acte de propriété, Kovi avait commencé à remarquer la façon dont les gens décoraient leurs maisons pendant les différentes saisons de l'année. Il ne se préoccupait pas de la façon dont l'intérieur était décoré à l'exception de la moquette qu'ils remplacèrent par un plancher de bois dur. Quand il conduisait pour aller au travail, il observait les belles pelouses au bord de la route et imaginait l'argent dépensé par les citoyens décents et aisés pour les entretenir au cours des différentes saisons.

Il comprit comment, dans une société avancée, tout devenait une source spécialisée de revenus. Il y a ceux qui étaient en mesure de nourrir leur famille juste avec le taillage des arbres.

Ils étaient venus chez lui avec un ensemble d'outils et d'employés habiles et avaient enlevé plusieurs arbres et leurs souches en un jour de travail. Chaque fois qu'il appelait pour un service, divers experts le sollicitaient et voulaient qu'il devînt un client perpétuel. Ils essayaient de le convaincre que c'étaient des paiements mensuels faciles qui, additionnés au fil des années, feraient une somme importante. Puis, il y avait beaucoup d'autres services spécialisés — la pelouse, l'allée, la chaudière, les termites, les tiques, les rongeurs, etc. Le nombre de services d'experts spécialisés pouvait être sans limite et chaque fournisseur offrait l'option de paiements faciles, inconscient que le propriétaire pouvait avoir à s'inquiéter des services divers à tout moment.

Dans certains cas, le fournisseur de service le regardait surpris, sans comprendre pourquoi Kovi pensait à l'offre qu'il venait de décrire. « Paiements faciles ! » D'autres fournisseurs adoptaient des stratégies intelligentes et Kovi estima qu'ils avaient plus de succès à vendre leurs produits et services. Dans un premier temps, ils envoyaient un vendeur qui possédait d'excellentes qualités en relations personnelles. Le vendeur apprenait rapidement la prononciation du prénom du client et était bon en bavardage pour raconter des anecdotes et faire des blagues.

En fonction de ce qu'ils vendaient, ils pouvaient prendre plusieurs heures pour essayer de convaincre le client, surtout lorsque le client paressait têtu et hésitant. Leurs actions et déclarations semblaient avoir été mémorisées ou chorégraphiées en termes de ce qu'il fallait faire ou dire ensuite s'ils sentaient une hésitation de la part du client. La plupart d'entre eux n'étaient pas des experts et n'avaient qu'une connaissance superficielle des détails techniques de leurs produits. Mais ils avaient appris par cœur quelques aspects essentiels pour projeter une bonne image. À la fin d'un entretien assez long, si Kovi ne cédait pas et refusait d'acheter quoi que ce soit, il pouvait recevoir un appel quelques jours plus tard et le fournisseur pouvait suggérer un entretien supplémentaire et pour cela, envoyer quelqu'un d'autre qui avait, comme par magie, des offres spéciales avec une réduction des coûts. Il s'agissait d'une stratégie visant à ne pas laisser un client potentiel se faire prendre par les concurrents.

Une fois, le vendeur avertit que Kovi pourrait recevoir un appel et si tel était le cas, il devrait insister auprès de la compagnie, pour que ce soit lui, pas un autre agent, qui revint pour l'entretien supplémentaire pour qu'il obtînt la commission. Il s'était plaint amèrement qu'il était venu de loin, avait déjà passé plusieurs heures avec Kovi et avait encore quelques clients à rencontrer ce jour-là et que si Kovi finissait par acheter auprès d'un agent différent, c'aurait été un effort inutile pour lui. Mais dans ce jeu pour obtenir la meilleure valeur pour son argent, Kovi se fichait des efforts inutiles. Cela devait être une partie de son travail, un risque qu'il avait pris, bien que Kovi comprenait son désespoir puisque son revenu était directement lié aux ventes qu'il avait faites. Néanmoins, Kovi estima qu'il ne devait pas acheter auprès de lui avant qu'il n'ait reçu d'autres offres. Si le fournisseur envoyait un autre vendeur avec une bien meilleur offre pour le même service, peu importe l'agent qui viendrait la deuxième fois. Cyniquement, Kovi pensait que, puisque son revenu était un pourcentage du prix de vente, il avait peut-être gonflé tous les chiffres qu'il citait et donc il était raisonnable de se renseigner davantage avant de s'engager.

Kovi devint fasciné par les décorations de pelouse avec différentes plantes et fleurs. Il voyait des voisins entretenir leurs pelouses à l'aide d'experts spécialisés. Il pensait qu'il pouvait exceller dans ce domaine et dépenser moins d'argent s'il faisait lui-même l'entretien de sa propre pelouse et il aurait également la liberté de choisir ce qui allait y être planté, ce faisant, il aurait acquis des connaissances sur les plantes et leurs soins. Une fois, il planta six thuyas géants verts et six genévriers spartiates. Il était en train de développer une nouvelle passion. Le jardinage ! « C'est fascinant ce qu'on peut apprendre sur la flore », pensait-il. Il demanda à ses amis et à sa famille de l'appeler désormais « l'homme qui murmurait aux plantes. » A son grand regret, seulement deux des six thuyas géants verts et cinq des genévriers spartiates avaient survécu et chaque été, il se battait contre les chiendents.

Entre-temps, il avait ajouté un autre passe-temps, c'est-à-dire, l'observation des plantes.

« La lutte pour la survie est encore plus spectaculaire dans le monde végétal. Ils repoussent au printemps. L'attaque vicieuse des herbes sauvages se produit pendant l'été ; ce sont des plantes qui vivent et meurent en une seule saison. Elles se battent pour semer leurs graines pour le cycle suivant, l'automne avec les floraisons tardives après la disparition des chiendents. L'hiver et les arbres qui sont capable de survivre par des températures en dessous de zéro degré, quand la plupart des autres plantes ressemblent à des squelettes. L'arrivée du printemps ! Coupez une plante et observez les changements dans l'écosystème. Soyez tranquille et examinez la flore. Plantez et murmurez aux plantes. C'est apaisant. »

Il pensait qu'il était devenu fou des plantes.

Vers le milieu de juin, Kovi perdit la bataille contre les chiendents qui proliférèrent rapidement et occupèrent sa pelouse. À cette époque, il accepta une invitation d'un laboratoire dans le Sud, le Sud Profond et ce voyage ramena beaucoup de souvenirs. Il avait passé et apprécié quelques bonnes années là-bas et pourtant, il pouvait à peine se rappeler comment conduire pour aller à l'endroit de sa résidence dentant. Il y avait tellement de nouveaux développements. Le centre commercial qu'il visitait souvent était devenu méconnaissable. Il rencontra des gens qu'il n'avait pas vu depuis des années et il remarqua que ces gens avaient gardé intactes leurs attitudes merveilleuses et joviales, en dépit du stress accumulé au fil de l'âge. Il était heureux d'être de retour dans la région pour donner une conférence sur un nouveau sujet qui faisait l'objet de ses récents travaux de recherche.

Un après-midi, Kovi entra dans un bar dans le Sud Profond ! Ce bar devait être nouveau car il ne se rappelait pas qu'il était là quand il vivait dans le coin. Il mangea un délicieux bifteck haché en regardant la coupe du monde de football. À ce moment, les États-Unis jouaient contre le Ghana. Regarder le match était émouvant. En effet, dans les précédentes éditions de la coupe du monde, le Ghana avait éliminé les États-Unis du tournoi. Cette fois, une équipe américaine confiante faisait face au Ghana à nouveau et était déterminée à changer le résultat. Lorsque Kovi rejoignit la foule, les USA menaient le score. Il dégustait l'excellent bifteck haché, avec un demi-litre de bière, par ce jour chaud, dans un bar quelque part dans le Sud Profond, entouré par des citoyens patriotes. Le temps réglementaire s'achevait lentement en même temps que le bifteck haché et la bière de Kovi disparaissaient. Il était en train de perdre espoir.

Puis, dans un de ces moments magiques uniques au football, l'un de ces moments spéciaux que tous les fans de football peuvent comprendre, avec agilité, le Ghana trouva le moyen d'égaliser. Kovi acclama, pratiquement hors de son siège et il dansa. Puis, il se rendit compte qu'il était le seul dans le bar à applaudir très fort, tellement fort que certains lui jetèrent un sale regard. Il se sentait mal à l'aise. Pour montrer son patriotisme, Kovi cria très fort : « Je suis aussi américain. » Cela semblait avoir apaisé la tension. Tout le monde dans le bar se mit à rire et Kovi fut invité à rejoindre une table. Ils virent le reste du match ensemble, commentèrent et parièrent tout en buvant beaucoup de bière, chaque personne offrant la tournée à son tour.

Kovi supportait l'équipe américaine et espérait qu'elle allât plus loin dans le tournoi, à la grande surprise des grands pays du football de l'Europe et de l'Amérique du Sud. Il supportait également les équipes d'Afrique qui étaient dans le tournoi, chacune d'elles :

« Un de ces jours, l'Afrique va produire un champion du foot ! » espérait-il.

L'Afrique avait presque réalisé ce rêve quatre ans plus tôt, lorsque le Ghana, après avoir éliminé les USA sur leur chemin, avait obtenu l'occasion en or pour mettre l'Afrique en demi-finales pour la première fois. Pour tous les gens qui encourageaient le Ghana, ce fut une perte difficile. Kovi était en voyage en Europe à l'époque et ce jeu termina tard dans la nuit et Kovi ne fut pas capable de dormir. Plusieurs fois après cette nuit, il rêva que le Ghana avait gagné ce match-là et que l'Afrique était en demi-finale avec une chance d'avancer et de gagner le dernier match du championnat. Le voilà encore, en train d'encourager le Ghana tout en espérant qu'il réalisât le rêve que beaucoup de gens attendaient.

Les USA marquèrent un but de nouveau et ils applaudirent tous. À la fin du match le Ghana perdit l'occasion d'avancer dans le tournoi et Kovi fut rempli d'émotions contradictoires. Il était parfaitement compréhensible et louable pour les États-Unis d'inverser les tendances et de ne pas être éliminés pour la troisième fois en trois coupes du monde consécutives par la même équipe. Le tout-puissant USA, toujours éliminés quand ils affrontaient le Ghana ? Pas cette fois. « L'Amérique doit être grand de nouveau ! » et l'équipe américaine fit exactement ça dans ce match. En même temps, Kovi était déçu que le Ghana n'ait pas su créer le miracle de quatre ans plus tôt et fit encore moins cette fois-ci. Kovi quitta le bar et plaça tous ses espoirs dans le reste des équipes africaines qui se trouvaient encore dans le tournoi. A maintes reprises, il goûta la déception amère de leur élimination. Le grand espoir d'un champion africain restait encore une possibilité pour le futur — de son vivant, espérait-il.

C'était un jour chaud d'août lorsque Kovi épuisa ses jours de congé de l'année. Il préférait passer une journée, un peu comme cette journée-là, à paresser sur la plage, mais il devait aller au travail. « C'est la barbe de passer une journée pareille à travailler ! » se dit-il. Il faisait si chaud pendant cette journée-là que son cerveau ne pouvait pas fonctionner à plein régime ; constamment, il regardait par la fenêtre et se déconcentrait en pensant au plaisir estival dont il devrait jouir. Il pensait qu'il ferait encore assez chaud lorsqu'il quitterait le travail à dix-sept heures pour profiter de la plage. Sur le chemin de retour, il fut débordé par le désir brûlant d'étancher sa soif. Ainsi, Kovi décida de faire un arrêt rapide dans un bar non loin de chez lui.

Quand il prit un siège, la personne d'à côté tenta d'amorcer une discussion : « Savez-vous ce qu'est le secret de la vie ? » demanda-t-il à Kovi. L'homme semblait ivre. Kovi répondit : « Non. Mais pour l'instant, une bière froide irait très bien. »

Le barman donna à Kovi une pinte d'un demi-litre de bière très fraîche. La main de Kovi sentait le froid au toucher de la tasse et la boisson descendait sa gorge et c'était juste ce qu'il lui fallait. Suivit un rot satisfaisant et Kovi commençait à revenir à la vie. Pendant ce temps, l'ivrogne se promenait dans le bar et posait la même question à quiconque qui fut assez gentil pour lui prêter un peu attention. La plupart des gens se désintéressaient et l'ignoraient une fois qu'ils avaient remarqué son état d'ébriété. Il attendait quelques secondes et s'il n'obtenait pas de réponse, il titubait vers la table suivante. Sans aucune introduction ou salutation, il surprenait les gens avec la même question : « Savez-vous ce qu'est secret de la vie ? » Certaines personnes, surprises, commençaient à penser sérieusement, juste là, comme si elles n'avaient jamais médité sur ces mystères.

Kovi les voyait arrêter de siroter leurs boissons et tout d'un coup, elles étaient en profonde réflexion, comme si la question avait touché une corde sensible et porté à leur conscience un événement passé profondément enfoui dans leur subconscient pendant plusieurs années. Perdues dans leurs pensées, elles n'avaient pas remarqué que l'ivrogne était déjà passé à une autre table.

D'autres gens en plaisantant lui posèrent sa propre question : « Et vous, vous savez ? » Quand il reçut l'attention dont il avait besoin, il prit une gorgée de sa boisson, leva son verre en l'air et chanta et dansa autour de la table. Dans son euphorie, il demanda aux dames de danser avec lui, insensible et sans se laisser décourager par des rejets successifs. Puis il continua à une autre table, ignoré et inaperçu par les gens qui essayaient tous d'échapper à la chaleur étouffante, jusqu'à ce qu'ils fussent surpris par sa question non sollicitée.

Kovi regardait la scène se dérouler et il se rendit compte que l'ivrogne répondait toujours aux gens quand ils lui posaient sa propre question : « Et vous, vous savez ? » Mais personne ne l'écoutait. Quand finalement il fut revenu à l'endroit où était assis Kovi, ce dernier avait alors presque fini sa boisson et se tourna vers l'homme pour poursuivre la conversation :

« Maintenant, je vais rentrer à la maison, prendre mon vélo et aller rouler dans le parc. Puis, j'irai jusqu'à la plage pour plonger dans la baie. Plus tard, autour de vingt heures, ma famille et moi allumeront le feu pour un barbecue dans le coucher du soleil, lui dit Kovi. L'homme sourit et répondit :

— Mon ami, ça c'est un secret de la vie ! C'est ce que je devrais faire en une journée comme ça. Mais je suis tout aussi heureux avec un verre et mes chansons préférées auxquelles je me laisse aller en dansant. Peut-être que la prochaine fois, je pourrais vous rejoindre. »

Vers la fin de l'été, Puyama vint leur rendre visite avec sa famille et sa fille avait à peu près le même âge que Hatchepsut. Les enfants s'entendaient bien et étaient fascinés d'apprendre l'espagnol et le français l'une de l'autre. Les deux familles allèrent à un Powwow organisé chaque année dans le comté où Kovi et Aisha résidaient et Puyama voulait danser avec des groupes amérindiens. Il était encore en forme et agile et était en mesure de se baisser très bas en secouant son dos et déplaçant ses pieds dans un rythme synchronisé avec la musique. Il invita Kovi à le joindre et ce dernier, sous l'encouragement et la pression de leurs femmes, imita tant bien que mal les mouvements de Puyama. Après la danse, ils s'approchèrent de la zone des vendeurs et sous les conseils de Puyama Kovi acheta un attrape-rêves qu'il emmena plus tard en Afrique par mégarde.

Après le départ de Puyama et sa famille, Kovi et Aisha prirent une baby sitter pour Hatshepsut un samedi soir. Ils avaient prévu d'aller écouter un concert dans une ville voisine. Ils étaient dans la queue pour retirer les billets qu'ils avaient achetés en ligne lorsqu'un homme d'une quarantaine d'années s'approcha de Kovi avec un sourire. Kovi prit un moment avant de reconnaître l'homme, c'était Sanjay, un collègue d'école supérieure lorsqu'ils étudiaient pour leurs doctorats. À l'époque, Sanjay, un étudiant diplômé de l'Inde, était bien avancé dans le programme lorsque Kovi avait commencé et ils n'avaient pas eu assez d'occasions pour bosser en étroite collaboration. Kovi se souvenait qu'il était beaucoup plus jeune pendant ses études supérieures et lui aussi avait un accent fort mais cela ne l'empêchait pas de parler vite et emphatiquement. Il projetait une aura d'un étudiant diplômé qui en savait plus que beaucoup d'autres et cela était évident lorsqu'il se passionnait pour faire valoir son point de vue.

Au premier abord, Sanjay semblait vexé du fait que Kovi ne l'ait pas reconnu tout de suite, mais ce sentiment s'était évaporé lorsque Kovi lui serra la main et le présenta à Aisha. Il était agréablement surpris que Kovi se fût souvenu de son nom et il dit en plaisantant qu'il devait avoir vieilli considérablement et c'était pour cela que Kovi ne l'avait pas reconnu plus rapidement. Kovi se rendit compte qu'avec ce commentaire, il s'attendait à une déclaration rassurante disant qu'il n'avait pas l'air si différent. Alors Kovi le complimenta pour son élégance et ajouta qu'il ne s'attendait pas à le rencontrer là par hasard après tant d'années.

Pendant leurs études supérieures, lorsque Sanjay apprit que Kovi allait à New York pour rendre visite à sa cousine Ashley, Sanjay lui avait demandé de lui ramener une édition du dimanche du New York Times. Kovi lui avait ramené le journal du dimanche mais ne savait pas pourquoi Sanjay voulait un New York Times dominical et quelques mois plus tard, Sanjay avait obtenu le diplôme de doctorat et Kovi ne l'avait plus revu jusqu'à ce qu'ils se furent rencontrés au théâtre. Sanjay informa Kovi qu'il avait trouvé un emploi dans le journal que Kovi lui avait ramené de New York et il avait ensuite travaillé à Wall Street pendant toutes ces années — grâce au journal de Kovi !

Comme le spectacle était sur le point de commencer ils allèrent prendre leurs places respectives et Sanjay invita Kovi et Aisha pour un dîner sur « le bateau. » Kovi fut surpris de l'existence d'un nouveau restaurant en ville situé sur un bateau stationné dans le port, il n'était pas au courant. À la date convenue, quand Kovi et Aisha arrivèrent au port, il n'y avait pas de restaurant dans un bateau stationné et ils cherchaient le restaurant en question quand un homme s'approcha d'eux et leur demanda s'ils étaient les invités de Sanjay. Ils furent ensuite conduits jusqu'à un énorme yacht de plusieurs étages où Sanjay les accueillit. Il avait l'air détendu.

Sanjay avait amassé une fortune et construit sa propre entreprise dans le secteur des fonds d'investissements spéculatifs avec les compétences mathématiques et physiques qu'il avait acquises au cours de leurs études supérieures.

Le yacht avait un équipage pour la restauration, qui s'occupât exclusivement de quatre personnes, c'est-à-dire, Sanjay, son ami, Kovi et Aisha. Il y avait aussi une équipe de navigation qui, sur les instructions de Sanjay, les conduisit dans une lente et agréable promenade de quatre heures le long de la baie dans un magnifique coucher de soleil de couleurs vives qui avaient transformé le ciel et la surface de l'eau en une brume unique, colorée et stupéfiante. Ils mangèrent un repas composé de plusieurs plats dans une atmosphère agréable, accentuée par une musique lente qui fusionnait avec le son du bateau traînant dans les vagues pour produire un bruit calme et apaisant.

Sanjay leur fit faire le tour du yacht. Outre les beaux meubles, peintures, photographies et tous les tapis importés emballés avec une attention méticuleuse, il y avait de grandes salles d'études équipées d'ordinateurs sophistiqués, une bibliothèque, salles de séjour, de nombreuses chambres et tout cela donnait l'impression d'un manoir flottant. Sanjay avait parlé de la recherche en physique fondamentale que Kovi faisait et fit preuve d'une grande connaissance de l'évolution actuelle dans le domaine. Bien que nostalgique qu'il n'eut pas exercé dans le domaine pour lequel il était formé, il semblait content d'utiliser intelligemment son éducation en physique pour faire de l'argent.

Kovi lui parla de l'école de la physique qu'il organisait périodiquement en Afrique et l'invita à donner des cours aux étudiants concernant les carrières différentes qu'ils pourraient envisager avec leur formation en physique. Sanjay accepta l'invitation et alla jusqu'à donner des fonds privés pour soutenir l'école. Une bonne formation en physique fondamentale peut permettre de réussir dans différents cheminements de carrière et Sanjay était un bon exemple d'un tel succès.

À la fin de cette belle soirée, Kovi dit à Aisha qu'il envisageait sérieusement un changement de carrière bien que plus tard, il n'avait pas encore pris de mesures concrètes dans ce sens.

Lorsque Aisha était enceinte et Kovi réservait des bouteilles de vin pour elle jusqu'à ce qu'elle puisse boire à nouveau, le nombre de bouteilles avait vite augmenté et cela lui avait donné l'idée de faire une cave à vin, mais à l'époque ils étaient locataires et n'avait pas l'espace pour une cave. Après qu'ils aient acheté leur propre maison, ils avaient transformé le sous-sol en cave à vin et l'avaient rempli avec une grande qualité de vin de divers endroits. Kovi était devenu un snob du vin et il installa un appareil dans le sous-sol pour contrôler la température afin de conserver la qualité de leur collection de vin. Il emmenait leurs invités à la cave et avec fierté, leur faisait un exposé sur les bouteilles de vin qu'il avait choisies pour accompagner le dîner.

Un week-end, son vieil ami Jeff d'études supérieures leur rendit visite et Kovi emmena Jeff à la cave. Puis, Kovi fit une analogie entre leur grande collection de vin et la grande collection d'armes à feu qu'il avait vu lorsqu'il avait rendu visite à la famille de Jeff plusieurs années auparavant. Il taquina Jeff et lui dit que contrairement à son père qui avait impressionné Kovi avec sa grande collection d'armes à feu, Kovi préférait impressionner ses invités avec sa grande collection de vin de bonne qualité. Il demanda à Jeff de convaincre son père de retirer toutes les armes de son sous-sol et Kovi viendrait là pour les aider à transformer leur sous-sol en une grande cave à vin. Jeff secoua la tête et dit que cela n'arriverait jamais tant que son père était en vie.

Puis Jeff remarqua que Kovi était devenu rondelet et que son goût insatiable pour de bons vins avait contribué à l'excédent de poids. Kovi n'étaient pas d'accord et déclara qu'aussi longtemps que l'on « cache le vin derrière l'amidon » la contribution du vin à l'excès de poids est négligeable, mais il n'offrit aucune preuve pour justifier son assertion.

Ce soir-là Kovi ouvrit une bouteille de vin de sa plus belle collection qu'il réservait à ses invités de marque mais Jeff ne fut pas impressionné et préféra plutôt s'en tenir à la bière. Kovi défia Jeff que s'il acceptait de prendre un verre de vin avec le déjeuner et le dîner, au moment où il devrait partir, Kovi l'aurait transformé en un snob du vin. Kovi perdit le pari ce week-end, mais il fut heureux d'apprendre par la suite que Jeff aussi avait transformé son sous-sol en une cave pleine d'une belle collection de vins de grande qualité, au lieu d'un sous-sol plein d'armes à feu.

Pendant tout l'automne de l'année des élections, la campagne présidentielle battait son plein et s'échauffait au fur et à mesure que le jour de l'élection approchait. Kovi ne pouvait attendre l'arrivée du jour d'après l'élection. Le jour de l'élection, il irait voter et suivrait les résultats jusqu'au petit matin. Il espérait que son parti allait remporter une victoire écrasante. S'il perdait, il devrait apprendre à reboucher les bouteilles de Champagne. Alors le grand jour, Kovi partit voter. En sortant de sa voiture, il vit une vieille dame, frêle, chaleureusement habillée et quelque peu perdue :

« Puis-je vous aider ?

— Oui. Je ne sais vraiment pas où aller voter. C'est autour d'ici quelque part.

— S'il vous plaît venez avec moi, je vais là aussi.

— Merci, jeune homme. Vous êtes gentil.

— Je ne suis pas aussi jeune qu'avant.

— J'ai cent six ans ! Pour moi, vous êtes un bébé.

— Cent six ans ? Vous en faites soixante-dix ! Quel est le secret ?

— Exercice physique régulier, au moins trois fois par semaine, pas moins de quarante-cinq minutes chaque fois. Deux verres de vin par jour. Alimentation saine et relations sexuelles de bonne qualité.

— Ça alors !

— Vous savez, j'ai voté à chaque élection depuis les années quarante. Il y a des années, nous avions voté pour marquer l'histoire. Nous devons faire de même aujourd'hui. Allons voter pour la victoire. »

Kovi ne fut pas certain du « nous » qu'elle mentionna. Il vota et attendit qu'elle finît et il l'accompagna jusqu'à sa voiture :

« J'habite près de Oak Street, autour du cul-de-sac. Venez avec votre famille. Je fais une excellente tarte à la citrouille. Recette secrète. Elle est dans la famille depuis des générations. Nous devons apprécier même si nous perdons, c'est un autre secret d'une longue vie.

— Merci, donnez-moi la recette, s'il vous plait.

— Pas si vite, mon fils. Pas si vite. Mais merci encore. Je suis ravie d'avoir causé avec vous. Passez une bonne journée !

— Vous aussi, grand-mère, bonne journée ! Nous viendrons pour cette tarte ! »

Par un soir froid et neigeux du jour de Thanksgiving, Kovi et sa famille allèrent voir la vieille dame de Oak Street. Quelques jours plus tôt, Kovi avait conduit jusqu'au centre-ville pour acheter une grosse dinde juteuse pour l'occasion, une saveur qu'il aimait particulièrement bien ; la vieille dame avait passé plusieurs heures à préparer un repas italien et sa célèbre tarte. Elle avait une maison confortable qui était pleine de grandes peintures et d'objets de décoration organisés stratégiquement. Kovi fit le tour du salon et regarda les vieilles photos de sa jeunesse. Elle était en fait une dame élégante qui, tout au long de sa vie avait eu un comportement respectable, sauf lorsqu'il s'agissait de la politique et elle utilisait un langage vulgaire et indignement drôle pour critiquer ses adversaires politiques. Elle s'approcha de Kovi et avec un visage sombre et une voix triste, elle parla de la photo que Kovi observait.

Elle était mariée depuis longtemps et son cher mari était mort des années plus tôt. Ils avaient deux enfants qui étaient des hommes cultivés ayant leurs propres familles et ils vivaient ailleurs dans le pays. Elle n'avait pas assez d'occasions de les voir et les enfants étaient tellement occupés qu'ils venaient à peine lui rendre visite. Ces enfants l'avaient encouragée à venir vivre avec l'une de leurs familles, mais elle avait toujours refusé évoquant la nécessité de garder son indépendance.

Son salon conduisait à une véranda avec une vue sur la baie. De cet endroit-là, à la fois le coucher et le lever du soleil sur la baie devaient être superbes.

La vieille dame avait invité un ami à elle pour la soirée. Par leurs propres histoires, les deux étaient politiquement actifs et engagés. Quand ils parlaient de leurs efforts pour convaincre les gens qui avaient des opinions politiques différentes des leurs, son ami disait :

« Je n'ai peut-être pas pu les convaincre, mais ils ne m'ont pas changé non plus. »

Ils s'étaient tous rassemblés autour de la cheminée et les vagues offraient un bruit de fond constant et relaxant. Le repas était particulièrement délicieux et elle se vantait de ses recettes spéciales qui avaient été transmises dans la famille. Elle prit un grand plaisir à voir d'autres personnes apprécier sa cuisine. Plusieurs heures plus tard, il ne restait presque rien à manger, juste de nombreuses bouteilles vides.

Cela devint une tradition pour Kovi et sa famille de se réunir chez la vieille dame de Oak Street et d'apprécier son gâteau maison après qu'une bonne partie du repas fût consommée avec plusieurs verres d'alcool et d'écouter elle et son ami critiquer leurs adversaires politiques avec un langage drôle et grossier.

Le soir du Nouvel An, Kovi et sa famille étaient rentrés chez eux et avaient remarqué que leur chaudière était en panne et la maison était très froide. Cela devait s'être passé plus tôt dans la journée, mais ils ne l'avaient constaté que dans la soirée quand il n'était plus possible de la faire réparer immédiatement. « C'est chiant d'être dans une maison froide » déclara Kovi. Après un certain temps, le réparateur arriva mais ne trouva pas le problème immédiatement et regarda autour de la chaudière plusieurs fois avec hésitation :

« Est-ce grave ? demanda Aisha.

— Non, pas du tout. Je vais la réparer en quarante-cinq minutes, répondit-il. »

Deux heures plus tard, il n'y avait pas de progrès visibles, juste un mec indécis, pas sûr du diagnostic ni de la solution. Il se faisait tard, il faisait beaucoup plus froid et ils commençaient à s'inquiéter :

« Savez-vous quel est le problème ? demanda Kovi.

— Non, je ne suis pas sûr. Ça pourrait être la pompe ou le moteur, ou peut-être l'alimentation du carburant, répondit le réparateur. Avez-vous assez de carburant ?

Kovi le regarda avec un sourire :

— Oui. Toujours vérifier en premier ce qui parait évident. Nous avons vérifié le niveau de carburant avant de vous appeler, il y en a assez. »

Il semblait que le réparateur s'attendait à une solution rapide du genre :

« Ah, vous manquez de carburant et vous ne le savez même pas. Toujours vérifier en premier ce qui parait évident ; cela vous fera économiser de l'argent. »

Mais comme cela n'avait pas fonctionné, il ouvrit l'enceinte de combustion du moteur, nettoya quelques parties, et lubrifia un certain nombre de choses. Il espérait que c'était la solution, mais le moteur ne démarra pas. Il en fut confus, n'avait pas d'autres idées. Toutes ses actions étaient aléatoires, rien n'étant prévu.

Kovi lui dit :

« Le son du moteur lorsque vous avez fermé la valve d'alimentation du carburant est le même que lorsque la valve était ouverte. Cela suggère que le système d'injection de carburant ne fonctionne pas ; c'est pourquoi le moteur s'arrête par manque de carburant.

— Vous croyez ?

— C'est ce que je pense en considérant l'observation des faits jusqu'à présent.

— Quel genre de travail faites-vous ?

— Je suis physicien.

— Ah ! Vous êtes physicien. Ça explique tout !

— Pour des raisons de sécurité l'appareil ne va pas démarrer à cause du manque de carburant. La soupape de sécurité va s'ouvrir pour protéger le moteur. Quand vous avez un peu ou pas d'injection de carburant l'appareil ne fonctionne pas. Le thermostat déclenche l'appareil pour produire de la chaleur mais la valve de sécurité empêche le moteur de démarrer jusqu'à ce que vous ne trouviez et corrigiez le problème. Remplaçons la pompe, suggéra Kovi. »

Il aida le réparateur à installer une nouvelle pompe quelques heures plus tard dans la nuit. La chaudière recommença à fonctionner et le réparateur dit :

« Vous aviez raison, c'était la pompe. Mais je vais vous facturer quand même pour les pièces de rechange et la main d'œuvre, avec une réduction parce que vous m'avez aidé. »

Kovi était simplement reconnaissant qu'ils aient de nouveau le chauffage. Kovi le paya et avant son départ, le réparateur essaya de convaincre Kovi de devenir ingénieur et de faire des affaires ensemble. Kovi y pensa pendant un moment. Il aurait pu réparer le moteur lui-même sauf qu'il n'avait pas de nouvelle pompe pour remplacer celle qui ne fonctionnait plus, le réparateur l'avait lui. Kovi dit qu'il n'avait rien fait de spectaculaire. Il avait juste appliqué la simple règle :

« Toujours, vérifier en premier ce qui parait évident. Dans ce cas particulier c'étaient la jauge de carburant et le bruit du moteur. »

La chaudière fut réparée juste à temps pour la nouvelle année.

Chapitre Dix

Étrange Créature venant de la mer

Le jour du Nouvel An, Kovi tournait en rond dans le salon en buvant du café et pensait aux « Et si... ? » de l'année dernière : « Et si ceci ? », « Et si cela ? » Il devait penser à une grande résolution pour la nouvelle année :

« Hum... Les bagages que nous transportons dans la vie nous sont, en majeure partie, volontairement imposés et nous ralentissent. Débarrassez-vous d'eux. Libérez-vous. »

Il tournait en rond dans le salon, tenant la tasse de café vide. Kovi pensait aux bagages, à comment s'en débarrasser :

« Celui-ci, on pourrait en avoir besoin. Celui-là a une valeur sentimentale. L'autre a été dans la famille depuis des générations. Un autre était un cadeau d'un cher ami. »

Il tournait en rond dans le salon et il se rendit compte qu'il n'était pas si facile de laisser partir. Il décida donc d'apporter tous ses bagages dans la nouvelle année et d'espérer que tout irait pour le mieux.

Il tournait en rond dans la salle de séjour en pensant aux événements de l'année précédente. L'année dernière s'était terminée sur une bonne nouvelle. Kovi avait reçu la confirmation officielle d'une promotion professionnelle : « Il avait atteint le club exclusif de la crème de la crème » pensait-il.

Certaines personnes lui avaient dit : « Ah ! J'avais l'impression que tu avais dépassé ce seuil il y a longtemps déjà. »

Non sans embarras, Kovi avait répondu : « J'ai a remarqué que dans toutes les interactions humaines, on arrive à un point où la compétence et les qualifications ne sont plus suffisantes pour assurer des promotions professionnelles supplémentaires. Il faut ajouter des compétences nécessaires pour de bonnes interactions sociales, y compris savoir comment lécher le cul. Et je ne suis pas un homme connu pour ces compétences-là, mais j'apprends vite. »

Kovi tournait en rond dans la salle de séjour en pensant à une grande résolution pour le Nouvel An. Il trouva finalement une bonne résolution :

« Débarrassez-vous de vos bagages inutiles et apprenez à lécher le bon cul. »

Quelques mois plus tard au printemps, lorsque Kovi remarqua qu'il avait déjà oublié sa résolution du Nouvel An, il décida d'écrire ses pensées clairement et les placer partout dans la maison comme un rappel constant pour les mettre en pratique. Au prochain nouvel an, il voudrait vérifier qu'il avait fait de bons progrès en mettant en pratique sa résolution précédente. Kovi s'assit alors devant son ordinateur et voulait taper rapidement pour transformer ses pensées en informations écrites. Il découvrit qu'il ne pouvait pas taper aussi rapidement que d'habitude parce qu'il avait une blessure au doigt. Négligent Kovi ! Alors, il s'aperçut que lorsqu'on ne peut pas utiliser un doigt, les fonctions qu'il exerce — qui sont souvent prises pour acquis — deviennent apparentes. Car, inconsciemment, on veut utiliser le doigt, mais on ne peut pas parce que ça fait mal.

Son doigt lui faisait mal et saignait, mais il ignorait la douleur. Comme le saignement ne s'arrêtait pas, Kovi finit par aller au service des urgences de l'hôpital à l'insistance d'Aisha. Il arriva à l'hôpital alors qu'il avait encore mal et son doigt continuait de saigner. Après une vérification protocolaire de l'assurance maladie, ils voulurent savoir si la blessure était un acte délibéré, une blessure qu'il s'était infligé à lui-même, ou bien s'il avait été victime d'un abus :

« Non, non, insista-t-il. C'est un accident, je travaillais à la maison et je me suis blessé au doigt involontairement, protesta Kovi et il continua :

— Ça fait mal et ça saigne. Quand puis-je voir le médecin ? »

Il attendit pendant un certain temps. Durant ce temps, quelques infirmières étaient entrées dans la pièce pour monter des appareils, nettoyer la plaie ou poser d'autres questions :

« Est-ce que votre vaccin antitétanique est à jour ?

— Oui, je crois, répondit-il.

— Quand vous êtes-vous fait vacciner contre le tétanos ? demanda l'infirmière.

— Il y a environ un an lorsque je préparais un voyage en Afrique. J'ai pris une combinaison de trois vaccins qui, si je me souviens bien, contient le tétanos.

— Ah, c'est bon alors, dit l'infirmière avant de quitter la pièce. »

Il sentait la douleur et attendait impatiemment l'arrivée du médecin. Il pensait qu'à la réception, ils étaient apparemment toujours en train de vérifier son assurance ou d'obtenir une autorisation de la compagnie d'assurance avant de faire le traitement nécessaire. Il espérait que le processus fût plus rapide ; ils n'avaient pas l'air d'être débordés ce samedi matin-là. Il aurait pu saigner à mort en attendant seul dans cette pièce sans fenêtres. Il se dit que les infirmières venaient de temps en temps dans la pièce avec pour objectif principal de vérifier qu'il était encore conscient. Il était sûr qu'elles étaient venues si souvent, pour s'assurer que son état ne s'était pas aggravé. Puisque tout suivait un cours normal, il n'y avait pas urgence. Peut-être, les infirmières avaient fait tout ce qu'on attendait d'elles et le reste devait être dans les mains d'un médecin qualifié. Probablement, ils n'avaient pas assez de ces médecins dans le personnel ce jour-là et celui qui devrait le traiter était encore occupé avec un autre patient.

Le médecin arriva finalement et recousit la plaie rapidement et habilement. Le médecin dit à Kovi :

« Vous avez de la chance. Vous vous êtes coupé une veine, mais l'artère est toujours intacte. »

Lorsqu'il finit de traiter Kovi et ce dernier était sur le point de partir, le médecin le mit en garde :

« Vous n'allez pas terminer ce projet dans votre maison aujourd'hui. Que faisiez-vous ? »

Kovi n'avait pas de mensonge préparé et la question l'avait pris par surprise. Il se sentit obligé de dire la vérité parce que le médecin avait fait un excellent travail pour arrêter le saignement et recoudre la plaie. Un sentiment de connexion ou de rapprochement s'était développé entre le médecin et le patient et Kovi estimait qu'il pouvait lui dire ce qui s'était réellement passé :

« J'étais en train d'abattre un poulet lorsque le couteau a glissé et je me suis coupé le doigt.

Le docteur le regarda incrédule :

— Vous abattiez un poulet ?

— Oui. C'est un rituel culturel que j'avais l'habitude de faire et que j'ai maintenu depuis que j'habite dans ce pays. »

Il regarda Kovi en silence pendant un moment comme si Kovi venait de lui dire la chose la plus étrange qu'il n'ait jamais entendu :

« Abattre un poulet ? Pourquoi ne pas en acheter un au supermarché ?

— On ne peut pas utiliser un poulet déjà mort. Le processus d'en abattre un est l'essence de l'offrande à la divinité. Le sang, coulant de l'animal abattu, est une partie importante de l'offrande. Vous devez préparer le reste du poulet, l'apprécier en famille ou entre amis, en consommant le poulet entier en un seul repas, puis brûler les os pour finir l'offrande.

— Offrande ? Pour qui et pourquoi ?

— A Dieu ! Pour prier ou exprimer de la gratitude pour quelque chose.

— Mais alors, comment se fait-il que vous vous blessiez au doigt lorsque vous faites un geste si important à votre Dieu ?

— Vous avez raison. L'accident n'aurait pas dû se produire. J'ai vraiment besoin d'abattre plus de poulets.

Cela fit rire le médecin :

— Faites attention maintenant. Veuillez ne pas revenir ici avec une autre blessure. Et priez pour moi pendant que vous tuez plus de poulets. »

Incapable d'utiliser son doigt, Kovi eut une excuse pour ne rien faire. Aie ! Les anesthésies s'étaient estompées et il sentait à nouveau la douleur. Il avait besoin de boire un coup. Quelques coups ! Sodabi, un alcool fort de son pays d'origine, ferait l'affaire tout de suite mais il n'en avait plus. Pour lui faire oublier la douleur, Kovi rejoignit sa famille pour une promenade sur la plage.

Ils se promenèrent sur la plage pendant un agréable après-midi au printemps. Parfois, ils lançaient de petits cailloux sur l'eau et faisaient un concours pour voir qui pourrait faire le plus de ricochets. Cela devint un jeu amusant et ils faisaient attention aux différents critères qui étaient nécessaires pour réussir : la forme et le poids du caillou, la vitesse et l'angle du lancer.

Sur la plage, ils cherchaient des cailloux en forme de disques plats qui étaient susceptibles de rebondir sur la surface de l'eau et les lançaient horizontalement afin que la section transverse du disque prît contact avec l'eau pour augmenter les chances de rebonds. Afin d'augmenter la probabilité de plusieurs rebonds, ils essayaient de jeter les pierres de façon à éviter rotation ou roulement dans l'air avant leurs contacts avec l'eau et enfin, le caillou devait avoir le bon poids de sorte qu'il ait assez d'énergie cinétique initiale au lancer. Un caillou trop lourd pourrait être lent et plonger dans l'eau au premier contact et un caillou trop léger serait plus affecté par le vent et tournerait ou roulerait avant de prendre contact avec l'eau et ne rebondirait pas.

Ils se relayaient pour lancer et ils regardaient et applaudissaient en comptant les nombres de rebonds. Kovi avait une blessure sur un doigt de sa main droite, mais il lançait avec sa main gauche et cela lui était plus confortable car il était né gaucher.

Kovi ramassa une pierre et il était sûr qu'elle avait une histoire à raconter. Elle était lisse et en forme de soucoupe volante et semblait parfaite pour faire plusieurs ricochets. C'était une belle pierre et Kovi hésita à la lancer. Il entendit la pierre quand elle lui dit ceci :

« Il a fallu des millions d'années aux les vagues pour m'amener sur la côte, où je suis depuis des millions d'années. Comparé à moi, votre existence a été éphémère. Vous vous êtes présenté sur cette plage aujourd'hui, sans égard ni respect, vous voulez me jeter à la mer et il me faudra des millions d'années avant de revenir sur la plage et je serai moins intéressante que je le suis maintenant. »

Kovi pensait à ce que la belle pierre venait de lui dire quand soudain, une étrange créature rampa hors de l'eau. Les gens s'étaient réunis pour la regarder.

— Papa, c'est un crabe ou une tortue ? demanda Hatshepsut.

— Je ne sais pas. C'est la première fois que je vois ça. La mer est pleine de créatures étranges, répondit Kovi.

— Elle ressemble à une chaussure, peut-être plutôt à un fer à cheval. Vérifions si c'est un limule, dit Aisha.

Avec son gadget électronique, Aisha et Hatshepsut firent une recherche sur le web et identifièrent la créature tandis qu'elle rampait nonchalamment vers l'eau et disparut. Ils continuèrent leur promenade et la foule se dispersa. Aucune autre créature ne surgit de l'eau. Concernant la belle pierre, Kovi décida de respecter ses souhaits et de ne pas la renvoyer de nouveau dans l'eau ; il l'apporta à la maison pour la garder en sécurité.

Sans s'en apercevoir, Kovi avait laissé sa famille derrière alors qu'il marchait rapidement jusqu'à la fin de l'île où la baie se fondait dans l'Océan Atlantique. Là, il vit les phoques et beaucoup d'entre eux posaient majestueusement sur les rochers dans la baie. Ils étaient détendus et prenaient un bain de soleil. À cette époque de l'année, les phoques se rassemblaient à cet endroit et selon les jours, on pouvait en voir beaucoup ou un peu.

Ils faisaient bon usage de toutes les roches saillantes qui étaient hors de l'eau. Parfois un phoque qui semblait être un mâle ou une femelle dominante occupait un gros rocher tout seul. Les phoques partageaient volontiers les rochers avec de grandes mouettes qui volaient au-dessus de la baie et parfois se posaient sur les rochers pendant un certain temps.

Les gens s'arrêtaient et regardaient pendant de longs moments en silence et certains prenaient des photos. C'était serein et les seuls bruits qu'ils entendaient étaient ceux des vagues ou des mouettes. Les phoques étaient contents et immobiles. Kovi n'osa pas lancer de cailloux dans l'eau. Par de nombreux témoignages, les phoques étaient venus en grand nombre ce jour, le dimanche de Pâques.

Le dimanche de Pâques ! Un jour de fête dans le village ancestral de Kovi. Beaucoup de gens, élégamment vêtus, se rassemblaient et il y avait de la nourriture, des boissons, des rires, de la musique et de la danse. Les gens venaient de différents endroits, même des coins éloignés du Ghana, Togo,

Bénin, Côte d'Ivoire, Burkina Faso, Niger, Sénégal ou Nigeria. En effet, beaucoup de ressortissants du village étaient dispersés à des endroits éloignés de l'Afrique et Pâques était l'époque de l'année où le village rassemblait de grandes réunions de familles. Les gens étaient heureux de voir leurs parents et amis. Plusieurs jours avant le dimanche de Pâques, les gens achetaient des étoffes et allaient voir leurs tailleurs favoris. Ces professionnels prenaient toutes sortes de mesures le long des corps de leurs clients et en quelques jours transformaient les étoffes en vêtements élégants, décorés en suivant les instructions spécifiques des clients.

On pouvait voir toute une famille de huit ou dix personnes — père, mère, enfants et cousins — tous habillés de vêtements différents mais taillés dans la même étoffe et ils étaient superbes. C'était une période particulièrement chargée pour les tailleurs qui, avec leurs apprentis, travaillaient de longues heures, jour et nuit, pour s'assurer que toutes les commandes étaient prêtes pour le dimanche de Pâques. Bon Dieu ! La commande d'un client ne devait pas être oubliée ou retardée, car il manquerait le grand défilé du dimanche de Pâques.

C'était la période où les tailleurs faisaient le plus d'argent grâce au volume des commandes et ils avaient tellement de travaux que les tailleurs eux-mêmes manquaient parfois le grand défilé du dimanche de Pâques parce qu'ils étaient pressés de travailler encore ce jour-là parfois jusque tard dans la journée.

Les gens allaient à l'église catholique dans la matinée et la messe était dirigée par l'un des leurs, un descendant des pères fondateurs du village ; il était un prince et un prêtre catholique qui travaillait pour le Pape : Monseigneur Cécile Le Grand.

Dans l'après-midi, après que la chaleur du jour fut estompée, les gens se rassemblaient dans le centre du village pour la session de tambours traditionnels. Le chef du village et les doyens arrivaient un par un, à leur guise. Au moment où ils arrivaient et prenaient leurs places, la musique s'interrompait et les habiles batteurs jouaient aux tambours à quelques battements particulièrement courts qui résonnaient et reflétaient le grand surnom de l'individu qui venait de prendre son siège. Il était important de faire des louanges à ces grands doyens d'honneur qui étaient les gardiens des lois et traditions.

La bonne ambiance continuait tard dans la nuit. Lorsque les gens plus âgés rentraient chez eux, la jeune foule continuait la fête jusqu'au petit matin et ils alternaient entre les différents rythmes et styles de musique venant d'autres régions d'Afrique, des Amériques, d'Europe et d'Asie.

Au bout de l'île, Kovi regardait la vaste étendue du puissant Océan Atlantique, en direction de l'Afrique. Son village ancestral devait être quelque part près de l'Atlantique, au bord du golfe de Guinée. En ce Dimanche de Pâques, l'ambiance festive devait être en train de battre son plein dans son village ancestral.

Il se rappelait son village ancestral : un lieu où son voyage avait commencé il y a longtemps, un lieu où les options étaient rares et les moyens modestes, un lieu d'approches essentiellement banales, un lieu où un autre jour est une bénédiction, un lieu où sourires et rires sont offerts facilement malgré les difficultés quotidiennes et un lieu où la vie est simple.

Il pouvait sentir leurs vibrations et il se demandait s'ils sentaient la sienne. L'un des leurs qui avait échoué de l'autre côté de l'Atlantique pour se remémorer le dimanche de Pâques avec pour seule compagnie des phoques indifférents ! Ça lui manquait : l'ambiance du dimanche de Pâques dans le village de son peuple !

Tôt un matin, Kovi réfléchit sur sa propre vie et pensa qu'il y avait des moments où il avait l'impression qu'il avait fait de son mieux, compte tenu de ses moyens et capacités limités mais il n'avait pas atteint ses objectifs escomptés. Il y avait ces moments où il avait un grand sentiment que la gloire et la fortune devaient être tout juste à côté, si seulement il pouvait y arriver. Quand parfois il pensait qu'il y était arrivé, elles venaient juste de glisser au coin suivant, plus près !

Sans relâche, il ne cessait de penser que la gloire et la fortune devaient être à portée de main, pourtant jamais il ne les atteignait. Mais et s'il était presque arrivé ?

« Allez ! Fais un effort supplémentaire. Tu es trop proche pour abandonner maintenant », s'encourageait-il. Alors il rassemblait son courage et continuait sans relâche, mais il n'atteignait jamais réellement les objectifs espérés. « L'espoir, c'est le plus grand placebo de la condition humaine, souvent injustifié, mais il est bon de l'avoir », estimait-il.

Quand le temps se réchauffa, le nombre de personnes dans la région où vivaient Aisha et Kovi augmenta et aussi le bruit provenant des activités humaines. C'étaient des visiteurs occasionnels dans le parc et la plage et aussi les résidents d'été qui souvent émigraient vers les régions les plus chaudes du pays pendant les mois d'hiver. Kovi faisait fréquemment des promenades sur la plage et engageait occasionnellement ses voisins dans des conversations en cours de route.

Un jour, il partit de sa maison et marcha pendant environ un kilomètre sur la colline pour atteindre le parc. Pendant l'été, le parc était plein de visiteurs, dont certains campaient. En face du terrain de camping, il y avait une immense zone de barbecue derrière laquelle se trouvait une aire de jeux où de nombreux enfants jouaient sous la surveillance constante des adultes. De loin, l'odeur de la viande grillée était appétissante. D'autres personnes jouaient au volley-ball, ou roulaient à vélo ou faisaient du jogging autour du parc. La camionnette du vendeur de glace arrivait avec sa musique familière et distinctive et attirait un grand nombre d'enfants et adultes heureux.

De là, il ne restait qu'une courte distance pour arriver à la plage ou au début de la piste de randonnée. Kovi avait le choix de faire la randonnée le long du sentier ou de se rendre à la plage. Il avait marché à pied le long de ce sentier dans le passé ; c'était près du bord d'une falaise et offrait une vue magnifique sur la baie. Puisqu'il était déjà tard dans la journée, il décida d'aller jusqu'à la plage et retourner à la maison en marchant le long de la plage, faisant face au coucher de soleil.

La plage était pleine de gens, dont certains se baignaient et d'autres pêchaient. Les mouettes étaient également présentes et cherchaient de la nourriture. Quand il s'approchait d'elles, elles s'envolaient, avec des mouvements acrobatiques dans l'air au-dessus de l'eau et se posaient ailleurs sur la plage.

En continuant de marcher, il vit des endroits isolés sur la plage qui n'étaient pas occupés par des humains ni des mouettes. Il y avait, dans l'eau près de la rive, une myriade de petits poissons juste en dessous de la surface de l'eau, parfaitement alignés. Ils faisaient des mouvements rapides, rythmiques et sinusoïdaux ; la scène foutait la trouille jusqu'à ce qu'il comprît que c'étaient les poissons.

Devant, les gens avaient commencé à se rassembler et tous regardaient le coucher du soleil. Kovi regarda de l'autre côté de la baie et vit que le « Ballon Rouge » était assis sur la baie à l'horizon. Il sombrait lentement dans l'eau, laissant derrière lui un ciel rempli des rayons solaires colorés. C'était un spectacle qu'il avait apprécié maintes fois quand il se tenait sous l'arbre sur sa pelouse derrière la maison qui donnait sur la baie.

Quand il arriva près de gens qui s'étaient rassemblés pour observer le coucher du soleil, le soleil venait de disparaitre dans la baie à l'horizon et les gens avaient commencé à applaudir, s'émerveillant de ce mystère. Kovi ne put résister et il demanda à voix haute : « Vous applaudissez pour qui, Dieu ? » Tout le monde se mit à rire tandis que Kovi poursuivait la marche de retour à la maison en regardant le ciel radieux et coloré, vestige du « Puissant Ballon Rouge » qui venait de sombrer dans la baie à l'horizon.

Après le coucher du soleil, Kovi s'assit dans l'arrière-cour de la maison après le dîner. Le ciel était partiellement couvert et la lune avait du mal à briller à travers les nuages. De loin, il entendait les grenouilles et les bruits des créatures nocturnes. Il regarda le ciel et s'émerveilla des constellations d'étoiles qui étaient visibles : « Qui a créé cela ? » se demanda-t-il.

Les scientifiques soutiennent qu'il y eut un bang. Un Big Bang ! Et des milliards d'années plus tard, le voilà, une créature intelligente, sur une « Petite Planète », qui tente de donner un sens à tout cela.

« Qu'est-ce qui a explosé ?

— Qu'est-ce qui a causé le bang ?

— Qu'y avait-il avant le bang ? »

C'était certaines des questions qui lui passaient par la tête alors qu'il était assis là en silence.

« Personne ne peut vous donner les réponses à ces questions », pensait-il.

Pour les gens de foi, c'était le travail du Créateur. Quelle que soit la réponse ultime, un soir comme ce soir, il se sentait privilégié d'être conscient de tout cela et intelligent pour essayer de comprendre ces mystères. Par un soir comme ce soir, il comprit le vrai sens de la petitesse des êtres humains. Par un soir comme ce soir, il trouvait vraiment la paix.

Il n'était pas encore trop tard et une brise fraîche se levait à travers les arbres prenant la relève après la chaleur de la journée. Comme l'obscurité s'installait, Kovi observa sa fille et elle avait un sourire si sincère, si vrai et offert si facilement. « Allons à l'intérieur », demanda Hatshepsut. Ils s'étaient assis au salon et chantaient des chansons qu'elle connaissait mieux que Kovi. Il la fixa et se rendit compte que tous ses choix étaient toujours nets et simples, alors que pour lui, seulement quelques choix étaient simples : être un adulte, c'est ça.

Il observait sa fille, sa nouvelle source de courage, le meilleur de lui-même à conserver, le chariot qui le tirait de l'avant. La jeune fille pouvait pleurer en une minute mais ils étaient les meilleurs amis à nouveau dans la prochaine. « Partager c'est avoir de l'affection », c'était la règle. Mais cette règle ne s'appliquait que lorsque Kovi avait les biens et ce n'était pas une règle commutative du tout. Il regardait sa fille avec un sourire et pensait que c'était une jeune personne qui ne gardait jamais de rancune et à qui le pardon venait très facilement.

Il la regardait avec un sourire et espérait pour un instant, échapper aux complications des adultes.

« C'est quoi ces cheveux blancs qui poussent ? demanda Hatshepsout avec curiosité.

— Un signe de vieillissement.

— Qu'est-ce que c'est vieillissement ?

— Quand on vit assez longtemps !

— Il me semble tu n'es pas heureux de ces cheveux blancs. Tu les arraches chaque fois.

— Hé ! C'est un sujet sensible ! Les gens veulent vivre longtemps mais en même temps rester jeune.

— Je ne comprends pas, Papa. Je vais aller boire du lait maintenant.

— Bonne idée. Tu comprendras un jour.

— Tu bois encore ce liquide rouge et tu ne m'en donnes jamais.

— La boisson rouge n'est pas bonne pour toi !

— Mais elle est bonne pour toi, Papa ? Elle t'aide à rester jeune quand tu deviens vieux ?

— Toi tu bois ton lait et je moi je bois mon vin. Ça va ?

— Oui, ça va. Je souhaite qu'il y ait de nombreux soirs comme ce soir, où je peux boire du vin avec toi, Papa.

— Moi aussi. »

Le vent s'était levé et ils pouvaient entendre le grondement des vagues et les mouvements des branches des arbres. Ça ne faisait pas si longtemps, Kovi était là lors de sa naissance. Elle était sans défense et cria quand son père lui coupa le cordon ombilical. C'était juste quelques années plus tôt et maintenant elle pensait qu'elle savait beaucoup de choses et offrait des arguments et des réfutations. Kovi ne pouvait pas arrêter ces mots qui se répétaient dans la tête : « Moi aussi, j'espère avoir beaucoup d'autres soirs comme ce soir. Ça a été une belle balade jusqu'à maintenant. »

Tôt le matin, Kovi jouissait de la paix et de la tranquillité ; la baie était calme et le soleil commençait à se lever. Dans la chaleur de la maison, avec une tasse de café, il contemplait la vue :

« Si magnifique et impressionnant. Ce lieu est envoûtant !

— Papa regarde, il y a du feu dans le ciel. C'est la première fois que je vois ça, dit Hatshepsut. »

Maintes et maintes fois, il avait aimé cette vue et il prenait toujours le temps pour la contempler car il ne savait pas quand pourrait être son dernier regard. Mais parfois, il avait besoin d'arrêter la contemplation et de se préparer pour un autre voyage loin. Hatshepsut le suivait partout pour s'assurer que Kovi ne partait pas sans elle :

« Je dois y aller maintenant, dit Kovi.

— Je veux aller avec toi.

— Non, pas aujourd'hui. »

Elle éclata en sanglots et serra fermement son père, ne voulant pas le laisser partir et elle sanglotait. Ils se tenaient debout là et Kovi la berçait doucement et elle se calmait lentement :

« Je dois y aller maintenant », répétait Kovi tout en tentant de se libérer de l'étreinte.

C'était si dur de s'éloigner et Kovi ne se retournait pas sinon il ne pouvait pas continuer, car chaque pas devenait plus difficile à mesure qu'elle pleurait plus fort. Kovi entendit son ange dans sa tête :

« Ta fille a besoin de toi, mais tu pars à nouveau à la poursuite des futilités de la vie. Le temps viendra où tu auras besoin d'elle, juste un moment avec elle et elle ne sera pas là autant que tu l'aurais espéré. Elle sera occupée par les futilités de sa propre vie. Malheureusement les humains sont condamnés à un tel voyage, seuls, dans la poursuite du bonheur. »

C'était par un de ces matins calmes que le téléphone sonna et interrompit les réflexions de Kovi. Il prit le téléphone et entendit des pleurs et gémissements de fond et il sut que c'était une mauvaise nouvelle. La voix au bout du fil annonça calmement et tout simplement : « Notre père est mort ! »

Chapitre Onze
L'enregistrement de la vie

Parfois, Kovi souhaitait qu'il fût possible de rembobiner la vie. Pas pour changer quoi que ce soit. Pas pour la revivre. Seulement en tant que spectateur ! La mémoire n'est pas fiable.

« Est-ce que ça s'est passé comme dans mes souvenirs ? Personne ne peut vous le dire, c'est une expérience personnelle ! » pensait Kovi.

Plusieurs années après son départ d'Afrique pour ses études supérieures aux États Unis, Kovi fut informé des dernières heures de la vie de son père. Papa Kodjo regretta qu'il n'ait pas eu une chance de plus pour voir son fils. Si Kovi avait su qu'il n'allait jamais revoir Papa Kodjo, il lui aurait dit qu'il avait eu une grande influence positive sur sa vie. Kovi aussi pensait qu'ils auraient eu plus de chances.

Parfois, Kovi sentait la présence de son esprit, en particulier pendant les moments difficiles, lorsqu'il n'avait pas le courage de continuer. Puis Kovi se rappelait de ce que Papa Kodjo lui disait souvent :

« Parfois sur ton chemin dans la vie, tu arriveras aux carrefours où tu dois choisir entre le chemin facile ou le chemin difficile. Le succès dépendra du choix que tu fais compte tenu des circonstances du moment. N'hésite pas à saisir la chance même lorsqu'elle est maigre. »

« Ce n'est pas facile à mettre en pratique », pensait Kovi.

En effet, il y avait des moments où il s'était trouvé à la croisée des chemins de la vie et il avait hésitait entre les décisions difficiles à prendre. Aussi loin qu'il le pouvait, il observait chaque chemin incertain de celui à prendre. Ses choix et expériences du passé n'étaient d'aucune aide et Papa Kodjo n'était pas présent pour donner d'excellents conseils. Il n'y avait pas l'option de rebrousser chemin ! Kovi savait qu'il ne devait pas s'attarder.

« La peur et l'espoir sont utiles lorsqu'ils nous conduisent à exceller : la peur du choix que nous faisons et l'espoir d'avoir encore des choix. Lorsqu'il n'y a plus de carrefours sur votre chemin, vous avez sûrement usé complètement toutes vos chances. » estimait Kovi.

Quand il apprit la nouvelle, Kovi prit un vol tout de suite pour être là pour l'enterrement. Il voyageait avec son passeport américain et prévoyait d'obtenir le visa de voyage à son arrivée à l'aéroport.

L'agent qui traitait sa demande de visa à l'aéroport comprit après quelques questions que Kovi était natif de la région et il ne pouvait pas masquer sa déception concernant le fait que Kovi ait besoin d'un visa pour revenir dans son pays d'origine. Pour être sûr, il questionna Kovi à propos de sa double citoyenneté. Kovi lui expliqua qu'il avait besoin de revenir d'urgence et n'avait pas suffisamment de temps pour renouveler et voyager avec le passeport de son pays d'origine. Il encouragea Kovi à ne pas laisser son ancien passeport périmé et il disait que c'était étrange d'avoir à demander un visa avec trente à quatre-vingt-dix jours de séjour maximum dans son propre pays. Il ne devrait avoir aucune restriction sur la durée de son séjour ou le type d'activités légales qu'il pourrait faire dans son propre pays.

Après avoir vérifié son dossier de vaccination, l'agent délivra le visa et lui dit que la prochaine fois qu'il reviendrait au pays, il ne voulait pas le voir dans la file des étrangers pour une demande de visa. Kovi lui assura qu'il avait compris et qu'il aurait préféré entrer dans son pays avec fierté et des protocoles d'immigration simples et rapides. Après avoir retiré son bagage, Kovi rencontra son frère, Koku Jean Tonton et sa sœur Josiane Kayi, au terminal des arrivées et ils partirent tous ensemble à leur village ancestral.

Jean Tonton et Kayi avaient auparavant réservé un taxi qui les transporta sans arrêt au village à soixante kilomètres de là et il faisait déjà nuit quand ils entamèrent le voyage. De l'aéroport, le plus court chemin pour eux était de traverser la ville directement vers l'autoroute qui longeait la côte atlantique. De là, ils se rendirent à l'Est pendant environ trente-cinq minutes pour arriver à la ville côtière où Kovi avait fréquenté le collège et le lycée il y a longtemps. Le village ancestral n'était qu'à une vingtaine de kilomètres de là, mais sur une route non goudronnée, le voyage prenait beaucoup plus de temps. La dernière étape du voyage sur la route non goudronnée était la plus pénible dans un véhicule qui ne semblait pas avoir d'amortisseurs. C'était une expérience désagréable pour Kovi.

Le conducteur expliqua que le véhicule était à lui. Il l'avait acheté il y a trente-cinq ans avec de l'argent qu'il avait économisé en faisant des travaux divers. Le chauffeur entretenait le véhicule lui-même à travers les années et à présent, dans son état délabré, il fonctionnait bien et le chauffeur était le seul capable de le réparer lorsqu'il tombait en panne. Lui et son véhicule avaient développé une relation symbiotique au point où il était le seul qui savait comment gérer cette camelote, qui à son tour répondait bien à lui seul. Kovi lui demanda pourquoi il n'avait pas économisé de l'argent pour acheter un nouveau véhicule et sa réponse fut le ralentissement économique et les dix enfants qu'il avait à nourrir. Il semblait être un chauffeur habile et agile et il fit de son mieux pour manœuvrer et éviter de gros trous sur la route.

Après avoir conduit sur cette route à plusieurs reprises, il avait développé un sens aigu sur la manière de gérer son véhicule et la route, même pendant la nuit sans lampadaires. Quand ils arrivèrent finalement, il s'excusa et expliqua que si ça avait été pendant la journée, il aurait pu conduire moins brusquement pour réduire l'inconfort du trajet tumultueux.

Kovi était reconnaissant que le voyage inconfortable était terminé et le véhicule n'était pas tombé en panne en chemin dans la nuit. Kovi déballa sa valise rapidement et remarqua que l'attrape-rêves qu'il avait acheté au Powwow durant la visite de Puyama était dedans. Il se rappela que juste avant de quitter les USA, Hatchepsut jouait avec l'attrape-rêves et elle avait dû le mettre dans sa valise à son insu. Il plaça l'attrape-rêves sur le mur derrière son lit et n'y pensa plus.

C'était la nuit de la veillée lorsque, à un moment donné, Kovi tomba dans un profond sommeil. Il se réveilla plus tard, il tenta de reconstruire un rêve et se souvint du rêve si vivement qu'il croyait que c'était à cause du charme de l'attrape-rêves puisque Kovi oubliait la plupart de ses rêves lorsqu'il se réveillait.

Kovi avait vu son père décédé entouré par un voile ou un nuage blanc. Le défunt semblait visiblement heureux, disait au revoir à Kovi et entreprenait son voyage dans l'au-delà, un voyage que chacun de nous doit entreprendre seul quand notre tour arrive. Kovi voyait le défunt s'en aller à pied sans jamais regarder en arrière.

Kovi continuait de regarder et vit le défunt rentrer dans une sorte de salle d'audience. Le juge était élégamment vêtu et retenait l'attention de l'audience. Kovi remarqua qu'il y avait une file d'attente d'accusés, qui étaient tous récemment décédés, y compris celui qui était venu lui dire au revoir dans son sommeil. C'était comme un jugement ultime et il n'y avait pas d'avocats de la défense ni d'équipe chargée des poursuites. Le juge prit un siège.

On demanda à l'accusé qui était au début de la file d'attente d'avancer au le milieu de la cour et un enregistrement de toute une vie était joué. De la naissance à la mort, on montrait à l'accusé l'enregistrement d'une vie. Chaque épisode était joué pour l'accusé et une liste de bonnes actions et de mauvaises était organisée. De plus, cette liste devait être divisée en sous-catégories des maux infligés aux autres, des torts faits à soi-même et des bonnes actions. Chaque élément de la liste devait être pondéré selon son importance ou gravité.

À la fin de la procédure, le juge se retira. Kovi remarqua que l'accusé était visiblement heureux d'avoir fait un excellent travail pour classer tous les bons et mauvais actes.

Le juge revint et dit à l'accusé que la vie qu'il venait d'analyser était la sienne. Au premier abord, l'accusé fut surpris et ensuite, il rejeta l'accusation. Certes, il n'était pas aussi mauvais que prétendu dans l'enregistrement. Ou bien, il n'aurait pas été capable de faire ceci ou cela. Épisode par épisode, le juge rafraîchit sa mémoire et le ramena en tant que spectateur aux événements de sa propre vie. Bientôt, le déni fit place à la réfutation, puis à de vaines justifications défensives. L'accusé soutenait qu'il n'avait pas l'intention de faire mal, qu'il était poussé par d'autres personnes ou circonstances, qu'il avait fait de son mieux et que c'était son droit de poursuivre le bonheur.

Après l'échec de son auto-défense, il supplia le juge de lui donner une chance de retourner pour apprendre à corriger les mauvais actes ; il tenait à se faire pardonner.

« Eh bien, personne ne peut retourner », lui dit-on. « Vous avez eu chacun une seule chance. Voyez-vous ce que vous avez fait avec la vôtre ? »

L'accusé était informé qu'il y avait une possibilité de retourner par la réincarnation, non pas la réanimation. Il était en outre informé que, compte tenu de ses problèmes de base, de ses faiblesses et lacunes de sa vie précédente, il retournerait comme un homme pauvre qui plus tard deviendrait très riche.

Il devrait ensuite apprendre à gérer ses richesses et s'impliquer dans des activités philanthropiques où il devrait faire des dons avec une bonne partie de sa richesse, c'est-à-dire essentiellement condamné à une existence ordinaire dans la vie suivante. On croyait que la prochaine fois qu'il comparaitrait dans cette salle d'audience, il aurait dû corriger ses erreurs et purifier son âme pour être accepter dans la vie éternelle. Il n'y avait pas de droit de faire appel à ce verdict.

L'accusé fut emmené et ajouté à la liste des âmes qui étaient en attente de revenir sur la terre et redémarrer leur voyage vers la purification.

Avant qu'il ne fût renvoyé, il était autorisé à faire une déclaration finale. Il dit qu'il souhaitait revoir l'enregistrement de son vivant afin qu'il pût prendre des mesures correctives avant sa mort. Le juge indiqua l'ensemble des services qui sont à la disposition des humains pour les guider tout au long de la vie : la conscience, la morale, la religion, la science, la mémoire, les considérations humaines et le libre arbitre. Il se plaignit en outre que dans la poursuite du bien-être, il faut marcher sur quelques orteils et/ou à l'occasion évoluer hors règles, normes, ou des lois. Le juge lui montra un clip d'une vie où l'individu avait vécu une vie heureuse tout en respectant les règles et les lois.

On lui rappela que la liberté venait avec des responsabilités et le respect envers les autres et que dans ces limites, il y avait encore des possibilités illimitées pour une vie heureuse. On lui dit que le bonheur devrait juste être une façon de vivre, que sa poursuite suggère quelque chose d'inaccessible et que l'objectif de sa réincarnation n'est pas seulement la purification de l'âme après la mort, mais aussi le bonheur charnel dans la vie. Le libre arbitre est donné à cette fin.

Accusé après accusé s'avançait vers le centre de la salle d'audience, on leur montrait leur vie et on leur demandait d'analyser l'enregistrement. Chaque accusé semblait être un expert et soulignait ce qui était mauvais, comment les choses auraient pu être mieux traités. Kovi était particulièrement curieux à propos de la personne décédée qui était venue lui dire au revoir dans le rêve.

Kovi continuait de regarder les accusés recevoir différents types de peines, toujours pour leur donner la chance de se réincarner dans de meilleurs êtres humains. Quelques-uns étaient purs et envoyés dans une vie éternelle de bonheur, sans les contraintes et les pièges de la chair. Il y en avait certains qui avaient épuisé toutes les chances de revenir à la chair.

Étrangement, certains s'étaient empirés dans leurs prochaines incarnations. Ces âmes pitoyables étaient soit envoyées à l'enfer éternel de douleur et chagrin, ou bien elles étaient tout simplement éteintes pour toujours.

Kovi eut peur quand il se rappela les détails sordides du rêve et il commença à faire de l'introspection pour comprendre les améliorations qu'il était censé atteindre dans son incarnation actuelle tout en poursuivant le bonheur de la chair dans les limites de son libre arbitre.

La cérémonie d'enterrement fut un événement très spécial et mémorable qui était basé sur la tradition. Cela commença avec le rassemblement des personnes importantes du village dans la maison ancestrale du défunt. Lorsque toutes les personnes concernées furent présentes, une chèvre fut abattue et une procession suivie quand le cercueil fut transporté hors de la maison.

Avant de se diriger vers le cimetière, le cercueil était emmené à la maison de chaque aîné important pour une cérémonie additionnelle et enfin au centre du village. Un spectacle de battements de tambours, chants et danse suivit autour du cercueil. Les battements de tambours et les chants étaient spéciaux et transmis de génération en génération et invoqués seulement durant cette sombre et triste occasion. Lentement, l'ambiance se développa en un tel événement festif où l'on avait tendance à oublier que, quand tout se calmait, c'était toujours un moment triste. Cependant, on estima que la célébration était ce que le défunt aurait voulu, c'est-à-dire, la célébration de sa vie.

Après un moment, le cercueil fut transporté vers le cimetière, suivi par une foule immense qui continuait à jouer aux tambours, chanter et danser sans relâche. Quand le cercueil fut descendu dans la tombe, le bruit s'arrêta et quelques-uns furent autorisés à faire des discours. Ils dirent toutes sortes de bonnes et drôles de choses sur le défunt et personne n'osa dire quelque chose de mauvais. C'était marrant, Kovi pensait que certains des morts étaient peut-être de mauvaises personnes lorsqu'ils étaient vivants, mais dans la mort, ils étaient tous glorifiés. Mais Kovi se souvint alors de son rêve et estima qu'il est bon pour les vivants de se souvenir et de raconter le bon au sujet des défunts, en particulier au jour de leurs enterrements. Il croyait que la personne décédée était probablement déjà dans la salle d'audience pour faire face au juge.

Kovi fut l'une des personnes à parler au cimetière. Il fut ému quand il raconta plusieurs sacrifices que Papa Kodjo avait fait pour son éducation. La chose étrange à propos de ce discours était que Kovi avait parlé en français. Afin de ne pas paraître condescendant ou de ne pas manquer de respect à sa propre culture, Kovi avait demandé aux doyens l'autorisation de s'exprimer en français. Après de nombreuses années à l'étranger avec peu d'occasions de maintenir de bonnes compétences en conversation dans sa langue maternelle, Kovi avait perdu la maîtrise de la langue. Il pouvait tout comprendre quand d'autres personnes parlaient. Les expressions, les figures de style et d'autres formes de communication particulières à la langue lui revenaient quand d'autres personnes les utilisaient, mais il n'était plus en mesure de parler spontanément et avec éloquence. C'était dommage. Plusieurs années plus tôt, il était allé en Amérique incapable de parler anglais couramment et le voilà de retour à son village ancestral comme un étranger parmi son propre peuple, incapable de s'exprimer dans sa langue originale avec la vitesse et l'éloquence qu'il possédait autrefois.

Kovi s'était transformé en un homme complexe qui avait absorbé des fragments de plusieurs cultures de par le monde sans pour autant prétendre à aucune d'entre elles comme étant à cent pour cent la sienne.

Les gens restèrent jusqu'à ce que la tombe fût complètement scellée puis se dispersèrent pour plus de repas, de boissons et la danse, dans la célébration de la vie du défunt.

Kovi apprit plus tard qu'un petit garçon avait était emmené à l'un des aînés vénéré dans le village peu après sa naissance et l'aîné avait procédé à une cérémonie religieuse pour identifier la personne décédée qui s'était incarnée comme le petit garçon. A la fin de la cérémonie, le garçon fut identifié comme la réincarnation de Papa Kodjo et on lui donna l'un des surnoms puissants de papa Kodjo :

« Lanta pupu hayo hayo. Avu'ong n'guidi, tcho o'ng gbin'ong! »

Cela peut être traduit comme « une personne résistante et indestructible ! »

Et le garçon fut initié à l'ordre religieux d'où les chefs du village étaient sélectionnés.

Chapitre Douze
Village ancestral

Le lendemain des funérailles, Kovi fit un tour dans le village pour rendre visites aux aînés et membres de la famille dans un geste symbolique, mais important pour obtenir des bénédictions et meilleurs vœux de son peuple en vue d'un retour en toute sécurité aux États-Unis.

La quantité de bénédictions et de bons souhaits augmentaient considérablement si Kovi offrait un petit cadeau lors de la visite. Un cadeau à la personne visitée engendrait de la joie et du bonheur. L'aîné ou le membre de la famille visité commençait la bénédiction en rendant gloire à Dieu le Créateur, puis à chacun des petits dieux protecteurs du peuple, suivi de l'invocation des grands ancêtres par leurs noms de pouvoir, depuis les ancêtres qui étaient venus du Ghana et s'étaient installés dans la région, sans oublier d'expliquer comment les familles étaient liées et à quels endroits de la descendance il y avait des ramifications. Jamais Kovi n'avait autant apprécié de faire des dons.

Da Afi s'assurait qu'aucun d'aîné ou membre majeur de la famille ne fût oublié quand ils faisaient le tour du village.

« Viens, mon fils. Ta tante réside ici. Elle a entendu dire que tu es revenu et nous devons aller la voir. Assure-toi de lui donner quelque chose et n'oublie pas de demander des nouvelles de ses enfants, tes cousins ! »

Da Afi interdit à son fils de manger ou boire ce qui était offert lors des visites et elle veillait avec un air d'appréhension sur toutes les interactions de Kovi avec les autres.

Chez Tante Donsi, après le protocole d'accueil, qui devait être respecté des deux côtés pour ne vexer personne, ils s'assirent. La tante offrit une libation avant d'entamer une conversation sur ce que Kovi avait fait pendant toutes ces années d'absence. Kovi se rappelait bien Tante Donsi. Elle avait vieillie avec élégance depuis la dernière fois qu'il l'ait vue. Elle avait encore l'air en bonne santé avec de belles dents blanches même si elle n'avait jamais utilisé la brosse à dents et dentifrices modernes. Au lieu de cela, elle utilisait un tronc d'arbre coupé en petits morceaux étroits que les villageois mâchaient chaque matin pour les réduire en maille et ils utilisaient cette maille pour se brosser les dents. Tante Donsi était naturellement mince et avait maintenu une silhouette fine à travers les années ; elle avait un teint de peau brun doré dû à l'utilisation d'huile de noix de coco comme lotion tous les jours.

C'était surprenant et impressionnant de voir comment les femmes du village devenaient belles et séduisantes avec l'âge.

Tante Donsi demanda à Kovi des nouvelles de sa famille et fut déçue d'apprendre qu'il n'avait qu'un enfant. Elle en avait huit et s'inquiétait qu'il eut un problème qui l'ait contraint à n'avoir qu'un seul enfant. En plaisantant, elle demanda à Kovi si le problème était à cause de lui, ou s'il avait besoin de plus de femmes. Il semblait tout à fait étrange à Tante Donsi qu'un adulte en bonne santé, dans la force de l'âge, n'ait qu'un enfant et le premier conseil que Kovi reçut était que durant ses prochains voyages au pays, il devrait amener sa famille ; elle voulait voir plus d'enfants. Kovi tenta d'expliquer les facteurs limitatifs et les contraintes pour avoir un enfant unique : le manque d'argent, les deux parents qui travaillent, le coût élevé des gardes d'enfants et de scolarisation, le manque de famille élargie toute proche, etc. Pour Tante Donsi et aussi pour Da Afi, aucune de ces raisons n'était justifiable et les deux dirent : « Aie plus d'enfants et Dieu pourvoira. » À l'insistance des deux dames, Kovi promit de revenir pour une visite dans un futur proche avec une plus grande famille.

Afin d'expliquer comment elle était liée à Kovi, Tante Donsi commença à rappeler la lignée ancestrale. Au cours de la traite des esclaves quelques siècles en arrière, il y avait quatre frères, connus comme les Frères Nété, qui avaient quitté leur village, situé quelque part au Ghana actuel pour échapper à l'esclavage. Ils avaient émigré au cours des années 1600 le long de la côte Atlantique pour fonder le village ancestral Kovi. Quand ils étaient arrivés dans la région qui était devenue le village, il y avait d'autres gens qui s'y étaient déjà installés mais ces derniers avaient fui devant l'arrivée de ces nouvelles personnes qui pratiquaient des coutumes étranges.

Les frères Nété étaient devenus les patriarches des quatre branches de la famille et continuaient de régner parmi ceux de la descendance ghanéenne jusqu'à ce jour. Les frères avaient apporté avec eux certains de leurs dieux, dont l'un était une déesse au centre du village. À l'entrée du village il y avait un autre dieu, la première ligne de défense. Tout mal qui dépasserait le dieu à l'entrée du village ferait face à la déesse qui entrerait en action pour la protection de son peuple.

La déesse était une grande guerrière défensive que les fils et les filles du village avaient vue, même dans des pays lointains quand ils étaient dans des situations difficiles et elle était venue pour les secourir. La déesse apparaissait souvent comme une dame costaude et inconnue qui faisait des choses extraordinaires, par exemple donner des conseils pertinents pour éviter un danger imminent. Toutes les personnes qui avaient connu ces moments où ils s'étaient échappés ou avaient évité des événements potentiellement catastrophiques avaient toujours mentionné l'apparition de la dame costaude et l'identifiait comme la déesse au centre du village. Cependant, pour Kovi, de telles corrélations n'étaient pas évidentes.

Quand Tante Donsi raconta l'histoire du peuple, Kovi se rappela que lorsqu'il était jeune et grandissait dans le village, il y avait une cérémonie annuelle organisée en l'honneur de la déesse. Quand ce moment était venu, les descendants des Frères Nété faisaient le tour du village et saisissaient tous les poulets avec les plumes purement blanches pour une offrande à la déesse.

Dans le village, les poulets erraient librement mais chaque famille savait lequel appartenait à qui. Tous les poulets à plumes blanches qui avaient été attrapés étaient emmenés devant la déesse et abattus et ils versaient le sang des poulets sur la tête de la déesse. Après l'offrande de sang, les poulets étaient cuits et les villageois se régalaient dans une fête de percussions et de chants et les descendants des Frères Nété exhibaient la danse guerrière de la déesse.

Kovi apprit que bien des années plus tard, lorsque la situation économique de l'ensemble de la région était devenue déplorable, quand les gens du village connaissaient la date de l'offrande à la déesse, ils ne laissaient pas leurs poulets se balader en liberté le jour même. Une si belle cérémonie, qui rassemblait les gens du village et chaque année renouvelait leurs liens ancestraux dans la grande conscience de la vie communautaire, n'était plus célébrée avec l'intensité et l'importance qui l'avait caractérisée.

Il y avait un autre dieu, le dieu du tonnerre, qui passait à l'action pendant les orages et la foudre pour punir les méchants. Dans de telles conditions météorologiques, on pensait que les mauvais éléments de la société, c'est-à-dire, les mauvaises sorcières et sorciers, étaient engagés dans une grande bataille contre le dieu du tonnerre. Les mauvais sorciers et sorcières récitaient toutes sortes d'incantations quand le tonnerre rugissait et le dieu du tonnerre voulait les frapper avec la foudre. En fin de compte, le dieu l'emportait et si la mort survenait à quelqu'un dans de telles conditions météorologiques, cela était justifié de façon rétrospective comme punition pour les maux que l'individu pourrait avoir commis. Dans cette société, rien ne restait inexpliquée. Chances ou malchances étaient intimement liées aux bons ou mauvais actes qu'un individu ou ses ancêtres auraient commis, toujours comme une leçon pour pousser les gens à faire du bien et traiter son prochain avec bienveillance.

Certains prêtres de différents villages pouvaient croire que leur dieu était celui qui avait infligé la peine capitale et qu'ils pouvaient réclamer le corps de l'individu qui était mort au cours de l'orage pour des rituels supplémentaires.

Une fois, un grand prêtre et ses associés étaient partis d'un autre village pour se rendre au village de Kovi pour réclamer le corps de quelqu'un qui était mort pendant un orage. Les anciens du village de Kovi n'étaient pas d'accord pour céder le corps du défunt et étaient vexés que ces gens vinssent d'ailleurs pour réclamer un corps comme des représailles de leur dieu. Une grande guerre de sorcellerie était imminente et tous les enfants reçurent l'ordre de rester à l'intérieur des maisons. L'atmosphère dans le village devint tendue quand le peuple put entendre le son intimidant des tambours et des chants des visiteurs de l'autre côté de la rivière.

Jamais Kovi n'avait vu les gens du village se réunirent pour se préparer pour une guerre qui n'était pas livrée avec des armes traditionnelles mais plus tôt avec des cérémonies religieuses et incantations.

Des adultes, vêtus de costumes religieux éblouissants, sortirent de leur maison et se réunirent au centre du village. Des offrandes furent faites au dieu qui était assis à l'entrée du village et aussi au dieu de la grande rivière que les visiteurs importuns devaient traverser. La déesse au centre du village était aussi implorée, la dernière ligne de défense, pour guider son peuple au cas où les indésirables réussiraient à entrer dans le village, comme une armée défensive contre des envahisseurs qui devaient livrer bataille rue à rue et maison à maison.

Il y avait aussi les savants, les hommes et les femmes de pouvoir : les sorcières et sorciers prêts à utiliser leur grande expérience dans la manipulation du surnaturel pour la défense du village.

Les gens récitaient des incantations et parlaient dans une langue étrange que Kovi ne comprenait pas. Car seuls ceux qui étaient sélectionnés aux ordres des dieux lorsqu'ils étaient enfants et ordonnés après une longue formation religieuse avaient appris à parler cette langue au cours des rites religieux.

Les villageois avaient commencé leur propre session de tambours bruyante, assez bruyante pour que les gens de l'autre côté de la rivière entendissent qu'ils devaient s'attendre à une guerre totale, s'ils osaient traverser la rivière. Des tambours spéciaux, gros et lourds, étaient amenés au centre du village et ces tambours faisaient des bruits effrayants non seulement pour démoraliser les envahisseurs mais aussi pour appeler les villages alliés en renfort et pour alerter les gens du village qui s'étaient rendus aux marchés et aux fermes de la guerre imminente.

Le soleil se retira derrière les nuages et un vent frais souffla à travers le village. La foudre perçait à travers le ciel et le tonnerre résonnait plus fort. Le dieu du tonnerre entendit l'appel de ses sujets et s'il devait frapper ce jour-là, c'étaient les indésirables qui seraient punis.

Les gens du village montaient un spectacle de chants et danses de guerre qui remontaient à des centaines d'années à l'époque où Frères Nété s'étaient installés dans la région et avaient effrayé et chassé les habitants précédents.

Les visiteurs de l'autre côté de la rivière se rendirent compte que s'ils réussissaient à traverser, ils seraient foutus. Ils firent preuve de sagesse et repartirent sans le corps. Le village de Kovi avait gagné beaucoup de respect dans la région comme le premier qui avait tenu tête avec succès au vénérable prêtre qui, auparavant, avait pris des corps dans des villages intimidés.

Lorsque les quatre frères ancestraux avaient fui vers l'est pour éviter de devenir esclaves dans les Amériques, ils avaient laissé derrière eux leur peuple et au fil des ans, ils avaient perdu contact avec leur lignée ancestrale. En fin de compte, ils avaient perdu aussi leur langue d'origine et avaient adopté la langue de la région où ils s'étaient réinstallés. Les frères avaient emmené avec eux et transmis à leurs descendants l'histoire de leur migration et certaines de leurs coutumes d'origine, mais tous les contacts et liens avec leur peuple s'étaient perdus au fil du temps.

Tante Donsi expliqua à Kovi que récemment, les gens du village avaient trouvé le lieu au Ghana d'où leurs ancêtres étaient venus et avaient repris contact avec leur peuple au Ghana. Cela s'était passé comme ceci : un oncle de Kovi, qui était aussi un grand voyageur, était de passage dans un village au Ghana et avait remarqué que les gens avaient les mêmes coutumes et conventions de prénoms. Certains des prénoms étaient presque les mêmes que ceux de son propre peuple. Son oncle devint curieux, posa beaucoup de questions, découvrit que la tradition orale de ce peuple au Ghana contenait le récit des Frères Nété qui avait mystérieusement disparu et ces gens ne savaient pas ce qui leur était arrivé. Ils étaient heureux d'apprendre que l'oncle de Kovi était un descendant des Frères Nété et que les frères s'étaient enfuis à l'Est et avaient fondé un village plein de leur peuple.

Des réunions et visites étaient organisées de part et d'autre même si les deux communautés étaient maintenant dans deux pays différents. Kovi apprit les détails inconnus de leur patrimoine culturel et les aspects qui avaient été modifiés au cours des siècles de séparation.

Le protocole d'attribution de nom au nouveau-né était une caractéristique de l'héritage culturel qui avait survécu entre les deux communautés. En effet, le nom donné à un nouveau-né n'était pas aléatoire et il suivait un modèle classique qui alternait entre deux générations consécutives. Le nom du bébé dépendait aussi de son sexe et de l'ordre de naissance, c'est-à-dire premier, deuxième, troisième né, ou jumeaux, ... etc. de la même mère. En conséquence, un fils ne pourrait jamais avoir le même nom que son père, pas de Junior, mais il pourrait être le même que celui de son grand-père ou d'un de ses grands oncles.

Dans cette culture, les cousins étaient considérés comme des frères ou sœurs et il n'y avait pas de relations lointaines. Il pouvait arriver que deux descendants des Frères Nété ne se connussent pas, mais s'ils se rencontraient n'importe où dans le monde et se présentaient par leurs noms, ils sauraient qu'ils étaient tous deux descendants des quatre patriarches. S'ils se parlaient davantage, ils pourraient découvrir les lignées et comment ils étaient reliés.

Kovi était toujours fier de cet aspect de la tradition qui de nos jours se perd parce que les gens utilisent plus des noms Chrétiens sans aucune référence au système de nomenclature traditionnelle.

En plus du prénom et d'un surnom, on pouvait obtenir un titre en fonction de sa position dans la famille ou de la société, ou en fonction de l'âge. Kovi étant le premier-né dans la famille, avait le privilège d'être appelé par son nom de titre en signe d'appréciation et de respect de la part de ses jeunes frères, sœurs et cousins. Réciproquement, le titre ainsi conféré impliquait une responsabilité envers les plus jeunes pour donner de bons exemples comme un modèle de rôle et aider en cas de besoin. En effet les plus âgés étaient souvent les premiers à être à l'aise financièrement et avait la responsabilité d'aider le reste de la famille. À ce jour, même en tant qu'adultes, Kovi jouissait toujours du titre qui lui était conféré tout simplement parce qu'il était le plus âgé parmi ses frères et sœurs et cousins.

Les autres membres de la famille ou de la communauté, tels que les oncles et tantes, avaient aussi des noms de titre qui, par la construction définissaient la nature de la relation. Par exemple, un oncle plus âgé que le père de Kovi avait un titre qui précisait que l'individu était un oncle de Kovi et plus âgé que son père ; et un oncle qui était plus jeune que le père de Kovi avait un autre nom de titre. En signe de respect, les gens étaient appelés par leurs noms de titre et seules les personnes plus âgées étaient autorisées à appeler quelqu'un moins âgé par leur prénom ou surnom.

Quand ils quittèrent la maison de Tante Donsi, ils se dirigèrent vers le centre du village où Kovi présenta ses hommages à la déesse avant d'aller vers la rivière. Da Afi avait besoin de retourner à la maison, mais elle était soucieuse de ses fils et elle chargea son autre fils, Koku Jean Tonton, de rester avec son frère. Kovi voulait voir la grande rivière qui était autrefois la principale source qui avait nourri le village pendant des siècles, la rivière où il avait appris à nager et pêcher.

Pendant la saison des pluies, la rivière se gonflait, débordait de ses rives et inondait la région. Ainsi, elle fournissait l'irrigation naturelle qui conduisait à une grande récolte avec une abondance de nourriture. Au cours de ces saisons, la rivière, beaucoup plus grande, apportait de nombreux types de poissons et de crabes et certains de ces crabes habitaient dans la rivière tandis que d'autres espèces se développaient dans les buissons sur les rives. Pendant certaines nuits de l'année, au cours de la saison des pluies, il y avait une impressionnante migration de crabes de la rive sud vers l'Océan Atlantique.

La saison des pluies et la saison sèche étaient ponctuelles dans leurs arrivées et durées, les gens du village avait appris à connaître le calendrier des saisons et planifiaient bien leurs activités agricoles et de pêche en conséquence. Puisqu'ils savaient quand les crabes faisaient leurs voyages à l'océan, beaucoup de gens allaient à la chasse aux crabes la nuit. Il y avait tellement des crabes lors de la migration qu'il fallait savoir les prendre avec la main alors qu'ils rampaient, sans se faire pincer. L'astuce consistait à les saisir par leurs pattes avant, loin de leurs couteaux et les tenir entre le pouce et l'index avec les autres doigts appuyés contre leurs « abdomens. »

Avant l'aube, les hommes revenaient de la chasse aux crabes avec des tonnes de crabes et les gens qui n'étaient pas allés à la chasse prenaient la relève pour pêcher pendant la journée. Il y avait beaucoup de gens dans des pirogues et ils jetaient des filets dans la rivière ou bien vérifiaient les pièges qu'ils avaient précédemment tendus, tandis que d'autres se tenaient sur la rive et faisaient la pêche à la mouche.

À la fois dans l'eau et sur la terre, la saison des pluies apportait de la nourriture en abondance et les foyers ne manquaient de rien. Aucun africain n'allait au lit affamé là-bas. Au contraire, ils mangeaient bien et appréciaient l'abondance qu'ils avaient obtenue fraichement de la terre. Les gens avaient appris à sécher les excès de poissons ou conserver les grains non utilisés pour les périodes de saison sèche ou de sécheresse.

La saison des pluies venait aussi avec des diables méchants dont l'un était la prolifération des moustiques qui, le soir, bourdonnaient autour des tympans afin d'annoncer leur présence menaçante. Il y avait un conte que les enfants se racontaient les uns aux autres, une histoire qui était aussi transmise de génération en génération :

« Les moustiques bourdonnent autour des oreilles parce que la grand-mère des oreilles était endettée auprès de la grand-mère du moustique. Mais ensuite les deux grands-mères étaient mortes et, par la suite, le moustique venait demander le remboursement auprès des oreilles en bourdonnant. »

Il y avait des anti-moustiques qui aidaient le soir avant le coucher et pendant la nuit, les gens dormaient sous des moustiquaires. Malheureusement, parfois dans leur sommeil, les gens roulaient contre le filet et ainsi offraient aux moustiques une chance de les piquer à travers le matériau. La grande quantité de moustiques signifiait que, finalement, chaque personne était piquée plusieurs fois de toute façon à travers les saisons des pluies et les enfants étaient particulièrement vulnérables.

Kovi et ses cousins, qui vivaient tous ensemble et dormaient dans la même chambre sur des nattes posées au sol, étaient tombés malades l'un après l'autre ou parfois simultanément du paludisme. Il y avait bien quelques comprimés sans ordonnance à base de quinine qui aidaient parfois, mais en cas de complications, le village avait une petite infirmerie pour les premiers soins. La pauvre infirmière était constamment occupée à sauver des vies.

Pour des maladies graves ou en cas d'urgence, les gens étaient transportés en ville, à moins d'une heure de route sur des chemins non goudronnés, dans un hôpital surpeuplé.

Pendant la saison des pluies, certains enfants, ou même des adultes, succombaient aux complications liées au paludisme, bien qu'une fraction d'entre eux aurait pu être guérie avec des soins appropriés à temps.

Certains adultes refusaient de voir l'infirmière jusqu'à ce que leur situation devienne désespérée. Certains préféraient se faire traiter avec des herbes médicinales traditionnelles, qui étaient systématiquement utilisées sur différents symptômes ; ces traitements fonctionnaient sur quelques maladies, mais n'avaient aucun effet sur d'autres.

L'une de ces herbes médicinales traditionnelles était faite à partir de feuilles vert foncé d'un arbre. Ces feuilles étaient broyées puis bouillies. C'était ensuite consommé tôt le matin avant de manger quoi que ce soit. C'était une boisson amère et les enfants évitaient de boire. Les adultes buvaient d'énormes tasses tandis qu'ils fermaient les yeux dans une tentative de tolérer le goût peu appétissant et ils invitaient les enfants à boire après qu'ils leur aient montré l'exemple, en essayant de les convaincre que la guérison résidait dans le goût amer de la boisson. Ce traitement traditionnel fonctionnait assez bien pour les maux d'estomac et aussi comme un nettoyage périodique de l'appareil digestif en déclenchant une quinzaine de minutes plus tard l'envie d'aller à la selle suivie d'un grand soulagement. Cependant, lorsqu'il s'agissait de paludisme ou d'autres maladies, ce traitement n'était pas efficace.

Il y avait deux hôpitaux dans la région et ils étaient tous loin du village en raison de la circulation dense et l'état des routes. L'un des hôpitaux avait été construit pendant la période coloniale et avait servi de nombreuses personnes à travers les années.

Après l'indépendance, les médecins de ces hôpitaux étaient des citoyens noirs qui avaient étudié la médecine en Europe avec des spécialisations dans différents aspects et étaient revenus au pays pour servir leur peuple. Ces médecins travaillaient sans relâche pendant de longues heures chaque jour, prenant seulement trente minutes de pause pour déjeuner, pour traiter toutes les malades qui étaient automatiquement admis sans aucune exigence d'assurance maladie. Que Dieu bénisse ces médecins qui accomplissaient des miracles pour sauver la vie de beaucoup de gens. Souvent, ils travaillaient avec peu de moyens et avaient appris à mieux exploiter les ressources limitées pour couvrir le plus grand nombre de cas possibles.

Le père de Kovi avait été emmené à l'un de ces hôpitaux plusieurs fois et chaque fois quand il semblait qu'il n'allait pas s'en sortir vivant, curieusement il se rétablissait et on lui donnait, à l'hôpital, le surnom de « l'homme que même la mort a peur de prendre. » La dernière fois qu'il était sorti vivant de l'hôpital, le père de Kovi y était admis pour un cancer de l'estomac, qui n'avait pas encore métastasé, même si du liquide avait commencé à s'accumuler autour de ses poumons et ceci rendait sa respiration difficile. Les médecins avaient fait un tas de tests, évalué l'état et effectué une opération chirurgicale pour enlever les cellules cancéreuses. Le père de Kovi s'était remis de la maladie et avait vécu plusieurs années avec le cancer en rémission.

Des années plus tard, il retourna à l'hôpital avec un ulcère sévère et n'était pas sorti vivant. La mort n'avait pas peur de lui après tout et c'était l'échec et mat ou la fin de la partie pour ainsi dire. Il semblait que la mort l'avait regardé toutes ces années, en disant :

« Vous êtes sur la page mais pas en haut de la liste et j'espère que vous profitez bien du temps que vous avez. Quand finalement j'arriverai à vous, je ne vais pas attendre. Je ne vais pas négocier et que vous soyez prêt ou non, vous devrez partir. »

Quand Papa Kodjo sentit que la fin était proche, Kovi n'était pas là et il demanda que les gens lui pardonnent pour tous les torts qu'il leur avait peut-être faits et exprima le regret de n'avoir pas eu une chance de plus de voir Kovi à nouveau.

Kovi et Koku montèrent à bord d'une pirogue pour traverser la rivière et pendant tout ce temps Kovi continuait de se rappeler l'époque où il grandissait dans le village et il remarquait tous les changements qui s'étaient produits.

Chapitre Treize
Souvenirs

Les années où la pluie apportait de l'abondance étaient finies depuis longtemps, peut-être parce que les gens n'autorisaient plus que leurs poulets à plumes blanches fussent saisis pour des offrandes à la déesse, ou bien ils avaient offensé les dieux de la rivière et la terre.

Les saisons avaient changé. Elles étaient devenues imprévisibles avec des périodes de trop de pluies ou de sécheresse. Les gens n'arrivaient plus à prédire quand planter les semences. La rivière aussi, pour des raisons inconnues, avait commencé à offrir moins de poissons et la grande migration des crabes avait diminué bien que la région ne fût pas développée et avait conservé l'atmosphère paysanne qu'elle avait autrefois.

Kovi et Koku discutaient pendant qu'ils traversaient la rivière en canoë et Koku soutenait que l'imprévisibilité des saisons et les effets dévastateurs sur la vie des gens étaient sans doute les résultats du réchauffement global, pas une infraction à un dieu particulier. Il n'offrit aucune preuve concrète à l'exception de souligner que les émissions de gaz à effet de serre de la population n'avaient pas beaucoup changé depuis des siècles, en tout cas, par rapport à celles des populations des pays industrialisés qui incluaient son propre frère d'ailleurs.

Ces populations locales vivaient dans un environnement mondial et payaient le prix des activités humaines ailleurs, affirma Koku avec un regard qui sollicitait la sympathie de Kovi :

« Je t'ai entendu mon frère, mais c'est un problème mondial complexe pour l'ensemble de l'humanité. Localement, nos collectivités, dirigeants et gouvernements ont également des responsabilités pour trouver des solutions concertées. Et il n'est pas évident que ces problèmes particuliers de notre village soient exclusivement liés au réchauffement global. »

Kovi soutenait qu'un certain nombre de valeurs traditionnelles n'étaient plus transmises aux jeunes générations et que les jeunes gens migraient vers les grandes villes. En conséquence, le village se vidait de sa main-d'œuvre habile qui aurait pu appliquer les connaissances traditionnelles et les combiner avec des techniques modernes pour s'adapter à l'évolution de l'environnement et aux réalités actuelles afin de soutenir la population.

« Eh bien, s'il n'y a pas de possibilités ici, les jeunes gens vont aller ailleurs. Toi-même, tu es allé en Amérique et tu ne reviens pas souvent parce que pour toi, il n'y a pas grand-chose à faire ici », répondit Koku.

De l'autre côté de la rivière, ils marchèrent tous les deux pendant une courte distance vers la côte atlantique, toujours en train de discuter.

La côte était sableuse et pleine de grands cocotiers, qui, avec une brise qui soufflait de travers, offraient de l'ombre très rafraîchissante loin de la chaleur de la journée et ceci attirait des gens pour se détendre à la plage. Les frères se tenaient là fixant l'océan bleu et Kovi pointa son doigt dans une direction pour expliquer que de l'autre côté de l'Atlantique se trouvait sa nouvelle résidence en Amérique. Kovi expliquait à Koku que c'était le même grand Océan Atlantique entre les deux continents lorsqu'un homme s'approcha d'eux et se présenta.

L'homme, nommé Kouassi, n'était pas content que Kovi ne l'ait pas reconnu tout de suite et il s'était senti obligé de rappeler à Kovi qu'il y a plusieurs années, c'était lui qui avait enseigné à Kovi comment attraper des crabes.

En effet, durant leurs enfances, ils construisaient des pièges de contreplaqué en forme de boîtes rectangulaires avec appâts et posaient les pièges aux entrées soupçonnées des trous de crabes dans les buissons sur les berges. Finalement, le crabe sortait du trou et entrait dans la boîte ; quand le crabe touchait l'appât, la boîte se fermait, l'emprisonnant.

Ils allaient deux fois dans la journée, tôt le matin avant l'école et dans l'après-midi après l'école, pour vérifier les pièges. Souvent il y avait des crabes à l'intérieur des boîtes. Parfois, les crabes étaient assez forts pour pousser la porte ouverte avec leurs pinces et s'échapper. Pour résoudre ce problème, ils empilaient de la boue en haut de la porte ouverte et lorsque la boîte se fermait, il devenait difficile au crabe de l'ouvrir.

Kovi n'était pas brillant dans la construction les pièges ni dans l'identification de bons trous qui étaient susceptibles de contenir des crabes. Souvent, Kovi rentrait à la maison bredouille et en larmes tandis que d'autres enfants y compris ce type qui venait de se présenter, étaient habiles à attraper des crabes.

Comme les enfants, ils étaient impitoyables les uns avec les autres et taquinaient jusqu'aux larmes ceux qui échouaient dans les captures de crabes. Kovi se souvenait, avec tendresse, de Kouassi comme un cousin plus âgé, puisque tout le monde dans le village était en quelque sorte liés aux autres, qui le protégeait et lui avait appris quelques trucs, non seulement pour attraper des crabes, mais aussi pour fabriquer des équipements de pêche, construire des tambours et couper parfaitement les cheveux d'autres personnes avec une paire de ciseaux et un peigne.

Kovi avait le dessus à l'école seulement lorsqu'il s'agissait de résoudre des problèmes mathématiques et de faire les devoirs. Kovi prenait plaisir à expliquer les problèmes des devoirs et leurs solutions aux personnes qui effectuaient les tâches pratiques mieux que lui.

Lorsqu'il croisa Kouassi à la plage après qu'ils ne soient pas vus depuis plusieurs années, il se rappela que Kouassi était très compétent et il se mit à réfléchir sur sa maladresse lorsqu'il s'agissait des tâches pratiques.

Kovi était né gaucher dans une société où la main gauche était strictement réservée pour manipuler des serviettes pour s'essuyer les fesses dans les toilettes. C'était un délit de serrer la main ou d'offrir de la nourriture avec la main gauche et tout ce qui pouvait être fait avec la main droite devait l'être, pour réserver la main gauche à l'intimité de la salle de bains. Kovi était grondé et puni à chaque fois que son penchant naturel l'amenait inconsciemment à utiliser sa main gauche.

Quand Kovi avait commencé l'école primaire, il savait déjà bien écrire avec la main gauche jusqu'à ce que le professeur l'eût menacé en disant que si jamais il le voyait écrire avec la main gauche, il serait renvoyé de la salle de classe. Depuis ce jour, Kovi avait été obligé d'apprendre à écrire avec la main droite et n'avait plus jamais écrit avec la main gauche.

Il avait été surpris quand il était arrivé aux USA et avait vu son enseignant anglais écrire au tableau avec la main gauche et de nombreux étudiants américains à l'aise avec la main gauche.

Bien qu'ils aient tenté de décourager l'usage de sa main gauche, Kovi avait grandi en utilisant plus confortablement la main gauche pour certaines choses comme lancer des cailloux pour faire des ricochets sur la surface de la baie. Il soutenait que sa maladresse dans les travaux pratiques lorsqu'il était jeune était liée à l'immense pression exercée sur lui pour faire la plupart des choses avec la main droite maladroite.

En plaisantant Kovi rappela à Kouassi qu'il était celui qui résolvait les devoirs de mathématiques aux enfants, même pour ceux qui étaient dans les classes supérieures. Les seuls moments où Kovi ne pouvait pas aider les autres enfants avec les problèmes de mathématiques étaient pendant les examens à la fin de l'année scolaire. Pendant les examens, chaque élève était seul sous les regards constants, dominateurs et attentifs des enseignants.

L'un des examens que Kovi aimait le plus et dans lequel il excellait était le calcul mental où tous les élèves devaient lever leurs mains avec leurs plumes en l'air pendant que l'enseignant lisait le problème de mathématiques une seule fois. Les élèves étaient censés mémoriser le problème au moment de la lecture et lorsqu'il la terminait, les élèves avaient vingt secondes pour résoudre le problème dans leur tête, en maintenant leurs plumes en l'air. Après ces vingt secondes, l'enseignant donnait dix secondes aux élèves afin d'écrire la réponse et ensuite lever leurs mains à nouveau. Les examens du calcul mental demandaient beaucoup de mémoire, de concentration et de compréhension rapide du problème en français avec un calcul mental et précis pour obtenir les bonnes réponses.

Il y avait un examen qui faisait partie des sujets littéraires dans lesquels Kovi n'excellait pas : c'était la dictée. C'était un exercice où l'enseignant lisait un paragraphe d'un livre ou un extrait d'un discours politique en français et les élèves devaient écrire correctement ce qu'ils avaient entendu. Puis, l'enseignant ramassait tous les écrits des élèves et corrigeait l'orthographe, la ponctuation et la grammaire. Il n'y avait pas de bibliothèques et l'accès aux livres était assez difficile, donc la dictée était un moyen d'encourager très tôt le développement des compétences littéraires en lecture et à l'écrit.

Le village avait une école primaire publique jusqu'à la sixième année et il y eut deux événements mémorables pendant ce temps-là.

Dans le but d'encourager les élèves à pratiquer la conversation en français, à la fin des cours quotidiens ou à la fin de la semaine, le vendredi après-midi, l'enseignant donnait un collier à un des élèves. Ce collier était appelé le « signal. »

Si l'élève qui avait reçu le collier entendait un autre élève parler une langue autre que le français, il était censé passer le collier à cet élève. Le lendemain ou le lundi matin, l'enseignant demandait le collier et l'élève à qui il l'avait remis disait qu'il l'avait donné à Jean. Jean ensuite disait qu'il avait transmis à Pierre et Pierre à Ruth, etc. Tous les élèves qui avaient reçu le « signal » n'avaient pas pratiqué le français mais, au contraire, avait parlé leur langue vernaculaire. On demandait aux receveurs du « signal » de se lever quand leur nom était appelé et ils étaient tous punis pour l'infraction, à savoir, l'utilisation de leurs propres langues. Cette pratique conduisait à deux problèmes.

Premièrement, comme un geste de camaraderie, l'élève qui avait reçu le signal de l'enseignant pouvait ne pas le transmettre aux autres élèves, même s'il avait entendu quelqu'un parler dans sa propre langue. Mais le professeur ne croyait pas que tout le monde avait parlé français et donc l'élève était sévèrement puni pour avoir gardé le « signal. » Essentiellement la dernière personne à avoir le signal était punie parce qu'elle n'avait pas réussi à le transmettre à quelqu'un d'autre.

Le deuxième problème était le différend que pouvait générer remettre « le signal » à quelqu'un qui avait parlé une langue autre que le français : l'autre élève pouvait nier qu'elle avait parlé dans une langue différente et donc refuser de prendre le signal et cela conduisait parfois à des bagarres.

L'autre événement mémorable au cours de leurs années d'école primaire dans le village était le châtiment des élèves qui avaient reçu le « signal. » Ils étaient chargés d'aller dans la brousse pour recueillir de gros fagots de bois que les familles des enseignants utilisaient pour faire le feu et la cuisine.

Kovi était parmi les rares qui n'avaient jamais reçu le « signal » de l'enseignant ou des autres élèves. Rétrospectivement, ces pratiques étaient des vestiges de la période coloniale. Kovi et Kouassi se rappelaient ces moments et riaient et heureusement ces pratiques étaient abolies depuis longtemps.

Comme les trois hommes marchaient en revenant de la plage, Kouassi rappela à Kovi un événement durant leur enfance. Kovi devait avoir environ six ans quand une grande fête battait son plein au centre du village.

Kovi et Papa Kodjo étaient arrivés et s'étaient jetés dans la foule pour danser. Dans la préparation pour la danse, le tambour principal et quelques autres instruments de musique essentiels étaient utilisés pour maintenir le rythme lent tandis que les gens formaient un grand cercle, bougeaient leurs corps et chantaient doucement. Puis, tout d'un coup, le batteur principal accélérait le rythme et augmentait le son comme signal pour les gens au centre de commencer à danser et tous les instruments reprenaient à l'unisson et la musique augmentait d'intensité. Alors les gens commençaient à danser dans une impressionnante coordination des mouvements de leurs pieds, dos et mains. Après quelques minutes, le rythme ralentissait de nouveau et c'était le tour de nouvelles personnes de se présenter au centre pour la prochaine séance de la danse.

Alors que Kovi et Papa Kodjo dansaient les autres regardaient et riaient. Papa Kodjo n'avait jamais expliqué à Kovi pourquoi ils riaient et Kovi apprit beaucoup plus tard que c'était parce qu'il n'avait pas synchronisé ses mouvements avec la musique et comme un enfant, il imitait tout simplement les adultes sans comprendre ni l'art ni la complexité de la danse.

Le lendemain de l'incident de la danse sauvage de Kovi, celui-ci accompagna quelques personnes du village à une ferme de jus de palme. Pour obtenir le jus de palme, d'abord le palmier était coupé et laissé pendant quelques jours. Puis, une incision était effectuée au centre pour obtenir le jus via un tube relié à un pot. Lorsqu'il n'est pas dilué avec de l'eau, le jus de palme est naturellement sucré et alcoolisé. Kovi, comme un enfant, était attiré par le jus. Il en avait bu et était tombé en état d'ébriété. Il avait dû être porté sur les épaules de l'un des hommes pour retourner au village ; cet évènement avait suscité l'enthousiasme.

Nana Mawulé était une dame flamboyante et prospère dans les affaires et elle n'hésitait pas à dire ce qu'elle pensait, elle ne mâchait pas ses mots. Elle était furieuse que les adultes aient autorisé Kovi à consommer une boisson alcoolisée et elle était en colère contre Kovi, Papa Kodjo et le grand-père Tata Nété, même si les deux derniers n'étaient pas proches de la scène et n'avaient rien à voir avec ce qui s'était passé.

Dans une rage folle, Nana Mawulé dit que « le père, Tata Nété, buvait, le fils, Papa Kodjo, buvait aussi et maintenant le petit-fils Kovi, aussi, avait commencé à boire. » C'était un petit village et tout hurlement ou grondement attirait une foule de presque tout le village qui se réunissait dans l'excitation comme s'il s'agissait d'un événement sportif tel que le football.

À cette époque, le village n'avait pas l'électricité ou la télévision et pour suivre un match de football important, en particulier lorsque l'équipe nationale jouait, les gens se rassemblaient autour des radios à ondes courtes fonctionnant avec des piles et ils écoutaient la retransmission du match à travers la voix et l'émotion des journalistes. Les journalistes étaient bons à relayer les matchs de foot en direct et bien que les gens n'aient pas vu le match, c'était comme s'ils étaient présents dans le stade et avaient vu un match en direct. Les gens pouvaient sentir l'état émotionnel du journaliste par le ton de sa voix et d'une certaine manière le journaliste avait une tâche importante à faire : grâce à son émotion, il devait retenir l'attention des gens et les garder accrochés à la radio.

Alors le journaliste relayait des morceaux du match comme suit :

« Koffi a le ballon et il a réussi à dribbler deux défenseurs. Oh ! Que c'est merveilleux ! Super ! Quelles dribbles superbes ! Koffi est maintenant étroitement marqué ; il trouve une ouverture et libère le ballon à Kossi sur l'aile gauche. Kossi court vite, très vite avec le ballon. Que va-t-il faire ? Kossi ! Il se rapproche de la surface de réparation, toujours sur la gauche avec la balle. La défense s'est regroupée et converge sur Kossi. Impressionnant ! Kossi fait une passe au-dessus de la défense dans le cercle central. Quelle passe incroyable à Kodjo qui a arrêté le ballon net au centre. Kodjo va tirer au but. Kodjo sert vers la gauche pour trouver de l'espace et il s'apprête à tirer mais la défense s'est regroupée de nouveau. Kodjo est forcé à se déplacer vers la droite et voilà le tir au but. Ça y est et ça ressemble à un but. Ah ! Le gardien a dévié le ballon au-dessus de la barre transversale et ça va être un corner tiré de la droite. On dirait que Mohamed va tirer le corner. Tous les défenseurs sont au centre et Koffi et son équipe d'attaquants aussi. Mohamed frappe la balle qui arrive au centre. Tout le monde se déplace en face du but. Et voilà ; Koku saute au-dessus de tout le monde. Koku est maintenant au-dessus de trois défenseurs et il va utiliser sa tête. Le gardien s'approche rapidement pour bloquer mais Koku a été plus rapide et voilà le coup de tête. But ! But ! Goooooal ! Il a encore une fois réussi. Ce diable de Koku a trouvé un moyen d'égaliser aussi tard dans le jeu. Et voilà, ça ira en prolongation. Ne pas bougez pas, ça va en prolongation... »

Les gens étaient très heureux, déçus, ou attristés si c'était leur équipe qui avait marqué, manqué une occasion de marquer, ou concédé un but. Les seules fois aux USA quand Kovi avait subi les mêmes niveaux d'effervescence étaient quand il avait regardé en direct des matchs de football américain dans son université dans le Midwest. L'atmosphère dans le stade devenait effervescente avec tous les spectacles entre les temps de jeu et sur les possibilités des touches. Lorsque Kovi était arrivé aux États-Unis, il n'avait pas au premier abord aimé le football américain en raison des arrêts fréquents du jeu, suivis des changements d'équipes selon que l'action imminente soit offensive ou défensive. Cependant, il aimait aller au stade pour suivre les matchs de football pendant lesquels, à côté du jeu lui-même, les spectacles d'accompagnement pouvaient parfois induire la foule dans un état transcendantal de joie et de plaisir.

En l'absence de matchs de football, d'autres événements tels que les cris de Nana Mawulé engendraient de l'excitation dans le village. Seulement quand les grondements se transformaient en agressions physiques ou en bagarres de coups de poings, les anciens intervenaient pour séparer les belligérants qui avaient donné aux gens un raison de rires et de commérages pendant plusieurs jours et peut-être pour toujours.

En effet, les gens du village étaient prompts à attribuer des surnoms à d'autres, surtout pour taquiner et se moquer d'eux, en se fondant sur les actions de quelqu'un lors d'un événement particulier. Kovi avait un surnom basé sur l'usage de sa main gauche et chaque fois que cet alias était invoqué, c'était pour le lui rappeler, se moquer de lui ou le décourager d'utiliser sa main gauche. Dans certains cas, de nouvelles chansons entières étaient composées sur des situations et actions des gens et pendant les prochaines séances de tambours du village, ces nouvelles chansons étaient introduites, souvent à l'étonnement des personnes ciblées.

Les gens du village transformaient le jus de palme récolté au moyen d'un processus de distillation traditionnelle en alcool transparent et fort appelé Sodabi qui pourrait ensuite être épicé avec des troncs d'arbres ou des racines pour lui donner un arôme et goût particuliers. Pour tester la pureté de l'alcool, on versait un échantillon dans une soucoupe et on y mettait une flamme. S'il prenait feu et brûlait rapidement, c'était un grand signe que l'alcool n'était pas dilué avec de l'eau.

Un jeu annuel s'était développé entre les villages de la région et cela consistait à envoyer quelques représentants pour un concours de Sodabi et le village du dernier homme debout était le gagnant. Pendant le concours, qui attirait une grande foule de partisans et d'admirateurs, les concurrents étaient invités à boire des coups de Sodabi et les juges évaluaient leur état d'ébriété pour décider qui était encore assez sobre pour continuer ou qui était éliminé. Il y avait eu une fois — Kovi n'était pas un témoin oculaire de l'événement, mais il jurait que c'était vrai — que tous les participants s'étaient réunis et le concours allait commencer dès que les anciens étaient arrivés ; le modérateur avait demandé aux gens de se calmer et il avait commencé à présenter les candidats et les villages qu'ils représentaient. Un concurrent qui avait l'air d'être dans la quarantaine sortit une bouteille d'un demi-litre de Sodabi et le but tout d'un coup en guise d'échauffement. Les gens étaient choqués et impressionnés de voir que le monsieur était encore debout et sobre. Son action avait tellement impressionné les autres concurrents qu'ils avaient refusé de défier le monsieur au concours des coups de Sodabi. L'homme fut déclaré vainqueur par défaut et son village avait obtenu la notoriété du coin des meilleurs et plus durables buveurs de Sodabi de la région, jusqu'à ce jour.

Le Sodabi était également produit à partir d'autres sources telles que les bananes ou les mangues fermentées puisque les palmiers étaient abattus et détruits et il fallait de nombreuses années pour que les palmiers poussent. Par conséquent, les palmiers n'étaient pas remplacés aussi vite qu'ils étaient détruits ; plus tard, une nouvelle technique fut introduite pour extraire le jus de palme sans couper les palmiers.

Les palmiers offraient également de l'huile de palme rouge à travers leurs noix et cette huile était utilisée non seulement pour la cuisson mais aussi comme arôme dans certains plats spéciaux.

Kouassi suggéra qu'ils aillent faire une visite rapide auprès du fournisseur de Sodabi dans le village pour quelques coups. Da Afi avait prévenu Kovi de ne pas boire avec les gens du village par peur de l'envie et la jalousie qui pouvaient conduire à son empoisonnement. Lorsque Da Afi avait fait le tour du village avec Kovi pour saluer les gens, elle avait examiné et inspecté méticuleusement tout ce qui lui avait été offert et avec un regard désapprobateur, elle avait indiqué à son fils ce qu'il fallait faire. Comme un signe de bienvenue et de respect, on offrait aux visiteurs un verre d'eau, dont une quantité devait être bue et le reste utilisé pour une libation après une courte prière. Refuser un tel geste respectable profondément ancré dans la société pouvait être considéré comme une infraction grave et un affront.

Kovi avait vécu à l'étranger depuis si longtemps qu'il avait perdu l'immunité contre les bactéries de l'eau et il lui était conseillé de boire uniquement de l'eau minérale qu'il avait amenée avec lui. Certains pouvaient s'offusquer qu'un prince du village, après avoir voyagé à l'étranger, se sente tellement supérieur qu'il n'accepte pas l'eau de son propre peuple.

Da Afi avait toujours une manière d'expliquer tout événement potentiellement embarrassant et de désamorcer toute tension pour s'assurer qu'il n'y ait pas de ressentiment ou de rancune. Mais elle n'était pas avec eux quand ils avaient décidé d'aller boire un coup de Sodabi et Koku n'avait pas le talent et la finesse de leur mère.

Une chose qu'ils savaient tous depuis leur enfance, était que, lorsqu'on leur offrait un verre, la personne qui l'avait offert devait elle-même boire un coup devant l'invité pour prouver que la boisson n'était pas empoisonnée. Cependant, on pouvait être intelligent et appliquer le poison de telle manière que l'on prît une gorgée sans être affecté par le poison, et l'invité, sans méfiance, penserait qu'il n'y avait pas de danger.

Kovi refusa la proposition d'aller boire du Sodabi et au contraire, il proposa d'aller à la ferme pour le lait de coco, car il pensait que la probabilité d'empoisonner la noix de coco fraîchement obtenue du cocotier était pratiquement nulle.

Pour arriver à la ferme des noix de coco, Kovi, Koku et Kouassi marchèrent en haut de la colline en direction de l'école primaire qu'ils avaient fréquentée en tant qu'élèves. Kovi se rappela comme il avait l'habitude de marcher sur cette route tous les matins vêtu de l'uniforme scolaire avec beaucoup d'autres élèves. Les enfants devaient tous arriver à huit heures précises et se rassembler dans la cour de l'école parfaitement arrangés en groupes, en fonction de leurs classes. Ils chantaient ensemble l'hymne national tandis que le drapeau national était levé et après cela, suivaient quelques grandes chansons d'encouragement à étudier. Chaque jour d'école, les classes commençaient après que cet important protocole avait été effectué et les retardataires étaient toujours punis.

Avant d'aller à l'école, le matin, les enfants et les jeunes adultes allaient puiser de l'eau fraiche d'un puits dans le village et quelques périples au puits étaient nécessaires pour remplir un baril dans la maison, un baril qui était assez grand pour servir tous ceux qui prenaient leur douche le matin. Bon nombre de personnes se réunissaient auprès du puits et chacun attendait son tour pour descendre un seau, le remplir, le tirer vers l'extérieur à l'aide d'un système de poulies et transférer l'eau dans d'autres seaux que les plus forts transportaient à bout de bras et d'autres sur leurs têtes. Quelques itérations pour obtenir de l'eau du puits étaient nécessaires pour remplir les seaux. Les enfants faisaient la pause seulement lorsqu'il pleuvait et les barils étaient automatiquement remplis de l'eau de pluie.

Le matin, les douches étaient tellement froides et rafraîchissantes qu'elles pouvaient réparer mêmes les plus sévères gueules de bois des adultes. Lorsque les enfants étaient prêts pour l'école, leurs parents distribuaient un peu d'argent à utiliser pour acheter le petit déjeuner sur le chemin. Beaucoup d'élèves se rassemblaient à la maison de la dame spécialisée dans la fabrication et la vente du petit-déjeuner. Le menu du petit déjeuner était composé de riz et haricots avec une sauce spéciale au poivre et à la tomate, faite avec l'huile de noix de coco ou l'huile de palme rouge et d'autres plats locaux. Si tôt le matin et avec moins d'un sou, les élèves consommaient de grandes quantités de plats lourds qui pourraient les soutenir pour toute la journée, même ceux qui étaient moins chanceux et n'avait pas d'options pour le déjeuner.

Après l'école, les trois hommes atteignirent la ferme de noix de coco de Tata Nété et Kouassi et Koku grimpèrent aux arbres pour couper les noix de coco qui étaient susceptibles d'avoir des jus sucrés. Kovi n'était plus en forme et incapable de grimper aux arbres comme il avait l'habitude de le faire ; il n'était plus doué pour identifier les meilleures noix de coco à sélectionner, donc il laissa les deux autres hommes habiles faire le travail.

La possession de fermes de coco était une grande source de revenus pour les personnes qui, à travers un processus traditionnel, produisaient et vendaient l'huile de noix de coco utilisée pour toutes sortes de fins. Tous les trois mois environ, les gens cueillaient les noix qui étaient parvenus à maturité et les vendaient comme telles ou bien produisaient et vendaient l'huile de noix de coco. Les grands-parents de Kovi possédaient de nombreuses fermes de coco qui furent ensuite partagées entre les parents de Kovi et leurs frères et sœurs et plus tard Kovi et ses frères et sœurs héritèrent de leurs parents des fermes de noix de coco. À ce jour Kovi possédait encore des fermes de noix de coco qu'il avait hérité et étaient gérées par un de ses frères.

Au fil des ans, certains cocotiers produisaient moins de coco avec l'âge et ceci conduisait à la diminution des recettes. Il devenait alors nécessaire de planter de nouveaux cocotiers qui prenaient plusieurs années pour arriver à maturité et commencer à produire des noix de coco.

Des champs de noix de coco, comme ils avaient l'habitude de faire durant leurs enfances, les trois hommes décidèrent d'aller chercher des mangues. C'était la saison des mangues et pendant une telle saison, on pouvait cueillir des mangues succulentes qui étaient tombées récemment ou simplement en tendant la main pour les arracher des arbres. Il y avait tellement de mangues à cueillir qu'ils purent se permettre de choisir les meilleurs et ils s'assirent à l'ombre d'un manguier et apprécièrent une brise rafraîchissante loin de la chaleur de la journée tandis qu'ils dégustaient des mangues délicieuses.

Ils revinrent des fermes avec des noix de coco et des mangues qu'ils partagèrent avec les premiers villageois qu'ils rencontrèrent sur le chemin de retour à la rivière où les gens étaient rassemblés pour le grand jeu traditionnel.

Le jeu se jouait avec des perles rondes dont certaines étaient placées dans un ensemble de trous semi sphériques en bois poli et sculpté. Il y avait deux candidats pour jouer et le gagnant était la personne qui avait gagné le plus de perles du côté de son adversaire en fonction d'un ensemble de règles spécifiques. Chaque adversaire se relayait pour jouer ; le jeu demandait beaucoup de réflexion, de mouvements stratégiques et une anticipation des mouvements de son adversaire. La durée de jeu dépendait de l'allure tranquille ou le processus de réflexion des joueurs. Les jeux pouvaient attirer un grand nombre de gens curieux et d'admirateurs et les villageois organisaient des concours régionaux développés dans le même esprit que le concours de consommation de Sodabi.

Après avoir assisté à quelques jeux, les trois hommes rentrèrent à la maison de parents de Kovi. Quand ils pénétrèrent à l'intérieur, un homme était là pour rendre visite à Da Afi. Ils étaient assis tous les deux dans la cour et étaient en train de discuter. L'homme reconnut Kovi et se leva pour le saluer avec enthousiasme. Cependant, à sa grande déception, Kovi ne se souvenait pas de lui et Da Afi dut intervenir une fois de plus pour désamorcer toute tension. Elle raconta un événement qui s'était passé lorsque Kovi était trop jeune pour s'en souvenir.

Selon l'histoire, Da Afi lavait le bébé prince Kovi qui devait avoir moins d'un an. L'homme, qui avait à peu près douze ans à l'époque, avait était envoyé chez Da Afi pour recouvrer une dette que Da Afi avait promis de payer ce jour-là et elle attendait quelqu'un pour venir recevoir l'argent. Quand le garçon arriva, Da Afi était non seulement occupée à prendre soin du bébé Kovi, mais aussi elle faisait la cuisine. Comme la nourriture brûlait, elle remit le bébé nu au garçon qui était assis et attendait pour que Da Afi allât chercher l'argent pour lui. C'était à ce moment que le bébé avait décidé de faire ses besoins et il avait enduit le short et les jambes du garçon de son caca.

Cette histoire, dont l'homme lui-même ne se souvenait pas, fit rire tout le monde si hystériquement que les gens des maisons voisines vinrent pour savoir ce qui était si drôle. Comme l'histoire fut racontée maintes et maintes fois, le rire hystérique grandissait plus fort et attirait de plus en plus de personnes du village.

C'était un art parmi ces gens d'inventer une histoire et de la raconter avec quelque chose de nouveau pour la rendre plus drôle au point qu'il devenait difficile de dire quel morceau de l'histoire était réel et quelle partie n'était qu'un conte.

Concernant cette histoire en particulier, personne d'autre dans le village ne se rappelait l'événement sauf Da Afi, qui avait constamment refusé de dire à Kovi si cela s'était véritablement passé comme elle avait raconté. Chaque fois que Kovi lui demandait, elle répondait avec un sourire et préférait laisser l'incertitude planer pour toujours.

Kovi se rappelait toujours le brillant talent de Da Afi pour de grandes histoires afin de désamorcer un événement potentiellement embarrassant ou une tension ou d'offrir une grande perspicacité ou un avis, en temps opportun.

Plus tard, quand l'homme prit contact avec Kovi après son retour en Amérique, pour se présenter de sorte que Kovi n'ait aucun doute sur son identité, le gars dit simplement :

« Je suis ton grand frère, celui sur lequel tu avais chié quand tu étais un bébé. »

Ils se foutaient du coût des appels téléphoniques de longues distances et les deux hommes avaient éclaté de rire au téléphone au point que l'homme avait oublié la raison de son appel.

Papa Kodjo avait été mécanicien automobile en formation pendant quelques années à Lagos où il avait vécu avec une branche de la famille qui avait émigré au Nigéria. Lorsque Kovi s'était soûlé après avoir bu du jus de palme, Papa Kodjo travaillait comme chauffeur de taxi. Le véhicule que Papa Kodjo utilisait pour le taxi était une Renault-4L qu'il avait acheté avec l'argent qu'il avait épargné après des années en Afrique centrale où il avait travaillé pour une compagnie pétrolière.

Le pétrole et les minéraux avaient été découverts dans un pays en Afrique centrale et cela avait attiré les entreprises de pétrole de l'Europe et des USA et de nombreux travailleurs africains de différents pays. Kovi et deux de ses frères et sœurs étaient nés en Afrique centrale et comme ils ne connaissaient pas les langues locales des gens du coin, Kovi avait grandi en utilisant le français jusqu'à ce qu'ils fussent revenus à leur village ancestral quand Kovi avait quatre ans.

De quatre à six ans, Kovi avait appris à parler la langue de son peuple dans le village et ce faisant, il avait failli perdre le français complètement jusqu'à ce qu'il commençât la première année de l'école primaire.

Papa Kodjo et sa famille auraient pu rester en Afrique centrale de façon permanente puisqu'il était bien payé et les conditions de travail étaient bonnes d'après ce que Papa Kodjo déclara plus tard à Kovi. Après un certain temps, étant donné les tensions politiques et les réactions à l'égard des travailleurs étrangers, Papa Kodjo quitta le pays et emmena sa famille au Nigeria. L'industrie pétrolière était en plein essor au Nigeria aussi et comme Papa Kodjo y avait déjà passé quelques années de formation et ils avaient de la famille là-bas, c'était l'endroit où aller, bien que Papa Kodjo ne parlât pas couramment l'anglais. Cependant, ils ne restèrent pas longtemps au Nigeria, car la guerre civile éclata et ils furent obligés de déménager au village ancestral.

En plus de son propre véhicule, au dire de tous, le premier jamais acheté par tout descendant du village, Papa Kodjo avait également ouvert un magasin de proximité. Un service de taxi et un magasin par l'un des leurs apportaient de grands soulagements aux déplacements quotidiens des villageois pour aller à la grande ville proche pour les provisions. Malheureusement, avec le temps, l'entreprise n'avait pas prospéré, au contraire, elle avait été abandonnée. À l'avant de la maison restaient encore quelques vestiges de l'atelier qui y avait prospéré autrefois, comme un rappel douloureux du bon vieux temps disparu depuis longtemps.

Lorsque l'entreprise fit faillite, Papa Kodjo eut besoin de chercher un emploi une fois de plus pour nourrir sa famille. Il trouva un emploi pour réparer des véhicules de transport pour une entreprise minière nationale et il déménagea avec sa famille entière plus près de son travail, sauf Kovi. Pendant plusieurs mois avant qu'ils ne s'y installassent, Papa Kodjo y allait le dimanche soir et revenait le vendredi soir et il était le seul à faire ces voyages hebdomadaires alors que le reste de la famille était encore au village. Papa Kodjo utilisait une bicyclette à moteur, plus connue sous le nom de Vespa, sur laquelle il avait l'habitude de voyager en solo les nuits pour aller à son nouveau lieu de travail.

L'une de ces nuits en allant à son lieu de travail, il avait été intercepté par un groupe d'hommes forts, armés de fusils et de couteaux, plus probablement en une expédition de chasse de nuit. Après qu'ils l'avaient inspecté, fouillé et questionné, ils ne lui firent pas de mal et ils le laissèrent partir. Lorsque plus tard, il raconta l'histoire, les gens du village expliquèrent que sa bonne fortune était directement liée à une bonne action qu'il aurait effectuée récemment.

Il y avait un serpent que l'on trouvait couramment dans la région, un python de couleur vert brun, de quelques mètres de long. Ce n'était pas un serpent venimeux et il ne faisait pas de mal aux êtres humains. En conséquence, ce python était associé à un dieu, vénéré et donc pas tué par les humains.

Avec le temps, cet animal avait appris à se rapprocher et être à l'aise avec les gens et on le trouvait dans les maisons où il se cachait paisiblement dans divers endroits, y compris dans les chambres. Il n'était pas surprenant de ressentir une étrange sensation de froid avec des mouvements lents dans le lit et une inspection minutieuse exposait la présence du python.

Quand il était ainsi découvert dans des maisons, il était doucement et respectueusement ramené très loin dans les buissons et libéré indemne. Papa Kodjo avait ramené un de ces pythons à la brousse quelques jours avant son voyage et c'était pourquoi au cours de la rencontre avec les hommes étranges dans la nuit le dieu python l'avait protégé et il s'en était sorti indemne — C'était cela l'explication.

La transition de Papa Kodjo à un nouveau travail dans un village différent fut la fin de l'atelier et le service de taxi et Kovi resta avec sa tutrice Nana Mawulé pour terminer l'école primaire dans le village ancestral.

À la fin de la sixième année scolaire, les élèves devaient passer des examens pour être admis au collège d'études générales. Les examens étaient donnés dans certains villages où les élèves issus de plusieurs villages se rassemblaient pour quelques jours pour passer les examens et attendaient l'annonce des résultats. Kovi était allé à un village voisin à environ dix kilomètres de là où il était resté avec les membres de sa famille pendant les jours des examens. C'était un moment de grande anxiété quand les gens attendaient que les résultats soient annoncés.

Le jour où les résultats devaient être rendus publics, tous les élèves s'étaient réunis à l'école primaire du village et attendaient que les représentants du gouvernement régional émergeassent après délibérations. Après ce qui ressemblait à une longue attente, les autorités se présentèrent en fin d'après-midi et il commençait déjà à faire nuit. Ils annoncèrent d'abord les dix meilleurs élèves, leurs villages et leurs écoles primaires puis ils lisèrent les noms de tous les autres élèves qui avaient réussi les examens dans l'ordre alphabétique. Si votre nom commençait avec la lettre « A » et vous remarquiez qu'ils étaient en train d'appeler les personnes dont les noms commençaient par « B, » et vous n'aviez pas entendu votre nom dans l'intervalle, c'était un signe vous aviez échoué. Tous les élèves étaient là dans la cour de l'école, à l'écoute. Certains applaudissaient à l'appel de leurs noms ou fondaient en larmes à l'idée que leurs noms étaient ignorés. Certains s'accrochaient à l'infime espoir que peut-être ils avaient été appelés, mais ils n'avaient pas entendu à cause de toutes les acclamations et pleurs autour d'eux et ils demandaient aux amis et camarades s'ils avaient entendu leurs noms.

Quand ils terminèrent l'annonce des noms des personnes qui avaient réussi, ils affichèrent les résultats sur un panneau géant et les élèves qui n'avaient pas entendu leurs noms y convergèrent pour une confirmation définitive de leur échec.

Kovi avait réussi mais déçu de ne pas figurer parmi les dix meilleurs.

À son retour, Kovi était excité et heureux d'informer Nana Mawulé, mais elle ne le crut pas. Elle insistait qu'il fût trop tôt, que les enseignants n'avaient pas fini les corrections et pas encore annoncé les résultats. Elle dut avoir confirmation auprès des autres personnes qu'en fait, Kovi lui avait dit la vérité parce qu'elle ne se renseigna jamais sur la date de proclamation des résultats. Elle avait simplement exprimé sa fierté que son petit-fils avait bien fait.

Les adultes étaient visiblement fiers et heureux lorsque leurs enfants avaient de bons résultats à l'école lors des examens nationaux ou régionaux. Mais c'était toujours une expression de fierté et de bonheur bien mesurés, accompagnés de louanges pour les anciens, les dieux et Dieu tout puissant afin de ne pas attiser l'envie et la jalousie ni d'attirer l'attention des sorcières et sorciers. Les enfants de certaines familles avaient échoué et la dernière chose qu'ils voulaient entendre était quelqu'un qui se vantait de la réussite de leur enfant. L'envie et la jalousie ainsi générées semaient les graines du mal et les mauvais souhaits et intentions qui manifestement dégraderaient le rendement scolaire de l'enfant dans l'avenir. Pire, une expression manifeste du bonheur bien mérité quand d'autres n'avaient pas de chance pourrait induire un profond ressentiment qui pourrait conduire à une action négative d'une sorcière ou un sorcier pour nuire à l'enfant.

L'année précédant les examens de Kovi, l'une des dix meilleurs élèves de cette année-là était retournée dans son village après les examens, tombée malade et mourut subitement. Un tel événement malheureux était expliqué comme étant le travail des sorcières qui enviaient la réussite de l'élève lorsque d'autres enfants pleins d'espoir avaient échoué. L'expression personnelle de la réussite et du bonheur devait être bien équilibrée contre celle de soutien et de sympathie pour le malheur des autres afin de dompter le mal et de profiter de la bénédiction et la protection des dieux.

Le jour suivant, il était temps pour Kovi et Da Afi de prendre un taxi pour le village où papa Kodjo avait travaillé pour la compagnie minière et sur le chemin, ils passèrent par la ville où Kovi était allé au collège et au lycée.

Chapitre Quatorze
Village adoptif

En conduisant à travers la ville, Kovi ne pouvait pas s'empêcher de regarder tout ce qu'il y avait sur leur chemin. C'était une petite ville pittoresque coincée entre une rivière, un petit lac et l'Océan Atlantique qui empiétait lentement sur les habitations côtières, peut-être en raison de l'impact du changement climatique. Ils étaient passés près de la maison où Kovi avait vécu avec de la famille au cours de sa première année au collège lorsqu'il était âgé de treize ans.

À cette époque, Kovi ne s'était pas encore fait d'amis et la vie dans le village ancestral lui manquait ; il voulait retourner chez Nana Mawulé pour un week-end mais il n'avait pas d'argent pour le taxi. Le déterminé Kovi avait marché pieds nus le long de la route longeant l'Océan Atlantique pendant une vingtaine de kilomètres pour rejoindre la maison de Nana Mawulé avant la nuit. A son grand regret, Nana Mawulé n'avait jamais cru qu'il avait été capable de faire ce voyage seul, bien qu'elle ait pris soin de nourrir l'enfant épuisé et déshydraté.

Après une année, Kovi déménagea ailleurs dans la ville, plus près de son collège où il partagea une chambre louée avec un autre élève. Dès environ quatorze ans, Kovi avait vécu loin de ses parents pour des raisons de scolarité et retournait chez eux seulement pendant les vacances et les jours fériés.

Comme ils continuaient à traverser la ville, Kovi se rappela que pendant les années qu'il y avait passées, le gouvernement avait chargé une société néerlandaise de créer une plage artificielle, évitant ainsi les problèmes d'inondations annuelles causées par le gonflement du lac et la rivière au nord pendant les saisons de pluie.

De loin, ils sentirent l'odeur caractéristique du cochon rôti. C'était l'une des spécialités locales que Kovi aimait et bien que Da Afi ne l'apprécie pas, Kovi la convainquit de s'arrêter pour le goûter.

Les habitants abattaient un cochon et sans le couper en morceaux, ils enlevaient les organes mous de l'intérieur au moyen d'une incision faite dans l'abdomen. Ensuite, ils remplissaient l'intérieur avec un mélange spécial d'épices locales et recousaient le ventre. Par la suite, ils rôtissaient lentement le porc farci au four en argile pendant plusieurs heures, le retournant si nécessaire. En cuisant progressivement, la saveur aromatique des épices infiltrait chaque partie du porc, se mélangeait à la viande et lui donnait un goût particulier qui attirait des gens de toutes les directions. La torréfaction du porc égouttait l'huile et la graisse dans le four et générait une fumée qui se diffusait dans l'atmosphère et produisait une odeur appétissante de loin.

Les gens faisaient la queue et commandaient des portions de la viande savoureuse et prenaient place juste là autour du four pour manger leur porc rôti avec du Fufu, pâte de maïs et/ou ragoût aux légumes de leur choix. Avec un si grand un repas, l'eau n'était jamais la boisson préférée et il y avait beaucoup de meilleurs choix : de différents types de bière qui étaient vendus dans des bouteilles d'un litre ou un assortiment de boissons sucrées. Les adultes rassasiés se traînaient lentement pour aller faire la sieste, ou le soir ils se dirigeaient vers les fournisseurs locaux pour boire du Sodabi, la grande liqueur digestive.

Kovi était en train de déguster le cochon rôti, qu'il n'avait pas mangé depuis des années en vivant à l'étranger. Pour sa part, Da Afi qui n'aimait jamais beaucoup la viande, appréciait l'un des plats de légumes qui étaient en soi merveilleusement savoureux, sans aucune nécessité de la viande. Le ragoût que Da Afi dégustait était fait avec des épinards, de l'huile de palme rouge et des noix broyées qui pourrait être mieux décrit comme de l'acajou et épicé, entre autres, avec de petits poivrons verts arrondis qui, lorsqu'ils étaient écrasés, dégageaient une belle odeur à faire saliver. Il y avait des variantes de ragoûts aux épinards ; celui que Kovi appréciait particulièrement était similaire à celui que Da Afi mangeait mais augmenté par une impressionnante gamme de fruits de mer : crabe, crevettes géantes et poisson fumé.

Pendant qu'ils mangeaient, une dame vint s'asseoir à côté d'eux et commanda son repas. Kovi avait un vague souvenir de la dame lorsqu'il l'entendit parler à un serveur et il la fixa. Elle se tourna pour regarder Kovi et les deux se reconnurent instantanément ; ils avaient fréquenté ensemble le collège dans cette ville pendant quatre ans. Il y eut un long moment d'étreintes et de salutations qui attirèrent l'attention de Da Afi et quelques autres qui étaient curieux de savoir ce qui les rendait si heureux.

Kovi et la dame, nommée Délali, entamèrent une longue salutation que normalement les gens qui se connaissent effectuent la première fois lorsqu'ils se rencontrent à nouveau. Cette forme de longue salutation constitue un engagement sérieux des deux parties qui prennent tout le temps nécessaire pour poser des questions sur le bien-être de l'autre et de leurs familles et sur ce qu'ils ont fait depuis leur dernière rencontre.

L'expression utilisée pendant les salutations dépend de combien de temps s'est écoulé depuis qu'ils ne se sont pas vus : quelques heures, un jour, deux, trois, une semaine, ou il y a longtemps.

Délali était de petite taille, avait une peau sombre et était rondelette avec un derrière généreux ; Kovi se rappela que c'était les mêmes caractéristiques qu'elle avait lorsqu'ils étaient plus jeunes. Elle avait gardé la même forme au fil des ans, inchangée et n'avait pas vieilli avec le temps. Elle avait tressé ses cheveux dans son style préféré qui consistait en plusieurs subdivisions des cheveux en petits groupes tournés en mèches dont les épaisseurs et longueurs dépendaient de l'épaisseur et de la densité originales des cheveux. Une fois terminée, cette coiffure faite seulement par les femmes, faisait paraitre les cheveux comme les débuts de rasta.

Délali arborait une robe traditionnelle qui consistait en trois pièces richement décorées de façon brillante avec des couleurs contrastées. La pièce supérieure était une chemise à manches courtes avec un motif décoratif doré autour des boutons et à la fin des manches et du col. La partie inférieure était un pantalon serré autour de la taille, non pas avec une ceinture mais avec un seul cordon étroit inséré autour de la taille et fait du même tissu. Les extrémités inférieures du pantalon étaient également décorées de la même structure d'or.

Le troisième morceau de sa robe n'était pas absolument nécessaire, mais seulement utilisé par les femmes pour accentuer grâce et élégance. Il était composé d'un seul morceau de tissu, à l'instar d'un grand foulard, fait du même tissu, porté autour du milieu du corps, juste au-dessus de la taille jusqu'aux fesses. L'extrémité inférieure de la troisième pièce avait également les mêmes motifs décoratifs dorés et une série de perles de couleurs différentes. L'ensemble de la robe était bien bâti et allait bien à une personne élégante avec une humeur joviale. Un tailleur devait avoir pris plusieurs heures pour tailler avec soin une si élégante robe en fonction des mesures de son corps et de ses propres instructions détaillées.

Quand ils avaient commencé le collège, ils étaient parmi la première vague d'élèves de cette école qui venait d'entrer en service après des années de construction et de préparation. Ils se rappelèrent certains de leurs professeurs et amis.

C'était au collège qu'ils avaient commencé l'apprentissage de l'anglais comme deuxième langue étrangère après le français. Leur professeur d'anglais était du Ghana mais de la même origine ethnique et linguistique qu'eux. Durant ses cours, il leur demandait de répéter après lui des phrases en anglais et puis il continuait comme suit :

« Qui peut dire mieux ?

— Un autre !

— Seulement Kpakpo à nouveau ? »

Kpakpo et Délali étaient parmi les meilleurs dans les matières littéraires composées du français, de la philosophie et de l'anglais. Kovi excellait dans les disciplines reposant sur les mathématiques.

Au collège, toutes les matières avaient le même coefficient et étaient évaluées sur une échelle où vingt était le maximum et dix sur vingt était la moyenne de passage. Au cours de la première année, lorsque tous les points furent comptés et moyennés, Kovi était premier de sa classe mais au fil du temps, à partir de la deuxième année, Délali était devenue la meilleure et elle battait Kovi dans toutes les matières sauf en mathématiques. Kovi et Délali s'engagèrent dans une compétition acharnée jusqu'à leur entrée au lycée lorsqu'ils durent choisir leur filière et Délali décida de faire lettres alors que Kovi opta pour les sciences fondamentales. Leurs parcours scolaires divergèrent à partir de ce point.

Leur professeur de mathématiques était un volontaire blanc américain du Peace Corps nommé Blaine qui parlait français avec un drôle d'accent qui souvent faisait rire les élèves mais Blaine ne comprenait jamais ce qui était drôle. Il était un grand homme, extraverti, souvent vu à midi ou le soir mêlé à la foule des gens du coin pour déguster des plats africains dans des marchés libres. Les gens étaient toujours heureux de voir Blaine et ils faisaient tous les efforts pour le mettre à l'aise. Ils avaient compris ce que Blaine voulait exactement et à quelle heure il arrivait.

Au début, ils préparaient ses repas séparément sans épices piquantes, puis Blaine fut introduit progressivement à la nourriture épicée, de sorte qu'au moment où il devait retourner aux États-Unis, il concourait avec les habitants pour voir qui pourrait tolérer les plats plus piquants et souvent il gagnait.

Blaine était l'un des plus accessibles de leurs enseignants et les élèves convergeaient vers lui pour lui montrer des cartes de jeu où à l'arrière de chaque carte était la photo d'un grand acteur de cinéma de western spaghetti. Son nom de famille était le même que le nom de l'un des acteurs et les élèves lui demandaient souvent s'ils étaient liés. Blaine disait toujours aux élèves qu'il connaissait l'acteur ou qu'il était son frère ou neveu, quelque chose comme ça et les élèves s'en allaient très impressionnés. Des années plus tard, lorsque Kovi alla aux États-Unis, il découvrit qu'il y n'avait probablement pas de relations entre le célèbre acteur et son ancien professeur de mathématiques.

Kovi pensait que Blaine serait heureux d'apprendre que l'un de ses anciens élèves ait, en fin de compte, pu se rendre aux États-Unis pour des études supplémentaires et Kovi avait fait tout ce qu'il pouvait pour trouver Blaine en Amérique. Kovi ne l'avait jamais trouvé, mais il apprit que Blaine vivait en Asie et se portait bien.

Blaine, le volontaire du Corps de la Paix, était également celui qui avait introduit les élèves à une manière différente d'aborder les problèmes en mathématiques. Traditionnellement, les solutions aux problèmes de mathématiques devaient montrer chaque étape de la dérivation avec chaque grande formule analytique bien encadrée. Uniquement lorsque le problème était résolu complètement, pouvait-on passer à l'application numérique avec les nombres.

Au contraire, Blaine passait à l'application numérique à chaque étape et soutenait que, ce faisant, l'on éviterait les failles et les propagations d'erreurs en s'assurant que les étapes intermédiaires avaient un sens. Progressivement, les élèves venaient à apprécier ses méthodes d'enseignement.

La ville avait une petite salle de cinéma et plusieurs personnes, y compris Kovi, étaient devenues accro aux westerns spaghettis ou aux films indiens. Ces films étaient diffusés en noir et blanc, une ou deux fois par semaine dans le seul théâtre sans toit et s'il pleuvait, le spectacle était interrompu, sans remboursement ni reprogrammation.

Les élèves qui rentraient à la capitale le week-end pour voir leurs familles avaient de meilleures chances de voir ces films en premier. Le lundi matin, ils étaient très heureux de raconter aux autres élèves attentifs et impressionnés l'ensemble du film, scène par scène, comment il s'était déroulé avec le dialogue in extenso, comme s'ils avaient écrit les scripts et joué dans le film.

Kovi attendait avec impatience que les films vinrent en ville et épargnait un peu d'argent que ses parents lui avaient donné pour les repas afin d'acheter les billets de cinéma. C'était à la mode parmi les élèves d'être en mesure de parler des excellents acteurs des films de l'Ouest américain, de leurs machismes projetés sur l'écran et de leurs compétences avec les fusils, ce qui impressionnait un grand nombre d'élèves.

Les films de Bollywood étaient également fortement appréciés, comme des thèmes de l'amitié, la famille, l'amour, la trahison, la pauvreté et des leçons de vie, projetés à travers des scènes de chansons et de danses magnifiquement chorégraphiées.

Lorsque Délali et Kovi optèrent pour divers parcours scolaires au lycée, les deux se voyaient de moins en moins puisqu'ils étaient dans des classes différentes avec des exigences différentes. Délali étaient allée à l'université dans le pays et avait ensuite obtenu une bourse pour poursuivre des études supérieures en France. Elle était revenue au pays comme professeur respectée en français et littérature africaine au lycée qu'ils avaient fréquenté ensemble.

Délali posa à Kovi un tas de questions sur la vie en Amérique et écouta attentivement ses réponses et commentaires. Elle observa seulement que Kovi était bien nourris aux États-Unis et avait grossi par rapport à avant lorsqu'il était maigre et connu sous le nom de :

« Le type mince qui portait toujours des manches longues avec les manches repliées. »

Kovi et Da Afi finirent de manger, mais ils attendirent que Délali finît. Quand il fut temps pour Kovi et Da Afi de prendre le taxi pour continuer leur voyage, ils dirent au revoir à Délali qui échangea ses coordonnées avec Kovi dans l'espoir de maintenir des contacts réguliers.

À la station de taxis, Kovi et Da Afi trouvèrent un taxi qui allait dans le sens de leur village et attendirent que le taxi fût plein. Ils avaient eu la chance d'être les premiers à entrer dans le taxi pour choisir leurs sièges, mais être le premier signifiait aussi que l'attente pourrait être longue car le taxi ne partirait pas jusqu'à ce que chaque siège fût occupé. En fait, bien souvent, les taxis étaient surpeuplés. Les sièges avant pouvaient servir au chauffer, son assistant et un passager pris en sandwich entre les deux.

L'assistant chauffeur était chargé d'aider les gens à descendre le long de la route sur demande et à monter s'il y avait des sièges disponibles. L'assistant chauffeur traitait également tous les paiements et les transactions. Il avait une importante somme d'argent dans la poche due aux allers-retours qu'ils avaient faits depuis le début de la matinée et il prenait soin de prendre l'argent liquide et rendre la monnaie à chaque fois que le véhicule s'arrêtait.

Kovi demanda à sa mère de s'asseoir devant, entre les deux hommes pour plus d'espace avec un siège plus confortable. Kovi était assis sur l'un des sièges arrière de la camionnette de douze places et malheureusement tous les sièges arrière avaient perdu leurs coussins suite à une utilisation intensive sans entretien ni remplacement. Pour de longs trajets sur les routes non pavées avec des trous, on a tendance à avoir des douleurs aux fesses, mais au moins Da Afi serait très bien à l'avant et c'était le plus important.

Lorsque le taxi fut plein et était prêt à partir, Kovi se retrouva coincé entre deux dames avec de grosses fesses et cuisses qui agissaient comme des amortisseurs dans les déplacements latéraux au cours de virages serrés et des manœuvres soudaines pour éviter les nids-de-poule.

Le taxi passa à côté d'un petit village près de la ville et beaucoup plus près du lycée que Kovi avait fréquenté après quatre ans au collège, à la fin desquels il était parmi ceux qui avaient passé l'examen d'entrée au lycée.

Dans ce village, il y avait une cérémonie annuelle au début de la nouvelle année traditionnelle pour prédire à quoi s'attendre dans l'année à venir. La cérémonie impliquait les villageois et les gens des environs ; dernièrement, elle attirait une foule importante à l'échelle nationale, y compris les journalistes. Au cours de la cérémonie, les gens attendaient avec impatience, pendant des heures, un groupe d'anciens, prêtres et les princes qui s'étaient rendus à une forêt sacrée à proximité pour consulter les dieux et revenir avec les recommandations des dieux pour l'année à venir.

Dans l'ancien temps, il y avait différents types de prédictions comme de très bonnes récoltes et la prospérité, de la sécheresse et de la famine ou de la guerre et jusqu'à ce que le groupe fût revenu de la forêt, les gens retenaient leur souffle, car ils ne savaient pas ce que l'année allait apporter. Au dire de tous, les prédictions étaient correctes et aidaient les gens à planifier l'année à venir avec plus de confiance. Avec le temps, cependant, l'événement annuel attirait l'attention nationale et la couverture médiatique et pour des raisons qui n'étaient pas évidentes pour Kovi, année après année, seulement la prévision de l'espoir et la prospérité était faite et ainsi un autre grand rite traditionnel avait perdu de l'importance.

Kovi avait l'habitude de marcher avec d'autres élèves de ce village pour aller au lycée où tous les élèves venaient de différents collèges de la région. Grâce aux examens sélectifs successifs, la qualité des élèves à chaque niveau plus élevé s'améliorait et conduisait à une vive compétition et pendant trois ans au lycée Kovi avait eu des compétitions amicales pour le titre de meilleur élève de sa classe.

Kovi avait toujours maintenu un avantage en mathématiques et en physique, mais il y avait d'autres élèves qui étaient tout aussi bon dans les mêmes sujets avec l'avantage supplémentaire d'excellentes performances dans les matières littéraires aussi.

Il y avait un moment où le professeur d'anglais secouait la tête et sa voix devenait rauque quand elle faisait des commentaires sur la performance de Kovi lors d'un examen ; elle ne pouvait pas comprendre comment il pouvait être bon en mathématiques et en physique et pourtant, échouer dans les matières littéraires telles que le français ou l'anglais. Kovi aussi s'interrogeait sur cela et en dépit de ses meilleurs efforts, les langues, la littérature et la philosophie n'étaient tout simplement pas pour lui.

Afin de concourir sur un pied d'égalité et de rester compétitif avec les autres élèves qui étaient meilleurs dans tous les sujets, Kovi devait surpasser les autres de manière significative en mathématiques, physique et en sciences naturelles. Il n'était pas heureux de ça et en tant qu'élève compétitif, Kovi voulait bien faire dans toutes les matières pour une comparaison directe dans chaque sujet. Alors, il faisait des efforts remarquables pour étudier les matières littéraires, mais n'avait pas tellement amélioré sa meilleure moyenne à la fin du cycle secondaire.

Il pensait à ses années d'école secondaire lorsque le taxi arriva dans une petite ville où un énorme marché hebdomadaire attirait les acheteurs et les vendeurs de loin. Toutes sortes de marchandises étaient négociées dans ces marchés hebdomadaires, d'une gamme impressionnante de produits agricoles aux articles manufacturés et à des pièces de remplacement pour tous les types de machines et moteurs.

Ces marchés ressemblaient à un bric-à-brac chaotique et étaient bruyants parce que beaucoup de gens criaient régulièrement et de façons asynchrones pour attirer l'attention sur leurs produits. Mais, lorsqu'on faisait le tour du marché, un arrangement interne et organisé se révélait où les éléments connexes étaient regroupés dans différentes parties. Da Afi avait vendu du pain fraîchement préparé dans ce marché pendant des années lorsque Kovi était au collège et au lycée.

Le jour du marché hebdomadaire, Kovi prenait un taxi pour aller à la rencontre de Da Afi et chaque semaine, il attendait avec intérêt de rencontrer sa mère au marché. Kovi était toujours heureux de voir sa mère qui faisait un examen approfondi de son apparence et était toujours inquiète parce qu'il ne mangeait pas assez bien et était trop maigre. C'étaient de grands moments avec Da Afi quand pendant quelques heures en ce jour de la semaine Kovi savait qu'il allait être gâté.

Parfois, Da Afi le chargeait de vendre le pain avec des instructions précises sur les prix des différents types et tailles de pain pendant qu'elle allait acheter les articles qu'elle devait ramener à la maison au village où papa Kodjo travaillait, ou recouvrer des dettes. Quand elle revenait, Kovi était heureux de lui faire un compte rendu détaillé de ce qu'il avait vendu.

Elle le félicitait, mais ajoutait toujours qu'il devait apprendre l'art d'attirer et de retenir l'attention des clients pour vendre encore plus.

Lorsque le marché était sur le point de fermer, elle donnait à son fils de l'argent, certains des aliments qu'elle avait achetés et quelques-uns des morceaux de pain non vendus et les deux partaient dans des directions différentes jusqu'à ce qu'ils se rencontrassent de nouveau la semaine suivante.

Une fois, Kovi n'avait de l'argent que pour le voyage aller en taxi pour rencontrer Da Afi au marché mais il n'en avait pas assez pour le voyage de retour. Il était sûr qu'il allait la voir là et qu'elle lui donnerait plus que nécessaire pour le retour. Quand il arriva au marché, Da Afi n'était pas là et Kovi estima qu'elle était en retard, alors il fit le tour plusieurs fois dans l'espoir que la prochaine fois qu'il reviendrait, elle serait là.

Quelques heures plus tard, alors que le marché était en train de fermer, Kovi, déçu et fatigué, eut besoin de prendre un taxi pour rentrer mais il n'avait pas assez d'argent. Il aurait peut-être pu marcher, car la distance était à peu près la même que la distance entre la ville où il allait à l'école et la maison de Nana Mawulé dans le village ancestral.

Mais dans ce cas particulier, il s'attendait à être nourri quand il verrait Da Afi et cela ne s'était pas produit. Il avait faim au moment où le marché fermait et une grande partie du voyage à pied aurait été pendant la nuit. Alors, Kovi fit quelque chose d'audacieux ; il monta dans un taxi et calcula, en utilisant la mémoire et le calcul mental qu'il avait appris à l'école primaire, où il devrait descendre du taxi et ne payer que la distance parcourue avec les quelques pièces qu'il avait et continuer le reste du trajet à pied.

Malheureusement, le taxi avait attendu plus longtemps pour se remplir et quand ils atteignirent l'endroit où il devait descendre il faisait déjà nuit et Kovi avait peur, alors il resta dans le taxi jusqu'à ce qu'il put apercevoir la lumière dans les rues de la ville proche. Les yeux du chauffeur de taxi devinrent rouges et il s'énerva de plus en plus en constatant que Kovi ne lui avait pas payé suffisamment pour le trajet. Il insista, disant que Kovi lui cachait de l'argent et il lui joua un sale tour. Il menaça de battre Kovi s'il ne crachait pas le reste de l'argent tout de suite. Quand il fut évident que Kovi honnêtement n'avait pas plus d'argent, le chauffeur devint encore plus furieux : Kovi descendit en chemin, ce qui signifiait moins de revenus pour le chauffeur de taxi, car la probabilité de trouver un autre client avant que le taxi n'arrivât au centre-ville était faible après la tombée de la nuit. Le chauffeur soutint qu'il aurait pu prendre un autre passager qui allait du marché jusqu'au centre-ville et qui aurait été en mesure de payer le plein tarif.

Heureusement pour Kovi, un gentleman dans le taxi était intervenu et avait offert de payer pour Kovi. Le monsieur avait remarqué que c'était étrange pour quelqu'un de descendre à cet endroit particulier et il avait parlé à Kovi. Lorsqu'il entendit l'histoire de Kovi, qu'il n'avait pas vu sa mère au marché comme prévu, il demanda à Kovi de remonter dans le taxi jusqu'à la destination finale où il paya pour Kovi et lui.

La semaine suivante, Kovi emprunta de l'argent et alla au marché, où il vit Da Afi et lorsqu'elle entendit son histoire, elle donna des louanges au Seigneur et expliqua à son fils que le monsieur qui l'avait aidé devait avoir été un ange :

« Fais toujours attention aux anges, déguisés en chair et envoyés pour aider », disait-elle souvent.

Kovi et Da Afi descendirent du taxi dans cette ville et ils firent le tour du marché pour acheter un Djembé que Kovi voulait ramener en Amérique. Le vendeur fixa un prix pour le Djembé que Kovi voulait et Kovi rit parce que le prix était ridiculement trop élevé. Kovi expliqua au vendeur qu'il était originaire de la région et que le vendeur devait lui donner le prix pour les populations locales et non pas pour les touristes ou les étrangers. A cela, le vendeur répondit que Kovi pouvait bien être originaire de la région mais qu'il n'avait sûrement pas l'apparence de quelqu'un qui ait vécu là-bas récemment. Da Afi sourit à l'observation et à partir de ce moment prit en charge toutes les transactions d'achat.

Les vendeurs locaux avaient l'étrange habileté d'analyser les clients alors qu'ils s'approchaient et ajustaient les prix en fonction des seuils systématiquement appropriés pour leurs clients. Dans les marchés comme celui-là, il fallait avoir l'art de la conversation et de la négociation pour réussir à vendre au plus haut prix possible ou acheter à un prix raisonnable ou réduit. Le premier prix offert par le vendeur était presque certainement gonflé et l'acheteur devait négocier le prix vers le bas pour arriver à un compromis entre les deux parties.

Certaines personnes se rendaient au marché le plus tôt possible en raison de la croyance selon laquelle, pour éviter la mauvaise chance pour le reste de la journée, les vendeurs ne laissaient pas le premier client s'en aller sans acheter auprès d'eux. Alors le premier client avait l'avantage de négocier le prix jusqu'au niveau où le vendeur pourrait même concéder une perte qu'il aurait finalement récupérée sur les clients suivants avant la fermeture du marché.

Après avoir acheté le tambour, Kovi et Da Afi prirent un autre taxi et continuèrent leur voyage vers le village où le père de Kovi travaillait. Ils atteignirent le village dans la soirée, à la joie de la famille et des amis.

Le village était situé à l'intérieur du pays, à environ cinquante kilomètres au nord de la côte atlantique. Après le souper, un monsieur qui s'appelait Idriss était venu à la maison et fit la connaissance de Kovi pour la première fois. Idriss était un collègue de Papa Kodjo dans la section mécanique automobile de la même société. Il faisait des commentaires sur comment Kovi ressemblait tellement à Papa Kodjo et parla beaucoup des travaux qu'ils avaient l'habitude de faire ensemble et de la bonne amitié entre eux. Idriss devint ému quand il raconta l'histoire sur la façon dont papa Kodjo l'avait soutenu dans un moment difficile.

Idriss était d'un groupe de personnes qui venaient de la partie nord du pays et s'étaient installées dans le village pour travailler dans l'entreprise. Il ne comprenait pas la langue locale des villageois autochtones et se disputait avec quelqu'un au sujet de la propriété d'un terrain qu'il avait acheté pour construire une maison. Idriss dut comparaître dans la cour du village où les procédures étaient menées dans la langue locale.

Idriss supplia Papa Kodjo de l'accompagner et de plaider son cas. Alors le père de Kovi prit la parole et expliqua la situation avec éloquence en faveur de son ami et collègue pendant plusieurs minutes. Quand Papa Kodjo finit de parler, le juge local qui présidait la séance s'était exclamé :

« Qui est ce nordiste qui parle notre langue si bien ? »

Idriss gagna l'affaire. Il expliqua à Kovi que dans ce village, si les nordistes devaient être chassés ou persécutés, il était convaincu que Papa Kodjo prendrait le devant pour les défendre. Papa Kodjo était du Sud, mais les nordistes aussi, le considéraient comme l'un d'entre eux.

Quand Papa Kodjo avait déménagé sa famille dans ce village plus proche de son travail, pendant les premières années, ils vivaient dans une maison en location partagée avec le propriétaire. Les zones autour du village se développaient avec la construction de nouvelles maisons, alors que de plus en plus de personnes convergeaient vers ce village venant de différentes régions du pays.

Lorsque Kovi revenait à la maison pendant les vacances scolaires, lui et ses amis allaient à la chasse aux lapins dans la région. Il y avait beaucoup de lapins et ils avaient tendance à causer des problèmes parce qu'ils mangeaient une grande partie des plantes agricoles. Ces lapins étaient en fait de grands sprinteurs et il était impossible de les attraper ou de courir après eux avec des outils rudimentaires tels que des morceaux de branches d'arbres que Kovi et ses amis apportaient avec eux.

Pour augmenter les chances, Kovi et le gang identifiaient des trous de lapins et devinaient les paires de trous connectés pour savoir où les lapins pouvaient entrer ou sortir, puis ils plaçaient certains d'entre eux au bord des trous pendant que les autres faisaient du bruit et martelaient le sol des pieds pour forcer les lapins à sortir. Le lapin effrayé émergeait du trou comme un projectile rapide et la personne gardant l'orifice devait être alerte pour frapper le lapin fort avec un bâton au moment il sortait du trou. Malheureusement, parfois, ils rataient la cible et le lapin reprenait le dessus et couvrait une distance énorme dans un court laps de temps, tombant hors de portée. Kovi et ses amis s'engueulaient un moment parce que le lapin s'était échappé et après un moment, ils continuaient la chasse et relayaient les personnes qui gardaient les trous.

Ils revenaient au village après des heures d'absence avec au moins un lapin qu'ils rôtissaient ensuite et dégustaient.

Papa Kodjo regardait la viande de brousse avec mépris bien qu'il autorisait le reste de la famille à en consommer et personne ne comprenait pourquoi il ne pouvait pas apprécier le bon goût de la viande sauvage. Puis un jour, Papa Kodjo ne put plus résister à l'odeur appétissante de la viande rôtie et donc il demanda d'en goûter un peu, ensuite un peu plus jusqu'à ce qu'il fût devenu un ardent consommateur et il appréciait le lapin rôti plus que n'importe qui. Il l'attendait avec impatience à chaque fois qu'ils allaient à la chasse.

Lorsque Kovi revenait à la maison pendant les vacances scolaires, il allait au champ avec Papa Kodjo et les frères et cousins qui vivaient avec eux. Papa Kodjo avait acquis un champ pas trop loin du village et ils le cultivaient pour qu'il fût prêt pour semer au début de la saison des pluies. Les mauvaises herbes devaient être enlevées avec un outil traditionnel que l'on devait appliquer — sur le sol pour enlever mauvaises herbes — dans une position de flexion qui était difficile à supporter pendant une longue période.

Le processus était lent et douloureux à cause de la position inconfortable, la lenteur à couvrir un espace considérable et la chaleur de la journée qui devenait insupportable des neuf heures du matin. Normalement, il fallait plusieurs jours pour préparer le terrain et puis ils revenaient après la première arrivée des pluies pour semer du maïs, du manioc, de l'igname et des haricots. Après cela, ils retournaient rarement au champ, juste pour vérifier la croissance.

Le maïs était le premier à être récolté, trois mois plus tard et cela était fait en deux étapes. Le maïs succulent était pris en premier et le reste récolté quand le maïs devenait sec. Kovi avait compté neuf produits alimentaires différents à base de maïs : pop-corn, maïs bouilli, maïs grillé, farine de maïs fermentée, farine de maïs non fermentée, pain de maïs cuit à la vapeur, farine de maïs sans son, galette sucrée de maïs et pâte de maïs. Les feuilles de manioc étaient utilisées comme légumes verts et les racines de manioc et l'igname étaient également utilisés dans une variété de plats. Différents types d'haricots complétaient l'abondance et la variété des aliments de subsistance basiques.

Au cours de l'expansion du village, Papa Kodjo avait acheté deux pièces de terrain, sur lequel il avait construit une maison et toute la famille avait déménagé là-bas. C'était une toute nouvelle communauté du village qui s'était développée au fil du temps et était pleine d'étrangers qui y avaient immigré pour des raisons de travail. Tout prêt, était le quartier construit spécialement pour les gestionnaires et les travailleurs d'élite, dont la plupart étaient des citoyens français et c'était le seul endroit équipé d'électricité, d'eau courante et de plomberie pendant de nombreuses années. Pendant la journée, ils permettaient à Kovi et aux villageois d'y aller pour des promenades, prendre un verre au bar, ou utiliser la piscine et le court de tennis. Certains soirs, il y avait possibilité d'aller en discothèque ou au cinéma.

Pendant des années lorsque Kovi était aux États-Unis, pour téléphoner à ses parents, au jour et heure convenus, toute la famille se rendait à la maison d'un ami de la famille dans ce quartier des élites où il y avait le téléphone et Kovi appelait sa famille là-bas. Il n'y avait pas d'autre moyen pour lui d'appeler sa famille qui n'avait pas de téléphone fixe dans leur maison et c'était avant que l'électricité ne fût étendue au reste du village et avant la prolifération des téléphones cellulaires.

Une matière première importante fut découverte dans la région et en coopération avec les Français le gouvernement central avait créé une société nationale pour l'extraction et l'exportation des minéraux. L'entreprise employait une main d'œuvre qualifiée de la France appuyée par des travailleurs locaux habiles et l'un d'eux était Papa Kodjo. Certains des avantages sociaux comprenaient un mois de congés payés, des allocations financières pour le nombre d'enfants de moins de dix-huit ans dans la famille et une excellente pension de retraite qui avait soutenu la famille durant la retraite de Papa Kodjo, pension dont une fraction était passée à Da Afi après la mort de Papa Kodjo.

Le jour après leur retour du village ancestral, tôt le matin autour de six heures, Kovi fut réveillé par un bruit étrange et aigu d'un cochon. Le bruit dura un certain temps, à tel point que Kovi décida de sortir pour se renseigner. Juste au-delà de la véranda se trouvaient deux testicules énormes qui avaient été retirés du porc dans un processus de castration. C'était une pratique commune faite aux porcs et moutons pour éviter leur odeur âcre avant qu'ils ne fussent abattus quelques jours plus tard. Les gens croyaient que la castration non seulement éliminait l'odeur, mais aussi rendait la viande tendre et douce.

Le pauvre porc devait avoir compris que, au-delà du traumatisme qu'il avait subi dans le processus de la castration et son incapacité à s'accoupler avec les femelles, ses jours étaient comptés parce qu'il allait être rôti bientôt. En effet, le porc fut abattu la veille du départ de Kovi et toute la famille l'apprécia en compagnie des parents et amis en honneur du voyage retour de Kovi aux USA.

Quelques heures plus tard ce jour-là, quand le porc fut castré, après le petit-déjeuner, Koku demanda à Kovi d'abattre un poulet comme il avait l'habitude de le faire quand ils étaient plus jeunes. Kovi hésita bien que même aux États-Unis Kovi avait poursuivi la tradition de l'abattage des poulets. Koku taquina son frère lui disant qu'il ne pratiquait plus et lui montra comment le faire rapidement, retirer les plumes et préparer l'animal pour la cuisson d'un bon repas.

Kovi et Koku mangeaient ensemble ce jour-là de la même assiette et se rappelaient les protocoles autour du déjeuner et du dîner. Seul le petit déjeuner était une interaction personnelle avec la nourriture, dans le sens où les enfants recevaient de l'argent chaque matin et ils étaient libres d'acheter tout ce qu'ils voulaient et jouissaient librement à leurs propres grés.

Au contraire, pour le déjeuner et le dîner, les enfants d'âges divers mangeaient de la même cuvette et utilisaient leurs doigts de la main droite. Il pouvait y avoir quatre ou cinq enfants, tous assis et partageant le même plat et c'était une sorte de course pour manger à un rythme plus rapide que les autres pour s'assurer que l'on fût rassasié à la fin du repas.

Les gens qui mangeaient ensemble plongeaient les doigts dans une pâte de farine de maïs fraîchement servi de la marmite pour se tailler de petits morceaux qu'ils tordaient dans leur main pour les arrondir et par la suite les trempaient dans une sauce chaude. Puis la combinaison de la pâte et de la sauce était envoyée à leur bouche pour déguster et le processus était répété aussi vite que possible.

Il y avait trois endroits où ils pouvaient sentir la chaleur du repas fraîchement préparé.

En premier lieu, comme ils inséraient leurs doigts dans le bain de pâte, ils pouvaient sentir la chaleur, mais quand ils voyaient que d'autres enfants résistaient à la douleur stoïquement, personne ne se plaignait, ou pleurait car ce serait une perte de temps précieuse à manger leur part.

Deuxièmement, comme ils trempaient la pâte arrondie dans leurs mains dans la sauce chaude, ils pouvaient aussi sentir une autre source de chaleur provenant de la sauce alors que la chaleur de la pâte ne s'était pas encore complètement atténuée.

Troisièmement, quand la boulette de pâte enduite de la sauce savoureuse était insérée dans la bouche, ils pouvaient encore avoir une chaleur résiduelle comme leur cerveau traitait deux signaux, à savoir le bon goût de la nourriture et la chaleur de ce qu'ils mâchaient.

En fonction de la sauce, de petites quantités de poisson ou de viande pouvaient s'y trouver pour être partagées entre les gens qui mangeaient ensemble. Parfois, certains enfants devenaient malins et mangeaient beaucoup plus de poisson ou de viande avant que les autres ne s'en rendissent compte. Leur mère offrait alors sa part de poisson ou de viande pour apaiser les enfants mécontents et pour éviter les conflits. Finalement, ils avaient trouvé une solution à ce problème, il s'agissait de diviser les morceaux de poisson ou de viande entre eux avant de commencer à manger.

Seuls les enfants plus âgés et les adultes avaient le privilège de manger de leurs propres assiettes.

Papa Kodjo ne finissait jamais son assiette, non pas parce qu'il n'aimait pas   le repas mais parce que les adultes responsables laissaient toujours une partie appréciable de leur nourriture pour les enfants qui nettoyaient après. Ainsi, lorsque leur père annonçait qu'il avait fini de manger, c'est avec une grande excitation que les enfants raclaient son assiette sachant qu'il y avait encore de la nourriture supplémentaire pour eux.

À certaines occasions, lorsque Kovi était seul avec Papa Kodjo ou Da Afi, par exemple lors des voyages, il avait le privilège de partager ses repas avec les adultes dans une grande satisfaction et un sentiment d'amour. En effet, pendant ces périodes, c'était comme si les rôles étaient inversés et sa mère ou son père mangeait lentement et attendait que leur enfant ait bien mangé et fût rassasié avant que l'adulte n'ait mangé le reste.

Kovi et Koku riaient de ces moments où, enfants, ils en étaient presque venus aux poings à cause du partage inéquitable de la viande ou du poisson dans la sauce chaude.

Après le repas, Kovi et Koku prirent un taxi pour aller à la capitale où ils étaient censés faire un tour pour saluer des membres de la famille.

Chapitre Quinze
Salutations familiales

Cela prenait quarante-cinq minutes en voiture directement, mais dans un taxi qui s'arrêtait pour les passagers, le voyage pouvait prendre deux fois plus de temps. Par rapport à l'époque où Kovi vivait là pour l'université, la ville semblait avoir doublé de superficie et densité de population.

Des régions entières le long de l'autoroute qui étaient des buissons et des terres agricoles avaient été transformées en banlieues animées au point où parfois, Kovi avait du mal à reconnaître différents endroits. Il se souvint du stade de football et de l'université quand ils passèrent tout prêt et il put identifier les dortoirs de l'université où il logeait.

Les dortoirs des femmes étaient séparés de ceux des hommes et deux étudiants partageaient chaque chambre. Les chambres avaient deux lits simples, deux bureaux, deux étagères et deux placards.

L'un des oncles de Kovi, Vincent, travaillait comme gardien à l'université et était responsable des dortoirs des hommes, ainsi il protégeait et soutenait son neveu pour s'assurer que Kovi obtint toutes les fournitures dont il avait besoin.

Les salles de bain et toilettes étaient disponibles à chaque étage du bâtiment qui n'avait que des escaliers. L'eau courante était disponible dans ces bâtiments et on faisait des nettoyages quotidiens.

Le matin, des jeunes hommes nus prenaient leur douche dans une grande salle de bains où plusieurs rangées de douches étaient installées. L'heure de pointe pour les douches était autour de sept heures, lorsque souvent, l'on devait peut-être patienter pour des douches libres. Après les corvées matinales, les étudiants se dirigeaient vers la cafétéria pour le petit déjeuner avant le début des cours.

Les responsables universitaires assignaient les étudiants au hasard dans les dortoirs et Kovi partageait une chambre avec un étudiant en philosophie qui venait du Nord du pays et les deux étaient devenus de bons amis.

Durant les week-ends après les études, c'était le temps de la diversion et Kovi et son camarade de chambre allaient à des soirées, parfois ils s'y incrustaient sans être invités.

Une fois, pendant une soirée, un animateur posait une question et la personne qui répondait correctement obtenait un prix. La question fut la suivante :

« Il y avait une femme avec trois fils mais chaque fils avait deux frères. Combien d'enfants avait la femme ? »

Certaines personnes, y compris l'ami de Kovi, avaient levé la main rapidement pour répondre « six » ou « neuf ». D'autres voulaient plus d'informations et éclaircissements et ils avaient demandé s'ils devaient supposer que les frères de chaque fils étaient de la même dame parce qu'ils soutenaient qu'il était plausible que chaque fils — ou certains d'entre eux — aient peut-être un père différent qui puissent avoir des enfants avec d'autres femmes et ces enfants-ci, à supposer qu'ils soient mâles, étaient techniquement frères de certains des fils dans le sens traditionnel. L'animateur expliqua que ce n'était pas si compliqué que ça mais les gens étaient perplexes parce que la réponse n'était pas « six » ou « neuf. »

Lorsque l'agitation s'estompa et personne n'avait donné la bonne réponse, Kovi leva la main et dit que la réponse était « trois. » L'animateur lui demanda d'élaborer et d'expliquer. Kovi expliqua que la dame avait trois fils et si on prenait l'un des fils, les deux autres étaient ses frères. Ainsi il y avait seulement trois fils. Les gens étaient impressionnés par Kovi et il gagna deux bouteilles de bière pour lui et son camarade de chambre.

Les soirées de week-end étaient de grandes célébrations qui attiraient des jeunes magnifiquement vêtus, tous des danseurs impressionnants. Les gens étaient désireux de montrer les derniers mouvements de danse en vogue et leurs propres inventions acrobatiques. Certaines personnes avaient une connaissance approfondie des danses appropriées pour les musiques des Caraïbes, d'Amérique latine, des pays Arabes et des différents pays africains. La musique traditionnelle du pays local qui variait selon les différentes régions et groupes ethniques faisait également partie du mélange.

Kovi n'était pas parmi les grands danseurs et avait toujours un train de retard sur les gens qui étaient au courant de tous les récents styles de danse. Les plus impressionnants des danseurs masculins étaient plus confiants et extravertis et par conséquent, ils avaient plus de succès avec les jeunes femmes qui étaient toutes de grandes danseuses et aimaient danser avec les meilleurs.

Les hommes timides qui n'avaient pas quelque chose de nouveau pour impressionner les autres ou étaient trop maladroits pour se déplacer avec grâce et talent sur la piste de danse formaient un anneau concentrique autour du plancher de danse. Ces pauvres personnes se tenaient dans l'anneau pour regarder les autres avec envie et n'osaient pas aller sur la piste pour montrer des styles ringards de danse ou les mêmes styles répétitifs pour des morceaux différents.

Alors tous les intellos, subjugués par les talents de leurs pairs, étaient réduits à regarder, parler et boire jusqu'au lundi matin, quand les étudiants intellos prenaient leur vengeance dans les salles de classe.

Certains des étudiants étaient d'excellents sportifs et les sports plus populaires étaient le football et le basket-ball.

Pour le football, à part la ligue nationale, il y avait des équipes à tous les niveaux de la société et des tournois de loisirs étaient organisés. À l'université, les étudiants de sciences pouvaient jouer contre ceux de littérature et chaque équipe prenait le terrain dans leurs maillots élégants, encouragés par des fans enthousiastes sans dégénérescence en hooliganisme.

Kovi n'était pas l'un des bons joueurs de football ou de basket-ball et donc il se limitait à être un fan ou un grand commentateur des jeux.

Kovi et Koku sortirent du taxi au dernier arrêt dans le plus grand marché du pays, un marché qui s'étendait sur plusieurs pâtés d'immeubles et était délimité uniquement au sud par l'Océan Atlantique. N'importe quelles marchandises qui pouvaient être achetées ou vendues étaient négociées sur ce marché, qui attirait les commerçants bien au-delà des frontières du pays. Certains des articles vendus étaient bon marché ou de fausses imitations et ainsi on effectuait généralement des analyses approfondies et vérifications rigoureuses avant d'effectuer les paiements.

Koku avait perdu sa bague de mariage et Kovi avait offert de lui en racheter une et, par chance, ils virent un jeune homme qui vendait beaucoup de choses y compris les montres-bracelets et bagues de mariage. L'homme jura sur la tombe de sa grand-mère que les bagues étaient en or dix-huit carats et il les gratta ou essaya de les mettre au feu pour tenter de les convaincre. Il était assez convaincant et même si Kovi et Koku étaient encore hésitants, ils achetèrent la bague de toute façon à l'insistance de Kovi. Trois jours plus tard, la belle alliance, apparemment en or était devenue complètement noire, au grand embarras de Kovi.

Non loin de l'endroit où ils se trouvaient sur le marché, était l'emplacement d'une jeune sœur de Nana Mawulé, qui était spécialisée dans la vente de poulets vivants ; ils s'arrêtèrent là pour la saluer. Elle était surprise par leur visite et heureuse de voir Kovi. Comme ils étaient sur le point de partir, elle serra la main de Kovi et glissa quelques billets dans sa main. Elle ajouta que c'était juste un petit geste pour eux, pour s'acheter des collations en rentrant à la maison. Kovi protesta et expliqua qu'il était alors dans la position financière de faire ce geste pour elle et qu'il avait prévu d'aller à sa maison plus tard. Mais elle ne changea pas d'avis. Kovi se rappela que, lorsqu'ils étaient plus jeunes, parfois ils trouvaient une raison pour aller la voir au marché et elle leur donnait toujours de l'argent pour les collations. Elle avait continué de faire ce geste gentil et affectueux même pendant les difficultés économiques.

Ils pouvaient entendre des bruits d'encouragement qui venaient de la plage ; sur l'insistance de Kovi, ils décidèrent donc d'aller voir ce qui s'y passait. C'était alors la fin de l'après-midi et la chaleur de la journée céda place à une brise fraîche qui habituellement attirait beaucoup de gens à la plage. Certains étaient en train de nager ou jouer au volley-ball ou d'autres jeux, tandis que d'autres bavardaient tout en marchant tranquillement. Les étudiants, étaient assis confortablement sous des cocotiers, pour réciter des poèmes ou lire et réfléchir sur des extraits des œuvres littéraires célèbres des grands philosophes.

Le beach-volley était l'attraction de cet après-midi. Un match sérieux se déroulait entre deux équipes de différents quartiers de la ville encouragées par leurs fans dont les bruits retentissaient loin dans le marché. Les frères regardèrent le match pendant un moment, puis ils enlevèrent leurs chaussures, retroussèrent leurs pantalons et marchèrent près de l'eau où les grosses vagues éclaboussaient de l'eau froide sur les pieds.

De là où ils étaient, ils pouvaient voir le grand port, où les navires accostaient pour décharger et recharger des marchandises au service non seulement de ce pays, mais aussi des nations sans littoral, profondément à l'intérieur de l'Afrique. Cela faisait que l'autoroute qui longeait la plage était très sollicitée avec des véhicules poids lourds qui livraient les marchandises au port ou les prenaient de là jusqu'à leurs destinations finales.

Les frères étaient revenus à pied au marché pour prendre un taxi jusqu'à la maison de leur oncle et en chemin, Kovi remarqua que les transactions, dans le grand marché étaient en grande partie sous le contrôle de trois groupes de personnes, à savoir les Libanais, d'autres ressortissants ouest africains et les « Nana Benz. »

Les libanais contrôlaient les grands magasins de ventes au détail ou de dépanneurs et les concessionnaires de voitures. Il y avait d'énormes magasins de voitures usagées non loin du grand marché et les véhicules usagés venaient principalement d'Europe, évidemment à cause des signes « D » pour Deutschland, « F » pour la France, « GB » pour la Grande-Bretagne, « I » pour l'Italie ou « CH » pour la Suisse.

Les Nigérians, les Ghanéens et les ressortissants d'autres pays de la région contrôlaient le marché des biens fabriqués, des chaussures, des vêtements, des instruments de musique, objets de décoration, ornements, etc.

Les « Nana Benz » constituaient une classe spéciale de dames avec un vif sentiment de réussite en affaires. Dans la langue locale, le mot « Nana » est un titre conféré à une mère, une grand-mère, ou à une dame assez vielle pour en être une. Ces « Nana » avaient réussi à marchander toutes sortes de tissus ou d'étoffes, produits essentiels pour faire différents types et styles de vêtements. Apparemment un grand nombre d'entre elles possédaient un chauffeur et une Mercedes Benz, le véhicule de la classe et du luxe, d'où le nom de Nana Benz.

Kovi and Koku arrivèrent à la maison de leur oncle Théodore dans la soirée à la joie de tout le monde. Certains des cousins étaient déjà assez vieux quand Kovi était à l'université et ils s'étaient reconnus tout de suite. D'autres étaient petits ou pas encore nés lorsque Kovi partit pour étudier aux États-Unis ; ces derniers étaient ensuite devenus adolescents ou de jeunes adultes avec un vague ou aucun souvenir de Kovi.

Le jour suivant, Koku sortit un morceau de papier sur lequel leur mère avait écrit les instructions concernant les membres de la famille qu'ils devaient absolument voir dans la ville afin d'éviter toute déception et vexation. En effet, oublier ou négliger une personne importante pourrait entraîner une rancune résultant du fait que Kovi était en ville mais n'avait pas pris la peine de faire une visite ; une rancune qui ne serait peut-être pas exprimée tout de suite et pourrait persister pendant de années et l'auteur de l'offense présumée pourrait ne pas le savoir.

Koku s'assura de rendre visite à chaque personne sur la liste d'après les instructions de Da Afi et partout où ils allaient, ils étaient accueillis avec une grande joie et étaient bien nourris. Beaucoup étaient heureux de partager leurs connaissances et faisaient des commentaires sur des événements spécifiques de l'histoire récente des USA ou de certaines actrices célèbres ou athlètes américains. Ils avaient vu les derniers films ou regardé les derniers clips de musique bien que parfois il y eut plusieurs mois des retards avant que ces pièces de divertissements fussent diffusées dans le pays.

Une qualité aimable des gens est le désir brûlant de rester au courant de l'actualité, locale et internationale. Matin et soir, les gens font tout leur possible pour écouter les nouvelles à travers les différents médias et la télévision, la radio à ondes courtes et aujourd'hui les réseaux sociaux avec le danger croissant de fausses nouvelles. Les gens, partout, même dans les villages éloignés, sont capables de dialoguer et de faire des commentaires sur des événements majeurs, tels que les élections présidentielles américaine ou française et de débattre en toute connaissance de cause comment de tels événements pourrait les affecter localement.

Parfois, d'autres nouvelles sont échangées à propos de la vie privée ou des activités des personnes célèbres, le type de nouvelles que l'on pourrait trouver dans des journaux ou émissions de télé-réalité aux États-Unis, le type de nouvelles que Kovi ne suivait pas assez et les gens étaient surpris de constater que Kovi n'était pas à jour sur ce type d'informations.

Certaines personnes voulaient prendre des heures pour poser des questions et écouter Kovi attentivement, désireuses de connaître les choses que Kovi avait faites et découvertes pendant les nombreuses années de ses longues études à l'étranger. D'autres étaient fiers de présenter Kovi à leurs voisins et amis comme « leur frère qui vit en Amérique » à l'amusement de certains de leurs invités, qui fixaient Kovi intensément afin de vérifier si ce mec s'était vraiment aventuré plus loin qu'un pays voisin.

Lorsque Kovi et Koku arrivèrent chez leur oncle, Monseigneur Cécile Le Grand, il faisait une sieste. Un jeune prêtre, qui était son adjoint, se rendit compte que Kovi pourrait ne pas revenir avant qu'il retournât aux USA et accepta à contrecœur de réveiller le prêtre. Monseigneur Cécile vint parler à ses neveux pendant longtemps et leur offrit des boissons fraîches.

Il y a plusieurs années, avant la naissance de Kovi, Monseigneur Cécile et son cousin Papa Kodjo avaient été sélectionnés, après avoir terminé l'école primaire, pour aller à une école de prêtrise. À la date convenue, un prêtre français était supposé les rencontrer dans le village ancestral et les emmener à un internat à la fin duquel ils devaient être oints pour travailler pour le Pape. Lorsque le grand jour était arrivé, Oncle Cécile était au rendez-vous mais le père de Kovi n'était pas présent. Le prêtre français déclara alors que si le père de Kovi n'était pas assez honnête pour respecter ses engagements, alors il n'était pas assez bon pour être un prêtre. Il s'était avéré, comme Oncle Cécile le clamait, au rire hystérique d'eux tous, que le père de Kovi était occupé à courtiser la mère de Kovi et oublia le rendez-vous. Neuf mois plus tard… voilà ! Kovi était né. Lorsqu'il entendit l'histoire, Kovi souhaita que Papa Kodjo fût encore en vie pour le taquiner à propos de cette belle information qu'il n'avait pas donnée à son fils.

Oncle Cécile était allé à Rome pendant des années et avait travaillé pour le Pape. Il avait été affecté dans divers pays afin de proclamer l'évangile et convertir des âmes à la foi avant de retourner dans son pays dans les dernières années de sa vie.

Quand le Pape avait fait une tournée à travers plusieurs pays dans la région, Oncle Cécile était en poste à l'étranger et donc ne faisait pas partie des éminents curés locaux qui avaient accueilli le Pape.

La visite du Pape fut un événement spectaculaire qui avait attiré une grande foule de fidèles, croyants et badauds à l'aéroport et le long des routes du cortège, jusqu'à la cathédrale nationale où le Pape avait prononcé une messe télédiffusée.

Kovi était dans la ville au moment de la visite du Pape et tous les autres adultes chez qui il logeait s'étaient rendus à l'aéroport alors que Kovi avait décidé de rester à la maison et regarder les événements se dérouler à la télévision.

Le Pape n'était dans le pays que pour une courte période, mais la visite avait généré l'espoir chez beaucoup de personnes et c'était comme si pendant quelques jours après la visite, les gens étaient plus gentils et respectueux les uns avec les autres.

Il y avait une anecdote remarquable que l'oncle Cécile leur raconta.

Il y eut un moment où le prêtre était à Genève pour des affaires. Il était soudainement tombé malade et fut transporté en urgence à l'hôpital. Le médecin qui l'avait traité, remarquant son nom, lui parla dans leur langue commune de l'Afrique. Le prêtre affirma que lorsqu'il s'était rendu compte que bien loin de chez lui, il était tombé malade et avait reçu inopinément un traitement d'un médecin de son groupe ethnique, il avait été si heureux qu'il avait guéri automatiquement. Oncle Cécile se rappelait le nom du médecin qui l'avait traité et, par coïncidence, le médecin était un vieil ami de Kovi à l'université.

Plus étrange encore, le médecin et Kovi étaient en Suisse au même moment et Kovi lui avait rendu visite à Genève autour de l'époque où le prêtre était tombé malade là-bas. Le Seigneur travaille de façon mystérieuse. Monseigneur Cécile Le Grand avait été sauvé par un vieil ami de son neveu ! Kovi raconta l'histoire à son ami, le médecin qui était un grand croyant en Jésus Christ et ce dernier fit des louanges au Seigneur.

Kovi dit à son oncle qu'il avait en quelque sorte suivi ses pas, non pas dans la prêtrise, mais pour une autre carrière, dictée par les disciplines dans lesquelles il excellait à l'école. Comme son oncle Cécile, sa carrière avait conduit Kovi loin de son pays pendant beaucoup d'années. Quand on lui demanda s'il reviendrait au pays à l'image de son oncle, Kovi observa un moment de réflexion et déclara qu'il n'en était pas sûr, mais en tout cas il était déterminé à aider son peuple comme il pourrait.

Avant leur départ, oncle Cécile leur demanda des novelles d'Ashley, la cousine de Kovi. Ashley vivait aux USA depuis longtemps. C'était la même cousine qui avait joué un rôle déterminant en aidant pendant la visite de Da Afi aux États-Unis.

Kovi expliqua qu'Ashley et sa famille allaient bien, lui avaient envoyé des vœux chaleureux et avaient hâte de le revoir bientôt. À ce moment-là, le prêtre se plaignit de sa mauvaise santé et affirma qu'il n'envisageait pas un voyage de sitôt et que si quelqu'un désirait le voir, il devrait se rendre chez lui. Il rappela que Kovi et lui s'étaient rencontrés à quatre endroits différents dans le monde : Genève, New York, Paris et Johannesburg.

Lorsque Kovi était allé en Suisse pour la deuxième fois en poste à Genève, il avait rencontré le prêtre lors d'une de ses missions. Plus tard, le prêtre était venu aux États-Unis après une autre mission au Canada et avait passé plusieurs jours avec Kovi et Ashley et sa famille. Après cela, Kovi avait vu son oncle à Paris au domicile de Jean Patrice pendant un voyage durant lequel Kovi avait fait escale à Paris. Leur dernière rencontre à l'extérieur de leur pays d'origine avait été à Johannesburg pendant les cérémonies de mariage d'Aisha et Kovi.

Koku fut impressionné et loua le Seigneur d'entendre pour la première fois que ces deux avaient eu des occasions de se rencontrer au cours de leurs trajets distincts. En outre, Koku entendit parler de l'incident où le prêtre sauva leur cousine Ashley d'un événement désagréable qui aurait pu mal tourner. Ashley, qui était naturalisée citoyenne américaine, s'était rendue au pays d'origine avec son mari, Keith, qui était un charismatique afro américain. Keith avait servi au Vietnam et était devenu plus tard policier à New York pendant plusieurs années. Il disait toujours à Kovi : « Si vous pouvez vous en sortir à New York, vous saurez vous débrouiller à n'importe quel endroit. » Et il connaissait très bien la ville. Quand Ashley et Keith s'étaient rendus au pays d'origine, ils n'avaient pas compris qu'ils avaient besoin de visas et les choses étaient allées de mal en pis à leur arrivée à l'aéroport.

À l'époque, il n'y avait pas de possibilité d'obtenir le visa à l'arrivée à l'aéroport. Keith, le mec américain macho, refusa de payer la lourde amende pour leur arrivée sans visas et se disputa avec les gardes-frontière, qui étaient des militaires lourdement armés. Ashley n'avait pas été en mesure de conseiller et de contenir son mari et elle avait remarqué qu'ils étaient en grand danger en défiant les hommes militaires en colère qui, ce moment-là, essayaient de dompter Keith et de l'emmener.

Ils avaient saisi leurs passeports américains et Keith insistait et exigeait qu'on lui rendît son passeport et il soutenait qu'en temps qu'américain, il n'était pas censé remettre son passeport à toute autorité autre que le gouvernement de son pays.

Pour aggraver les choses, Keith ne parlait pas bien le français et les militaires ne pouvaient pas comprendre ses exigences exprimées en anglais.

Les deux camps devenaient de plus en plus frustrés et au milieu, était Ashley, une citoyenne américaine et aussi l'une des leurs qui était revenue pour rendre visite à la famille et elle pleurait. Keith ne céda pas, refusa d'être emmené ailleurs et il dit aux miliaires que s'ils voulaient le tuer, ils devaient le faire là.

Les militaires étaient choqués de voir un civil remettre en cause leur autorité en public et ainsi librement et cela les mettait davantage en colère. Les gens retenaient leur souffle et ne savaient pas comment cela allait se terminer. Ashley était toujours en train de pleurer.

Un membre de la famille qui était censé les rencontrer à l'aéroport appela Oncle Cécile et lui dit de se présenter à l'aéroport rapidement, que sa nièce et son mari étaient en danger grave dans une impasse contre des militaires armés de fusils. Monseigneur Cécile Le Grand mit son costume de prêtre et arriva sur les lieux aussi vite qu'il le pouvait. Sûrement, les militaires n'allaient pas fusiller un prêtre catholique.

Oncle Cécile utilisa son influence en tant qu'évêque et demanda que sa nièce et son mari fussent libérés sous sa garde, il veillerait personnellement à résoudre le problème dans la matinée et les militaires acceptèrent. Cependant, Keith demandait encore son passeport et insistait, il ne le cèderait pas à toute autre autorité, mais le prêtre lui conseilla d'oublier son cher passeport américain, il allait régler le problème plus tard et la priorité du moment était de sauver sa vie. Le prêtre les sortit du danger cette la nuit-là.

Lorsque Kovi et Koku finirent de rendre visite à toutes les personnes que leur mère avait recommandées, Kovi et son frère rentrèrent au village avec certaines provisions achetées au grand marché.

Pendant leur voyage de retour, leur taxi passa près du lycée privé où Kovi avait enseigné pendant deux ans après avoir terminé la licence à l'université. Il avait vingt-deux ans à l'époque et les élèves auxquels il enseignait les mathématiques et la physique étaient seulement quelques années plus jeunes que lui.

Le proviseur du lycée était aussi le ministre de l'éducation à l'époque et il était un physicien sénior qui avait fait des études et recherches aux États-Unis pendant des années avant de retourner pour rendre service à son pays.

Kovi était un excellent étudiant avec un grand désir de poursuivre des études supérieures, mais il n'était pas bon professeur. Pendant qu'il enseignait, Kovi était également à la recherche de bourses pour poursuivre des études supérieures à l'étranger. Plusieurs professeurs étaient beaucoup plus âgés que lui et certains avaient des familles et des enfants du même âge que Kovi. Par respect, Kovi restait timide au milieu de ces professeurs de carrière qui avaient été dans la profession depuis des années et semblaient être plutôt de la génération de ses propres parents.

Il y avait un enseignant en particulier, une collègue de Madagascar, qui avait été bien éduquée en France et possédait des compétences techniques incroyables dans les expériences de physique et les démonstrations. Kovi avait fait équipe avec son collègue malgache pour élaborer un programme de physique concertée à la fois dans la théorie et la pratique pour les trois niveaux du lycée. Kovi enseignait trois cours de physique par semestre, un pour chaque niveau, aux élèves dont les dominantes étaient les matières littéraires et son collègue supportait les cours théoriques avec l'expérimentation et l'instrumentation.

Kovi avait loué une chambre dans une maison à distance de marche du lycée et un jour, comme il allait travailler, il rencontra un de ses anciens professeurs du collège. L'enseignant fut impressionné, mais pas surpris des progrès scolaires de Kovi au point où à vingt-deux ans il enseignait dans un prestigieux lycée privé pendant que lui, son ancien professeur, était encore enseignant dans un collège public d'études générales.

Kovi donnait aussi des cours et des sessions de pratique durant le week-end et les soirs pour faire plus d'argent. En cette période, le salaire de Kovi était comparable à celui de Papa Kodjo qui avait travaillé beaucoup plus longtemps pendant plusieurs années et pourvoyait à une famille élargie.

Jeune et avec plus d'argent que lorsqu'il était étudiant à l'université, Kovi était beaucoup plus libre et à l'aise pour profiter de la vie en ville. Il prit une série de leçons de danse pour améliorer ses chances et sa confiance sur la piste de danse pendant les soirées et les célébrations.

Il prenait des leçons de compréhension et de conversation d'anglais à l'Institut Américain associé à l'ambassade des États-Unis et dans le processus fit connaissance d'un autre étudiant qui prenait aussi des cours d'anglais en préparation à son prochain départ aux USA pour plus d'études. Les deux étaient devenus amis pour la vie et s'entraidaient en Amérique.

L'institut américain et le centre culturel français fournissaient de précieuses ressources d'enseignement et de recherche aux étudiants et professeurs. Kovi étudiait et passa le Test of English a eu Foreign Language —TOEFL — et le Graduate Record Examination — GRE — « General and Subject » à l'institut américain, d'abord en tant qu'examens de pratique, puis plus tard pour les résultats officiels qui étaient envoyés aux universités où il espérait pouvoir poursuivre ses études.

À la fin de sa première année en tant que professeur de lycée, Kovi fut parmi les enseignants que le gouvernement avait appelés à corriger les examens finaux du cycle secondaire pour déterminer les élèves qui seraient admissibles à poursuivre des études universitaires. Kovi devait se présenter dans une autre ville à plusieurs heures à l'intérieur du pays, une ville qui était l'un des centres d'accueil des examens nationaux. Kovi s'était joint à d'autres enseignants pour superviser et corriger les examens et publier les résultats, le tout dans une période de quelques semaines.

Quatre ans plus tôt, Kovi était l'un des élèves qui avaient réussi les examens du baccalauréat donnant le privilège d'aller à l'université, mais en ce moment, il était de l'autre côté de la table pour évaluer les performances des élèves et décider qui aurait réussi ou échoué.

Ce voyage fut le plus loin où il s'était rendu dans son propre pays à l'époque ; il était heureux d'avoir l'occasion de voir une autre partie du pays au cours de son premier voyage officiel qui fut entièrement couvert par son travail.

La ville était un peu plus grande que celle où il avait fréquenté l'école secondaire et ses habitants parlaient une autre langue. Kovi remarqua qu'en se rendant plus loin à l'intérieur, la flore passait progressivement d'un feuillage vert dense à la savane, alors que le paysage, quant à lui, devenait plus vallonné et montagneux avec le sommet le plus élevé à environ mille mètres. Aussi, plus on allait à l'intérieur du pays, plus il y avait de la diversité dans les différentes langues — langues non dialectes — et plus il y avait de contrastes culturels, évidents dans les variations des pratiques traditionnelles. À l'université, il avait déjà rencontré, s'était lié d'amitié et avait appris de beaucoup des compatriotes venant du Nord, mais c'était la première fois qu'il voyageait au Nord et observait une plus grande diversité culturelle au sein de son peuple.

Kovi revint de ce voyage et appuya une proposition d'excursion en groupe pour les élèves et les enseignants à des fins pédagogiques. Dans le lycée où il enseignait, deux de ces excursions scolaires furent organisées.

Le premier voyage emmena un groupe d'élèves avec certains professeurs vers l'est le long de la côte et finalement au nord dans l'intérieur pour parvenir à Abomey. Il s'agissait d'un seul convoi d'un grand bus en bon état, avec une capacité de cinquante à soixante personnes. Le voyage en voiture le long de la route côtière était toujours paisible et tout le périple était agréable dans un bus équipé de la climatisation et sièges rembourrés. Ce fut un voyage réussi et instructif pour tous les participants : visiter les vestiges du grand royaume du Dahomey, rencontrer les habitants et les entendre raconter leur histoire ancestrale que Kovi et d'autres avaient appris dans les livres d'histoire.

L'autre excursion scolaire, qui s'était passé quelques mois plus tard, prit le même groupe de personnes à l'Ouest jusqu'au château de Cape Coast. Là, ils entendirent les récits vivants et touchants de la dureté des conditions inhumaines au cours desquelles beaucoup étaient passés par la porte de non-retour dans les temps difficiles de l'esclavage.

L'homme qui les avait guidés durant la visite autour du château était devenu de plus en plus ému et ses yeux devinrent rouges et pleins de larmes alors qu'il racontait l'histoire en cours de route. C'était son emploi régulier et il devait avoir raconté les événements plusieurs fois, mais au fur et à mesure qu'il narrait l'histoire, lui et les touristes ne pouvaient pas empêcher le sentiment déchirant avec les images de l'horreur que les esclaves avaient vécue. L'ambiance devint plus sombre quand Kovi et son groupe suivirent et parfois se regardèrent en silence. Quand la visite fut terminée, l'euphorie qui les avait menés tout le voyage céda place à des réflexions internes tristes qui cristallisèrent dans leurs esprits la réalité palpable des récits historiques de la traite des esclaves qu'ils avaient appris dans les cours d'histoire. Non loin de là, était l'origine de l'ascendance de Kovi, la place que les Frères Nété avaient laissée derrière lorsqu'ils avaient fui vers l'est pour échapper à la prise en esclavage, bien qu'au moment du voyage, Kovi ne le sut pas.

C'était au cours de sa deuxième année en tant que professeur au lycée que Kovi augmenta ses efforts pour trouver une bourse pour lui-même et son ami qu'il avait rencontré à l'Institut américain puisqu'ils avaient des objectifs similaires.

Lorsqu'il apprit qu'il était sélectionné pour une bourse pour aller aux États-Unis, Kovi augmenta sa préparation d'anglais, étudia davantage pour le TOEFL et le GRE et fit des traductions officielles de ses relevés de notes en anglais. Bien qu'il ait gagné la bourse d'études, l'université où il allait finalement étudier aux États-Unis dépendait, entre autres, des résultats de ces tests et la traduction officielle des relevés de notes.

L'agence qui administrait la bourse prit la responsabilité des demandes aux diverses universités. En fonction du sujet d'études, l'étudiant devait attendre d'être accepté, au moins, dans une université avant d'effectuer son départ aux USA. Kovi avait remporté la bourse d'études en fonction de son dossier scolaire en français et dans une large mesure, directement sur la recommandation du ministre de l'éducation.

Lorsque Kovi fut informé qu'il était admis dans une université aux États-Unis, ses parents se réjouirent et la nouvelle se répandit rapidement dans la ville. Beaucoup de gens s'approchèrent de Kovi pour obtenir des conseils sur la façon dont il avait réalisé cet exploit. Mais Kovi n'avait rien fait, au contraire, c'était le ministre, sans qui cette bourse ne lui serait peut-être jamais octroyée. Assez bon pour se qualifier pour elle, oui, mais assez bien connecté pour l'obtenir, non !

Dans le cadre de la procédure de départ, à l'heure indiquée, Kovi alla à l'agence gouvernementale qui était responsable de l'organisation de son billet d'avion. Quand il arriva là, l'agent du gouvernement l'interrogea sur sa destination finale aux États-Unis. Kovi répondit que c'était Indianapolis. L'agent le regarda incrédule et complètement déconcerté, mais il se mit à écrire « Indiana Police ! » On devait acheter à Kovi un billet d'avion pour « Indiana Police ! » Kovi remarqua l'erreur et réussit à contenir l'envie de rire, car cela aurait pu lui coûter la bourse tout entière. Il protesta simplement avec politesse et donna l'orthographe correcte d'Indianapolis. Il fut décidé, plus tard, d'organiser son billet jusqu'à New York et de là, l'agence chargée du programme de bourses prendrait soin du billet pour la destination finale, dont Kovi serait informé à son arrivée à New York.

La date de départ de Kovi était fixée en août pendant les grandes vacances scolaires. À ce moment, il aurait terminé sa deuxième année d'enseignement au lycée, à la fois les cours et l'évaluation des exams du baccalauréat qui étaient normalement prévus en juin. Pour les examens de cette année, Kovi resta dans la capitale, bien qu'il aurait préféré être envoyé à un autre endroit à l'intérieur pour une autre occasion de voir plus de son propre pays.

Son lycée avait eu de bons résultats cette année en termes de pourcentage d'élèves admis aux examens nationaux, par matières principales, aussi bien dans l'ensemble et leur classement par rapport aux élèves d'autres écoles secondaires.

Une fête d'adieu fut organisée au lycée en l'honneur de Kovi, après l'euphorie ou la déception des résultats des examens et des parents d'élèves vinrent rendre hommage au jeune enseignant dont ils avaient beaucoup entendu parler par leurs enfants. Kovi avait amélioré rapidement son aptitude à enseigner et était bien apprécié par ses collègues, les élèves et leurs parents à un tel point que la plupart déplorait son départ prochain, mais tous avaient convenu qu'il était trop bon et trop jeune pour s'engager si tôt et indéfiniment dans la profession d'enseignant. Tous lui souhaitèrent bonne chance dans son voyage en Amérique pour des études supérieures et espéraient le voir réussir.

La communauté religieuse où Kovi exerçait sa foi avait aussi organisé une fête en l'honneur de son départ. Dans ce cas, la « fête » était une prière sérieuse suivie d'un déjeuner organisé, au cours duquel Kovi reçut de conseils de presque tout le monde. Tout d'un coup, il y avait des collègues membres de la foi qui semblaient avoir acquis une grande connaissance et l'expérience d'aller vivre à l'étranger et ils offrirent des conseils gratuits à Kovi qui écoutait poliment et remerciait chacun d'eux.

D'autres offraient plus de prières après la séance de prière, les longues prières qui commençaient avec l'invocation de Dieu Tout-Puissant dans toutes ses formes magnifiques, suivie d'un accusé de réception de la liste détaillée des bénédictions qu'Il leur avait faites jusqu'à présent et enfin de la demande de plus de bénédictions et de protection exprimées dans de nombreuses formes et expressions impressionnantes.

Il y avait, à cette époque, une prolifération de sectes et de groupes religieux dans le pays, dont une fraction venait des USA en différentes dénominations, d'autres motivées par des charismatiques et auto proclamés messagers et disciples de Jésus Christ. Presque tout le monde dans l'entourage de Kovi, famille ou ami, était un membre actif d'un groupe religieux et chacun exprimait avec éloquence les raisons de son choix d'un groupe particulier sur tous les autres. Certains groupes étaient bien organisés et disciplinés, ce qui devait avoir insufflé un esprit de virtuosité avec intolérance des autres et un style agressif de recrutement de nouveaux convertis.

Après les fêtes d'adieu, Kovi finalisa ses leçons d'anglais et prépara tous ses documents de voyage, puis il alla passer quelques semaines avec ses parents dans le village avant son départ.

Pendant le trajet en taxi, depuis le temps où ils étaient passés près du lycée où il avait travaillé, Kovi n'avait pas dit un mot. Il était perdu dans ses pensées et réflexions sur son temps dans ce lycée et il n'avait pas remarqué que le taxi était arrivé au village. Koku l'informa qu'ils étaient arrivés et qu'il devait descendre du taxi. Leur mère excitée qui voulait un rapport détaillé sur la famille et les amis de la ville, en particulier ceux qu'elle leur avait demandé de visiter, les accueillit à la porte de la maison.

Chapitre seize
Nouveau départ

Ils étaient assis sous le hangar et assurèrent Da Afi qu'ils avaient transmis correctement ses remerciements et vœux à tous et en retour, ceux-là les avaient chargés de la saluer et certains avaient même envoyé des cadeaux. Ils avaient presque fini de faire le compte rendu quand un vieil homme et son fils d'une vingtaine d'années arrivèrent et voulurent parler à Kovi.

Le vieil homme était affligé et il espérait que Kovi pourrait aider son fils à obtenir un visa pour aller en Amérique. Le fils avait un oncle maternel là-bas et cet oncle avait écrit une lettre d'invitation avec les détails de son compte bancaire pour justifier qu'il avait le logement et ressources financières pour aider son neveu au cours de la visite. Le jeune homme avait rassemblé la liste des autres documents requis, rempli le formulaire de demande et obtenu un rendez-vous pour un entretien. Le jour convenu, il s'était présenté à l'ambassade américaine dans la capitale et avait payé des frais énormes de demande de visa avec de l'argent que le père avait emprunté. L'agent de l'ambassade qui traitait les demandes de visa ce jour-là lui avait posé quatre questions :

« La personne que vous voulez visiter là, que fait-elle ?
— Elle travaille à tel ou tel endroit et voici ses papiers.
— Et vous, que faites-vous ?
— Je suis étudiant à l'université ici, dans tel ou tel domaine.
— Avez-vous une femme ?
— Non monsieur, je n'en ai pas.
— Est-ce que vous avez un enfant ?

— Non monsieur, je n'en ai pas. »

À ce moment, l'agent avait mis fin à l'entretien, avait informé le jeune homme qu'il n'avait pas droit à un visa en ce moment et lui avait tendu un morceau de papier. Les frais de visa n'étaient pas remboursables et s'étaient évaporés en quelques minutes d'entretien. Le père montra à Kovi le bout de papier qui avait été donné au fils à la fin de l'entretien et le document suggérait que le requérant n'avait pas prouvé qu'il avait quelque chose de significatif qui le liait au pays, si important pour le faire revenir à la fin de son séjour en Amérique. « Qu'est-ce qu'il doit faire ? » demanda le père en colère. Veulent-ils qu'il fasse un enfant sans être marié ? Il est juste un jeune homme et n'a aucun moyen de subvenir aux besoins d'une famille ! Devrait-il se marier et montrer qu'il va revenir auprès de sa femme ? »

Lorsque le père se calma, il rappela à Kovi que Papa Kodjo était allé en Amérique pour rendre visite à son fils et ça avait été une excellente nouvelle dans tout le village. Sûrement, Kovi devait avoir fait quelque chose de plus ou de différent pour que Papa Kodjo obtînt le visa, alors le vieil homme espérait que Kovi pourrait les aider. Kovi regarda tous les papiers qu'ils avaient mis plusieurs mois à les rassembler et tout ce qui était nécessaire pour la demande de visa était en ordre. Techniquement sur le papier et d'après tous les documents demandés, le jeune homme était prêt pour obtenir le visa.

Kovi leur expliqua que dans le cas de la visite de Papa Kodjo en Amérique, Papa Kodjo était un vieil homme avec deux maisons ; il était marié avec de nombreux enfants et petits-enfants et propriétaire des champs de noix de coco. Le père de Kovi n'avait pas d'intérêt à rester aux États-Unis ; il était satisfait de sa vie et souhaitait simplement voir son fils plus souvent. Par rapport à ce jeune homme, le père de Kovi n'avait pas le profil de quelqu'un qui était susceptible d'aller aux USA et de s'y installer illégalement. Le vieil homme s'éloigna dans un état de rage tout en se plaignant qu'il avait encore à payer la dette des frais de visa.

Environ un an plus tard, Kovi reçut un appel du jeune homme qui avait fini par obtenir le visa et était allé aux États-Unis pour rendre visite à son oncle. En plaisantant, Kovi lui demanda comment s'était-il débrouillé, s'il avait rendu une jeune femme enceinte et eu un enfant. Le jeune homme avait juste ri mais n'avait pas répondu à la question.

Le jour suivant, tôt le matin, Koku reçut un appel d'un avocat qui convoqua l'ensemble de la famille à se présenter à son bureau pour le testament que leur père avait préparé. Kovi envoya un message à son demi-frère dans le village ancestral et à la date convenue, ils étaient tous allés chez l'avocat qui lut le testament en présence des frères et sœurs qui avaient pu venir.

Papa Kodjo avait partagé ses propriétés équitablement entre ses enfants, hommes ou femmes, peu importe leurs classes sociales et économiques. Il avait laissé ses deux maisons collectivement à sa femme et ses enfants comme résidences familiales.

Au moment de sa mort, Papa Kodjo n'avait aucune dette et avait maintenu seulement une petite épargne dans une banque. Kovi et ses frères et sœurs avaient essayé de récupérer l'épargne mais sans succès. Le directeur de la banque les informa que le compte était ouvert de sorte que seul le bénéficiaire pouvait percevoir l'argent et il devait se présenter à la banque en personne ou par l'intermédiaire d'un tiers avec des instructions détaillées dans une lettre légalisée, ou faire un virement bancaire. La famille n'avait jamais recueilli cette petite épargne qui, convertie en dollars américain, s'élevait à peu.

Les nouvelles du testament se propagèrent rapidement au village ancestral et les gens étaient impressionnés que Papa Kodjo fut assez intelligent pour préparer un testament avant sa mort. Certains soutenaient que c'était la première fois qu'une telle chose était faite dans le village. C'était Kovi et certains des frères et sœurs qui avaient convaincu leur père de préparer le testament afin d'éviter les litiges qui se posent souvent entre les membres de famille sur le partage équitable de l'héritage après la mort de quelqu'un.

Certains croient que le dernier enfant d'une personne qui n'a pas vraiment profité des possessions du défunt par rapport aux enfants plus âgés ou qui pourrait être encore trop jeune pour être financièrement indépendant devrait recevoir plus d'héritage, ou bien le partage devrait être inversement proportionnel aux âges des descendants. D'autres pourraient venir avec des arguments pour demander un élément particulier de l'héritage avant que le reste ne fût réparti selon un schéma qui devait être discuté et accepté par tous les intéressés. En l'absence d'un testament, des revendications et des attentes différentes conduisaient à des disputes. Dans certains cas, le chef du village et les anciens intervenaient et après de longues et difficiles négociations et consultations, ils mettaient en place une division finale et irrévocable de l'héritage.

Dans le cas de Kovi, après beaucoup de discussions difficiles, leur père avait accepté l'idée du testament et entrepris les démarches nécessaires, évitant ainsi tout problème potentiel après sa mort.

C'est dans ces jours-là que Kovi prit connaissance d'un autre problème potentiel où un compatriote du village s'avança pour affirmer que son père n'avait pas vendu les terrains sur lesquels Papa Kodjo avait construit une maison. Pour aggraver les choses, Papa Kodjo n'avait plus les documents comme preuve de la vente, cependant, il avait construit sur les terrains et y vivait depuis longtemps avec sa famille.

Depuis des années que la famille de Kovi vivait là, le père du plaignant était vivant et n'avait pas contesté Papa Kodjo d'avoir construit sur son terrain. Au moment où le plaignant contestait la propriété des terrains, son propre père aussi était mort. Finalement, l'affaire fut portée devant le tribunal régional et le juge recueillit toutes les dépositions et les témoignages des personnes qui étaient encore en vie et avaient été témoins de la vente il y a longtemps. En outre, le juge avait fait un voyage au village pour voir les terrains en litige.

Après avoir examiné les éléments de preuve recueillis, le juge émit un jugement écrit de plusieurs pages où il déclara d'abord tous les faits, ses observations et les dépositions des deux côtés et il fit un jugement définitif en faveur de la famille de Kovi. Le jugement écrit désormais servait comme preuve de propriété des terrains.

Le juge expliqua qu'il y avait deux éléments de preuve cruciaux qui réglaient cette affaire favorablement pour la famille de Kovi. Tout d'abord, c'était le fait que le père du plaignant avait vécu pendant au moins dix ans près de la maison et n'avait jamais porté plainte à propos de ses terrains et deuxièmement, les témoignages des anciens, les témoins oculaires non liés à aucune des deux parties, qui étaient présents lors de la vente et des paiements. Le plaignant fut condamné de rembourser à l'autre partie les dépenses liées à l'affaire, mais après discussions, Kovi et sa famille décidèrent de ne pas insister.

Quand tous les sujets liés à l'enterrement furent réglés, Kovi et ses frères et sœurs divisèrent entre eux le reste des affaires de leur père, qui comprenaient principalement des vêtements, tenues traditionnelles et tissu Kente. Kovi avait ramené certaines pièces de son héritage en Amérique et les utilisait aux moments appropriés en souvenir de son père.

Le temps vint pour Kovi de rentrer en Amérique, la famille se réunit pour un repas que la mère de Kovi avait méticuleusement préparé pendant des heures. Après, elle parla à Kovi pendant un moment lui rappelant de faire attention aux anges sur son chemin. Elle dit que Kovi ne devrait pas s'absenter trop long et revenir seulement quand il y avait des tristes événements comme les funérailles. Elle se plaignit qu'elle pourrait ne pas le revoir, bien qu'ils parlent souvent au téléphone et que la prochaine fois qu'il reviendrait serait peut-être pour ses funérailles.

Culpabilisé et gêné, Kovi proposa qu'elle envisage d'aller aux USA pour lui rendre visite à nouveau. Elle accepta d'abord l'idée de voir Aisha et Hatshepsut, qu'elle n'avait, jusqu'à ce moment, pas encore rencontrées en personne, mais alors elle se plaignit qu'elle ne pouvait pas faire un si long voyage seul. Lorsque Kovi sentit qu'elle était ouverte à l'idée d'une autre visite en Amérique, mais craignait de ne pas pouvoir faire un tel voyage seul, Kovi rappela à sa mère qu'elle n'avait pas fait le voyage seule pendant sa première visite et il l'informa que, dès qu'il serait de retour, ils procéderaient au renouvellement de son passeport.

Le même jour, Kovi quitta le village pour aller chez son oncle dans la ville d'où il se rendit à l'aéroport plus tard cette nuit pour prendre son avion pour New York via Paris.

Kovi arriva chez son oncle Théodore dans l'après-midi pour y trouver un vieil ami de l'école secondaire, Abdel, qui l'attendait. Abdel, l'homme qui n'était jamais allé à l'université, avait de grands talents pour la peinture et le dessin et il avait réussi. Abdel possédait des galeries dans le grand marché et autour de la ville où il recueillait et vendait, pas seulement ses propres œuvres, mais aussi de nombreuses pièces faites par des artisans de la région. Il vendait beaucoup de choses, y compris des instruments de musique traditionnels, sculptures en argile ou en bois, tissus, vêtements, objets, peintures et dessins. La plupart de ses clients étaient des visiteurs internationaux, pour les cadeaux et souvenirs, prêts à payer les prix appropriés à leur classe économique.

Par rapport au standard local, Abdel était devenu un homme riche qui avait réussi à combiner des compétences et des stratégies d'affaires astucieuses pour réussir. Il donna une grande accolade à Kovi et fit des commentaires sur sa prise de poids depuis la dernière fois où il l'avait vu, lors des examens du baccalauréat auquel il avait échoué.

 Leurs chemins avaient divergé à partir de ce point lorsque Kovi avait continué à l'université tandis qu'il avait répété les mêmes examens quelques fois de plus et avait échoué encore d'année en année jusqu'à ce qu'il eût fini par renoncer.

Puis, Abdel avait essayé des petits boulots et épargné de l'argent, petit à petit, jusqu'au jour où il avait été en mesure de lancer une petite boutique d'art et au début, il avait tenté de vendre ses propres produits. Maintenant, le voilà, un homme qui n'avait pas terminé le diplôme d'études secondaires, devenu un riche homme confortable qui avait compris comment utiliser ses compétences pour gagner de l'argent et qui envisageait d'étendre ses activités au-delà des frontières de son pays. Kovi se souvenait de lui comme d'un élève charismatique et courageux quand ils étaient à l'école.

Une fois, Abdel et Kovi montèrent à bord du train régional allant dans le sens de la ville où ils séjournaient. Ils n'avaient pas acheté de billets de train et s'attendaient à ce qu'il n'y ait pas de contrôles de billets jusqu'à ce qu'ils atteignissent leur destination. Ce n'était pas la première fois qu'ils faisaient ça et ils s'en étaient toujours sortis impunément. Souvent, ils étaient à l'affût et quand ils voyaient le contrôleur de billets entrer dans la voiture, ils s'enfuyaient dans la prochaine voiture avant qu'il n'arrivât où ils étaient assis. Parfois, comme ils continuaient le jeu pour aller de voiture en voiture, finalement ils rencontraient par hasard un autre contrôleur et se retrouvaient pris en sandwich. Ils cherchaient ensuite les toilettes les plus proches et s'enfermaient là-dedans jusqu'à ce que le train s'arrête.

Un jour, ils se cachaient dans les toilettes lorsque quelqu'un cogna désespérément pour les utiliser et personne ne savait pourquoi c'était verrouillé. Les deux contrôleurs qui contrôlaient les billets dans des directions opposées se rencontrèrent là où la personne était encore en train de frapper à la porte et ils essayèrent d'aider. Ils expliquèrent à la personne que tous les wagons du train étaient vérifiés et entretenus avant que le train ne quittât la capitale et ils étaient sûrs que les toilettes n'étaient pas délibérément bloquées parce qu'elles n'étaient pas utilisables. Peut-être, la porte était bloquée à cause d'une panne mécanique, pensaient-ils et ils conseillèrent à la personne d'utiliser d'autres toilettes situées après quelques voitures dans le sens où le train allait.

Alors qu'ils expliquaient comment aller à d'autres toilettes, ils entendirent des bruits de toux qui venaient des toilettes verrouillées. Quand ils se rendirent compte que leur petit jeu était terminé et craignant que la police puisse être appelée à l'arrêt suivant, Kovi insistait pour qu'ils ouvrissent la porte mais Abdel refusait.

Abdel soutenait qu'il était préférable d'ouvrir la porte à l'arrêt suivant pour avoir une meilleure chance de s'échapper au moment où les gens descendaient ou montaient dans le train. Après un vif échange que les contrôleurs ne pouvaient entendre, Kovi ouvrit la porte et vit que l'incident avait attiré des spectateurs. Incapable de montrer des billets ou de les acheter tout de suite avec une amende et parce qu'ils n'avaient pas suivi les instructions directes des contrôleurs, Kovi et Abdel furent assignés à certains sièges et des passagers se portèrent volontaires pour les surveiller jusqu'à ce qu'ils soient remis à la police à l'arrêt suivant.

Kovi pleurait et était effrayé à l'idée qu'il serait mis en garde à vue, par des hommes et femmes en uniforme que personne n'osait taquiner. Abdel était assis détendu et pas impressionné. Kovi supplia les contrôleurs désespérément et dit que c'était la première fois que cela se produisait, que leurs parents ne leur avaient pas donné d'argent, qu'ils avaient marché pendant un certain temps avant de monter à bord du train.

Les gens regardaient Kovi avec dégoût, indifférents et insensibles à ce qu'il disait alors qu'un sentiment de respect et d'appréciation se développait pour Abdel qui était assis tranquillement, digne et résigné à ce qui allait se passer.

Le prochain arrêt était une petite ville sans poste de police et le train n'allait pas attendre l'arrivée des policiers, alors Kovi et son ami furent tout simplement jetés hors du train. Ils continuèrent le reste du parcours à pied le long de la voie ferrée en se disputant et hurlant l'un à l'autre.

Il y avait trois lignes de train dans le pays avec la plus grande gare au centre de la capitale.

Une ligne, la plus courte, allait le long de la côte atlantique et se terminait au centre de la ville où Kovi avait fréquenté le collège et le lycée.

Une autre allait presque tout droit au nord du pays avec un arrêt dans l'une des grandes villes, la même où Kovi avait été affecté pour corriger les examens du baccalauréat lorsqu'il enseignait au lycée privé.

La troisième allait au nord-ouest, dans une autre grande ville non loin de la frontière avec un pays voisin.

Le système ferroviaire avait été construit pendant la période coloniale pour transporter des marchandises provenant des différentes régions du pays à la capitale, d'où elles étaient expédiées en Europe. Les principaux produits agricoles qui étaient cultivés et exportés vers l'Europe comprenaient le café et le cacao et le pays exporte encore certains de ces produits à ce jour. Après l'indépendance, le pays hérita du système ferroviaire, le maintenant et l'utilisait principalement comme service de transport public.

Kovi et Abdel buvaient de la bière, parlaient et riaient au sujet de leurs aventures pendant leurs années d'école lorsque Abdel reçut un appel de l'un de ses fournisseurs et dut partir. Il s'excusa et exprima le désir qu'ils se vissent plus souvent.

Comme Abdel partait, Théodore, un oncle de Kovi, un jeune frère de Papa Kodjo et l'une des personnes qui avait joué un rôle considérable pour le voyage de Kovi aux USA, arriva à la maison. Comme tailleur de profession, il possédait une boutique dans le centre de la ville et il avait formé beaucoup de ses cousins et neveux à la même profession. Il avait l'habitude d'avoir beaucoup d'apprentis, à tout moment donné, qui faisaient les travaux alors qu'il prenait les commandes et les mesures et faisait en sorte que les produits fussent prêts à temps et selon les indications. Il était si bon qu'il recevait toujours beaucoup de commandes et était constamment occupé. Souvent, en entendant le nom de famille de Kovi, les clients de son oncle s'approchaient de lui et louaient le travail de son oncle.

Lorsque Kovi partit pour l'Amérique la première fois, son oncle avait confectionné un costume pour lui. Il avait acheté le tissu lui-même après examen et choix attentifs, avait pris des mesures tout autour du corps de Kovi et cousu lui-même le costume, sans l'aide des apprentis. Le jour de son départ, Kovi était élégant dans son costume fait sur mesure.

Le salon d'Oncle Théodore était joliment décoré avec beaucoup de belles pièces d'art et des photos de Tata Nété et Nana Mawulé sur les murs. Kovi regardait les photos pendant qu'il attendait son oncle. Comme il fixait les photos, de drôles souvenirs revinrent à sa mémoire. C'était à l'époque où Kovi fréquentait l'école primaire dans le village ancestral.

Un jour nuageux, Kovi était allé à la pêche à la mouche. Il fut béni ce jour-là et il captura beaucoup de différents types de gros poissons. Kovi était excité de raconter son expérience de pêche à ses grands-parents qui, après avoir vérifié qu'en effet il avait capturé les poissons lui-même, le félicitèrent énormément. Tandis que Nana Mawulé retourna à sa boutique au centre du village, Kovi et Tata Nété nettoyaient les poissons et enlevaient les écailles et les intestins et procédaient à fumer les poissons. Alors que les poissons étaient sur le feu, Kovi était allé chercher de l'eau du puits pendant que Tata Nété était en charge de surveiller et de retourner les poissons sur le feu, si nécessaire. Kovi était revenu et avait trouvé Tata Nété profondément endormi et quatre-vingt-dix pour cent des poissons étaient consommés par les chats et les chèvres. Kovi était déçu en constatant que tous ses efforts de la journée étaient gaspillés et Nana Mawulé était fâchée à la fois contre son mari et son petit-fils d'avoir changé le plan du dîner ce jour-là.

Dans un autre incident, Kovi était en première année et se préparait pour la première fois pour les examens de fin d'année qu'il devait réussir pour avoir le droit de passer en classe supérieure. Un groupe d'autres enfants plus âgés que Kovi avaient pensé qu'ils avaient besoin d'une intervention surnaturelle ou magique pour les aider à réussir les examens. Après discussions, ils avaient convenu que Kovi devait les conduire pour aller voir Tata Nété qui était vénéré comme un homme avec un grand talent, un diseur de bonne aventure, un homme à l'intuition et le pouvoir d'opérer dans des autres dimensions et ce faisant, il était en mesure d'influencer le cours des événements pour un meilleur résultat. Il y avait d'autres anciens doués. Un autre était un grand oncle de Kovi, qui par le contact de ses mains, avec des massages doux et fréquents, était en mesure de traiter un éventail de maladies, y compris des inflammations et des os brisés.

Les enfants pensaient que si le vieil homme voyait son propre petit-fils parmi eux, il serait peut-être disposé à les aider. Alors ils étaient allés consulter Tata Nété qui, après les avoir écoutés attentivement, leur donna une liste d'éléments à ramener, puis il accomplirait une grande cérémonie pour aider tous les enfants à réussir les examens.

Kovi, innocent et naïf, demanda à sa mère de l'aider à rassembler les éléments requis. Il y avait une chose particulière sur la liste qui choqua Da Afi et elle était fâchée contre Tata Nété, un adulte responsable qui aurait dû mieux savoir que demander à des enfants de telles choses. Avec véhémence, Da Afi interdit à Kovi de continuer la cérémonie et elle l'encouragea à étudier et l'assura qu'elle aurait un mot avec Tata Nété, elle-même. Kovi réussit les examens, fut premier de la classe et se rendit compte, comme sa mère l'avait encouragé, qu'il n'avait pas besoin de magie. Et oui, il pouvait réussir sans une magie ! Plus tard, Kovi avait oublié les éléments exacts de la liste que Tata Nété avait demandée et donc il ne se rappelait plus ce qu'il y avait dans cette liste qui rendit sa mère furieuse.

Kovi fixait les photos sur le mur et il pensait avec enthousiasme à ses grands-parents lorsque son oncle entra et commença à jouer de la musique. Comme beaucoup de gens autour, Oncle Théodore aimait la musique reggae de la Jamaïque et des nouveaux talents émergents de Côte d'Ivoire et d'Afrique du Sud, la musique congolaise, les bandes sonores françaises, Merengue, Zouk, R&B et la musique country. Kovi s'assit avec son oncle au salon et ils causaient alors que la belle musique résonnait dans l'arrière-plan et son oncle lui demanda :

« Combien d'enfants as-tu maintenant ?

— Une, juste une.

— Combien de femmes as-tu ?

— Une seule.

— Tu es assez vieux pour avoir plus de femmes et un enfant? C'est de la folie ! Eh bien, la seule question est, peux-tu prendre soin d'elles ? Si tu le peux, pourquoi ne pas en avoir plus ?

— Oncle, aujourd'hui, c'est coûteux d'élever des enfants correctement.

— Il n'a jamais été facile ni simple, mais n'avoir qu'un seul enfant est fou.

— Oncle, comment te sentiras-tu si tu avais une femme qui possédait toutes les ressources nécessaires pour pouvoir se permettre un second mari ? »

Sur cette question, il fixa son neveu sans rien dire pendant un moment comme s'il était en train de réfléchir à la question et il dit :

« Fais plus d'enfants avec ta seule femme. Le Seigneur vous pourvoira ! La prochaine fois que tu viendras me rendre visite, j'aimerais voir une plus grande famille. »

Sur ce, Kovi et Koku se dirigèrent vers la maison de leur autre oncle, Vincent, celui qui était gardien de l'université et avait aidé Kovi lorsque Kovi était là. Son oncle était heureux de clarifier certains détails sur la manière dont ils avaient repris contact avec leur lignée au Ghana moderne après quelques trois cent cinquante ans. Kovi écouta attentivement avec grand intérêt et prévit d'y aller un jour pour voir lui-même l'endroit et les personnes que ses ancêtres avaient laissés derrière il y a des siècles, afin d'éviter d'être pris en esclavage aux Amériques quand ils s'enfuirent vers l'est pour fonder un nouveau bercail, son village ancestral.

Il était temps d'aller à l'aéroport et Kovi y arriva avec une escorte de frères et cousins. C'était le même aéroport où il avait quitté le pays pour la première fois plusieurs années auparavant ; c'était pendant la journée lorsqu'il monta à bord d'un avion d'Air Afrique pour Abidjan sur le chemin des États-Unis pour ses études supérieures. Depuis ce premier départ, l'aéroport n'avait pas beaucoup changé.

À son agréable surprise, son ancien ami Abdel, celui qui était un artiste, l'attendait à l'aéroport. Abdel donna à Kovi quelques dessins et peintures qu'il avait confectionnés lui-même, comme un cadeau pour se souvenir de lui, car comme il le dit, il pourrait se passer beaucoup temps avant qu'ils se rencontrent de nouveau. Les peintures et les dessins étaient soigneusement conçus et recréaient les événements dans le train quand ils s'enfermèrent dans les toilettes pour éviter le contrôleur de billets. Puis Abdel s'excusa pour aller servir un client.

Après s'être enregistré et avoir obtenu sa carte d'embarquement, Kovi était resté à l'extérieur et s'était entretenu avec ses frères et sœurs jusqu'à ce qu'il fût temps de partir. Ils se dirent au revoir, comme ils l'avaient fait autrefois, mais maintenant, tout le monde était beaucoup plus âgé et avec leurs familles respectives.

Kovi était assis, heureux, détendu et attendait d'embarquer. Après une longue journée de courses d'un endroit à l'autre pour voir les membres de la famille, le moment était venu pour lui de se reposer.

Puis il entendit des appels de son nom. Il fut conduit à une zone de bagages où ils sortirent sa valise devant lui et l'ouvrirent. Après une recherche approfondie, ils sortirent quelques bouteilles de Sodabi qui avait été soigneusement emballées par sa mère. Apparemment, c'était juste au-dessus de la limite en termes de volume ou de nombre de bouteilles permis et ils étaient disposés à laisser passer, mais en retour Kovi devait « faire un geste. »

Cette expression : « de faire un geste » était bien comprise là-bas. Avant de quitter ses frères et sœurs et passer au contrôle des passeports, il leur avait donné tout l'argent qu'il avait, à savoir des francs suisses, dollars américains et des francs CFA. Il était sorti de là avec seulement ses cartes de crédit encore en sa possession et il ne s'attendait pas à « faire encore un autre geste. »

Kovi ouvrit son portefeuille pour montrer qu'il n'avait vraiment plus d'argent mais il y eut encore un moment d'attente pour voir qui allait craquer le premier alors que l'embarquement avait déjà commencé. Après un moment, ils durent comprendre que Kovi n'était pas en train de bluffer et qu'en fait, il n'avait plus rien puisque l'embarquement avait commencé il y a quelque temps et le départ était à l'heure, n'importe qui avec de l'argent aurait déjà cédé pour ne pas manquer l'avion. À contrecœur, ils fermèrent la valise et l'envoyèrent dans l'avion et ils le laissèrent monter à bord de l'avion pour Paris.

Il avait planifié une longue escale à Paris pour avoir le temps de rendre visite à son cousin Jean Patrice.

Kovi sortit de l'aéroport Charles De Gaulle et rencontra Jean Patrice qui l'attendait. Ils se saluèrent chaleureusement et se serrèrent dans les bras. Jean Patrice était le fils d'une de ses tantes, une sœur du père de Kovi. Dans la tradition, la tante paternelle était une figure vénérée dans le développement d'un enfant, une aussi importante que la mère biologique. Cette tante était considérée comme la manifestation maternelle du côté père et un modèle important qui pourrait assumer toutes les autorités paternelles en l'absence du père.

Une fois, Papa Kodjo le raconta lui-même à Kovi quand il était encore en vie, un litige éclata entre l'une des tantes de Papa Kodjo et sa mère sur la propriété d'une parcelle de terre. À l'époque, le père de Kovi devait avoir environ quinze ans. Les deux femmes les plus importantes dans la vie de Papa Kodjo étaient amèrement en conflit. Finalement, le cas était allé à la cour du village. Apparemment, le père de Kovi fut témoin de la vente et du transfert de propriété du lot de terrain en litige et fut appelé à témoigner au cours du procès. Alors, ce jeune homme de quinze ans qui était élevé par ces deux grandes femmes et qui était proche des deux, fut forcé de témoigner en faveur d'une mère contre l'autre. Ce fut un lourd fardeau pour l'adolescent qui, après le jugement, devait toujours vivre avec les deux femmes. Le père de Kovi témoigna à l'appui de sa mère biologique contre sa mère paternelle et avait passé des années à essayer de réparer les relations endommagées.

Les enfants de ces mères avaient tendance à grandir ensemble et devenir aussi proches que des frères et/ou sœurs.

Ils s'étaient rendus chez Jean Patrice dans la banlieue de Paris où Kovi sortit tous les éléments qui lui avaient été donnés pour Jean Patrice et sa famille. En prévision de l'arrivée de Kovi, Jean Patrice avait alerté d'autres membres de la famille dans la région et ils convergèrent chez lui avec leurs familles. Davantage de repas africains furent préparés et dégustés dans un esprit communautaire.

Plus tard dans l'après-midi, Kovi accompagna Jean Patrice à une fête où l'ambiance était nettement africaine y compris une grande partie de la musique et des danses, qui étaient traditionnellement africaines, ce qui donna l'impression à Kovi qu'il était encore en Afrique. Kovi fut impressionné de voir que ces expatriés qui étaient loin de leurs lieux d'origines depuis longtemps, avaient réussi à maintenir quelque chose de leur patrimoine culturel et, à l'occasion, l'exprimaient avec tant de fierté et de bonheur.

Kovi se souvenait bien de son contexte culturel africain et pouvait encore l'exprimer dans les discussions et les débats, mais il avait perdu beaucoup de sa pratique à travers les années où il avait vécu à l'étranger tandis que Jean Patrice s'était efforcé de maintenir la pratique de leur patrimoine culturel au-delà de la simple fantaisie de son articulation intellectuelle.

Quand vint le temps de retourner à l'aéroport, Jean Patrice y conduisit Kovi ; pendant le trajet, ils parlèrent peu. Ils s'étaient dit au revoir à maintes reprises avec une touche de tristesse dans leurs visages et leurs voix, puisqu'ils n'avaient pas l'occasion de se voir aussi souvent qu'ils le souhaitaient.

Kovi fit signe de la main alors qu'il marchait vers le contrôle de sécurité et des passeports et disparut dans la foule. Il passa devant les boutiques et les magasins stratégiquement placés pour attirer l'attention des passagers.

Il trouva sa porte d'embarquement et alors qu'il était en attente de l'heure d'embarquement, Kovi se promena autour de l'aérogare et observa les différents types d'avions gros porteurs ; tous, il les avait pris au cours de ses nombreux voyages d'affaires.

Parfois, pour s'amuser, il lisait au sujet de l'avion qu'il était sur le point de prendre pour en savoir plus sur ses caractéristiques techniques, l'année de sa mise en service, les sociétés qui l'utilisaient dans leurs flottes aériennes et ses concurrents directs des constructeurs d'avions gros porteurs. Il était fasciné par l'élégance des atterrissages et des décollages et une fois, il était impressionné lorsqu'il observa presque simultanément deux décollages dans un grand aéroport.

L'avion qu'il prenait ce jour-là était l'un des gros porteurs, pour lesquels le processus d'embarquement seul pouvait prendre jusqu'à une heure avec de longues files d'attente de personnes en classe économique.

Il monta à bord de l'avion et fut assez malchanceux pour s'asseoir à côté d'un grand homme dont le corps débordait de son siège pour empiéter sur l'espace Kovi. Il salua poliment son nouveau voisin de huit heures de vol en essayant d'entrer dans le siège étroit et inconfortable et s'évanouit épuiser tandis que l'homme tentait de bavarder avec lui.

À son retour, Kovi trouva une lettre qui avait été envoyée d'Afrique, par la poste, quelques mois plus tôt. Il remarqua tout de suite que l'écriture était celle de Papa Kodjo, qui avait écrit et envoyé la lettre avant sa mort. Kovi se rappela que Papa Kodjo lui avait demandé s'il avait reçu sa lettre, mais à l'époque, Kovi ne l'avait pas reçue. Ils n'avaient plus parlé de cette lettre, puis plus tard Papa Kodjo était tombé malade et était mort. La voilà. La lettre était enfin arrivée mais Papa Kodjo n'était plus là. Kovi décida de ne pas ouvrir la lettre et Aisha ne comprenait pas pourquoi :

« Pourquoi tu ne veux pas ouvrir la lettre ? Tu n'es pas curieux de savoir ce qu'il y a dans la dernière lettre que ton père t'a écrite ? demanda Aisha.

— Je veux le savoir. Mais la douleur est encore trop vive.

— Que vas-tu faire ?

— Je vais attendre.

— Pourquoi ?

— Pour garder sa mémoire vivante avec moi.

— Je ne comprends pas.

— Aussi longtemps que je ne l'ouvre pas, je sais qu'il a un message pour moi. Son esprit est toujours présent. »

Aisha remarqua que les yeux de Kovi étaient devenus rouges et il luttait pour contenir ses larmes. Depuis que Kovi avait quitté l'Afrique, Papa Kodjo lui avait toujours écrit des lettres. Une, chaque mois, à coup sûr ! C'étaient des lettres manuscrites de plusieurs pages pour tout dire à son fils sur la vie au pays et les dernières nouvelles dans le village. Papa Kodjo avait une écriture élégante, un peu dans un style calligraphique et il organisait ses phrases dans une prose élégante en français avec une attention méticuleuse à la ponctuation. Il n'y avait pratiquement pas de fautes ou d'erreurs dans ses lettres et, au dire de tous, il écrivait à la main dans une session, soigneusement, sans le besoin de faire d'autres corrections.

Kovi aimait toujours lire les lettres de son père avec enthousiasme pour l'élégance de la prose, bien que beaucoup d'entre elles portaient des messages tristes tels que des décès dans le village ou des mauvaises querelles familiales. Dès lors, Kovi n'allait plus recevoir de lettres de Papa Kodjo et la dernière qu'il avait reçue il ne voulait pas l'ouvrir.

« Si j'étais toi, j'ouvrirais la lettre. Ensuite, j'irais relire toutes les lettres que j'ai conservées. Ce serait ma façon de garder sa mémoire, dit Aisha.

— Oui, oui. Mais je ne vais pas ouvrir celle-ci jusqu'à ce que je sois prêt. Quand je l'ouvrirai enfin, ce sera comme s'il est en train de me parler ce jour-là.

— Peut-être que dans cette lettre, ton père te dit ou te donne des idées sur certains trésors qu'il connait ou a caché quelque part. Peut-être que tu es en train de rater quelque chose d'important, insista Aisha.

— Peut-être bien. Si Papa Kodjo avait de telles informations, il me les aurait dites il y a longtemps. Bel essai, Aisha. »

Donc Kovi conserva cette lettre dans un coffre-fort dans leur maison et jusqu'à ce jour, il ne l'a pas ouverte... pas encore.

À son retour aux USA, Kovi dut faire face à l'urgente nécessité de procéder à quelques retouches et réparations dans leur maison familiale avant d'entamer des voyages d'affaires.

Chapitre Dix-Sept
L'éléphant maigre par rapport à l'âne gras

Kovi entra dans un magasin pour acheter quelque chose afin de réparer une zone brûlée dans la maison. Le caissier le salua poliment et Kovi décrit ce qu'il recherchait. Après quelques échanges, Kovi lui montra l'orthographe du matériel qui était recommandé pour le travail. Il avait écrit l'information sur la première page d'un document de recherche qu'il devait lire et portait avec lui. Le caissier reconnut ce que Kovi recherchait, mais ensuite, porta son attention sur le résumé du rapport de recherche de Kovi.

Kovi lui demanda à nouveau si le magasin vendait le matériel afin de recentrer son attention sur la tâche à accomplir. Comme il le conduisit à l'allée pour trouver le matériel, il voulut savoir si Kovi était docteur. Il demanda deux fois pour être sûr. Kovi lui assura qu'il l'était et qu'il faisait des recherches en physique. Il demanda si Kovi travaillait au « laboratoire. » Kovi répondit par l'affirmative et à ce moment, l'autre devint encore plus curieux.

Il voulait savoir si les gens du laboratoire travaillaient encore pour transformer l'eau en énergie. Kovi lui dit qu'il y avait des centrales hydroélectriques pour cela et un barrage était souvent nécessaire, qu'ils n'avaient pas de barrage au labo. Il insista qu'il ne parlât pas de centrales hydro-électriques. Kovi fit de son mieux pour lui expliquer qu'une autre option pour changer l'eau en énergie pouvait consister en l'extraction de l'hydrogène de l'eau, puis utilisation de l'hydrogène extrait comme source de carburant. Kovi continua et lui dit qu'il n'avait pas participé à ou n'était au courant d'une telle activité de recherche au laboratoire pour convertir l'eau en énergie et qu'il ne pouvait pas faire de commentaires sur sa viabilité économique. Le caissier était sceptique et pensait que tout ce que les physiciens faisaient là devait être entouré de secret et que le physicien Kovi ne voulait pas lui dire la vérité.

Ils trouvèrent le matériel et il fut heureux d'expliquer les différences entre les diverses incarnations du même produit et les gammes de leur applicabilité et ajouta son expérience personnelle et des recommandations. Voici un domaine où il était évident qu'il en savait beaucoup plus que le physicien. Il avait tout intérêt à aider au-delà de ce qu'il faisait d'habitude pour tout autre client.

En revenant à la caisse, Kovi tenta d'expliquer qu'il y avait un effort international visant à démontrer la façon d'exploiter l'énergie basée sur la fusion nucléaire, tout comme la façon dont le soleil fonctionne ! Kovi expliqua le processus qui se passe dans le soleil pour produire de l'énergie sous forme de chaleur et que si les humains pouvaient reproduire cela efficacement sur la terre, nous aurions une source d'énergie plus propre que celle basée sur la fission nucléaire. Le caissier s'arrêta et demanda l'avantage de la fusion par rapport à la fission et attira Kovi à faire un discours sur le sujet.

Pendant ce temps, des clients s'approchèrent et lui demandèrent de l'aide à propos de ceci ou cela et chaque fois, il prétendait qu'il était déjà occupé à aider un autre client. Il fut particulièrement intéressé par les progrès sur les sources d'énergie de la fusion. Kovi lui dit qu'en utilisant le soleil comme notre modèle, nous devions respecter les exigences ou conditions qui se réunissent toutes ensemble pour permettre au soleil d'exploiter efficacement l'énergie de fusion. Il voulait en savoir plus sur ces conditions et fut perplexe de ce qu'on devrait utiliser comme source de carburant pour alimenter une centrale à fusion nucléaire efficace sur la terre.

« Il existe beaucoup études en cours dans ce sens, dit Kovi. Les océans pourraient offrir une insatiable réserve d'eau lourde basée de l'élément chimique deutérium comme un bon ingrédient de la source de carburant. »

Ses yeux s'illuminèrent à « eau lourde » et de toute évidence, il voulait en savoir plus. Lorsqu'il sentit l'impatience de Kovi, il le laissa partir avec sa recommandation finale :

« Vous devez verser le produit dans quelque chose et avec un pinceau, essayez de couvrir la zone brûlée. Eh bien, vous êtes docteur. Vous allez comprendre. Nous devrions aller pêcher un jour et vous pourrez m'en dire plus. C'est fascinant ce que vous autres faites là-bas. Qui paie pour tout ça ? »

Kovi était déjà en train de partir et il ne répondit pas à la question, mais cela allait dominer leurs conversations au cours de leurs expéditions de pêche à venir…

Lorsque Kovi finit les réparations dans sa maison, il entama une série de voyages d'affaires.

Au cours de l'un de ces voyages, il visita un grand laboratoire de recherche. Les soirs, ses collègues et lui se réunissaient dans la cafétéria du laboratoire. Là, on rencontrait par hasard des gens qu'on n'avait pas vus depuis un moment et de petites conversations étaient attendues. Ceux qui dinaient hors du labo convergeaient finalement à la même cafétéria. C'était essentiellement la même foule de ceux qui étaient en visite pour une semaine ou deux pour des réunions et des discussions ou qui n'étaient pas affectés là-bas en permanence.

Parfois, leurs amis et collègues locaux se joignaient à eux pour boire un coup rapidement avant de rentrer chez eux. Par beau temps, ils s'asseyaient juste autour de l'extérieur de la cafétéria et d'un côté, à distance, on pouvait voir les Alpes avec le Mont Blanc visiblement couvert de neige et de l'autre côté était la chaîne de montagne du Jura. Ils voyaient et entendaient les avions décoller ou atterrir.

Certains d'entre eux passaient toute leur visite dans une petite boucle triangulaire qui se composait de l'immeuble de bureaux, l'hôtel sur place et la cafétéria. C'était relaxant et utile de se rassembler dans la cafétéria pour bavarder avec amis et collègues que l'on n'avait pas vus depuis un moment. Les discussions se portaient essentiellement sur des sujets de physique qui les avaient fait venir là-bas tout d'abord, bien que beaucoup soient également à propos des rattrapages et des plaisanteries. C'était vraiment un contexte international où de nombreux physiciens et ingénieurs se réunissaient.

Pendant une de ces soirées, après un repas et beaucoup de boissons, les discussions portaient sur l'état du financement de la recherche en physique. Il y avait parmi eux un collègue bien apprécié, élégant et éloquent qui venait d'un pays de l'Est. Il possédait une grande connaissance de la physique et de l'expérience, à la suite d'une longue carrière dans l'enseignement de la physique et de la recherche dans divers instituts à travers le monde. Il avait aussi l'air d'être bien instruit avec une connaissance approfondie des affaires actuelles du monde. Il générait une grande attention lorsqu'il prenait la parole. Il était bon auditeur, toujours attentif à permettre aux autres de parler alors qu'il buvait du vin avec un petit sourire sur son visage. Il était prudent quand il parlait, en prenant toujours quelques instants entre les phrases, non pas pour penser à quoi dire ensuite, mais plutôt à la façon de le dire doucement. Il était un homme mince, assez petit et bien coiffé avec, évidemment, beaucoup de soin mis dans sa moustache et barbe. Il faisait des commentaires sur l'état de la diminution du financement de la recherche en physique des particules dans les pays industrialisés et dans son propre pays, ajoutant :

« Si l'éléphant perd du poids, il sera toujours plus grand que l'âne. »

Kovi estima que la vraie question était combien de personnes partageraient l'éléphant maigre contre le nombre de gens partageant l'âne et la manière dont les pièces seraient divisées. Mais intimidé, Kovi n'osa pas faire de commentaires. Le monsieur avait déjà abordé un sujet différent quand Kovi se fut enfin ressaisi.

Plusieurs heures plus tard, comme la cafétéria était sur le point de fermer, ils avaient acheté assez de boissons pour les servir quelques heures de plus. Durant tout ce temps, des collègues rejoignaient le groupe et d'autres partaient. En effet, certains, lorsqu'ils avaient terminé de se préparer pour le lendemain, allaient à la cafétéria pour un moment de détente avant de se retirer pour la nuit. D'autres, entrainés dans l'ambiance joviale, restaient jusqu'assez tard avant d'aller terminer leur préparation pour le lendemain. La foule se dispersait quand il n'y avait plus rien à boire.

Ce soir, le collègue élégant était déjà parti et lorsqu'ils marchaient en direction de l'hôtel, Kovi demanda :

« Les gars, que dites-vous ? Quel est l'état du financement de la recherche en physique dans votre pays ? Pensez-vous que cela devient un éléphant maigre ou un âne gras ? »

La plupart étaient d'accord que cela devenait de plus en plus comme un âne maigre.

À la fin de la semaine, Kovi paya son séjour, quitta la réception et laissa sa valise juste à l'extérieur de la réception. Son taxi avait été commandé à l'avance et devrait être là dans quarante-cinq minutes. Il avait le temps de prendre un café ! Il avait déjà déroulé ce scénario plusieurs fois. Trente-cinq minutes plus tard, Kovi sortit de la cafétéria, juste à temps pour voir qu'un périmètre de sécurité avait été établi. Les camions incendient et les pompiers avaient bloqué tous les accès. De loin, il vit sa valise. Il devait la récupérer car le taxi arriverait à tout moment :

« Pas d'accès autorisé ! le pompier ordonna.

— Je dois aller chercher ma valise. Mon taxi va arriver d'une minute à l'autre.

— C'est votre valise, monsieur ? le pompier demanda d'un ton inquiet.

— Oui, c'est en effet ma valise.

— Bien, allez donc vous adresser au patron. »

Kovi s'approcha du capitaine des pompiers ; il était au téléphone. Il se pencha vers lui avec curiosité :

« J'ai besoin de récupérer ma valise, monsieur. Mon taxi sera ici d'une minute à l'autre, dit Kovi. Le pompier mit le téléphone en attente :

— C'est votre valise ?

— Oui, c'est la mienne.

— Vous êtes sûr que c'est votre valise ?

— Absolument ! »

Il retourna à sa conversation téléphonique :

« D'accord ! La situation est sous contrôle. Plus de soucis. À bientôt. »

Puis il se tourna vers Kovi et demanda : « Venez avec moi. » Lentement, ils marchaient côte à côte vers la valise.

Toujours inconscient, Kovi lui demanda : « Qu'est-ce qui se passe, monsieur ? Un incendie ? » À ce moment-là, le capitaine des pompiers se mit en colère : « Vous avez laissé votre valise là-bas. Elle est abandonnée. Quelqu'un pourrait avoir placé une bombe ! » Puis, la réalité commença à peser sur Kovi. Il y eut un moment de silence quand ils s'approchèrent de la valise :

« Vérifier que c'est votre valise », indiqua-t-il.

Ce faisant, un collègue de Kovi apparut :

« Alors c'est vous qui avez causé l'alarme ? Nous avons dû évacuer le bâtiment. »

Embarrassé et la tête baissée et tremblant, Kovi murmura quelque chose d'inintelligible. Le collègue n'attendit aucune clarification et le capitaine remarqua l'embarras total de Kovi et il tenta de le soulager :

« Pas de soucis ! Ça arrive. C'est tout bon. »

Sur ce, il donna l'ordre à ses pompiers de dégager la zone.

Le taxi n'était toujours pas là. Kovi retourna à la réception pour se renseigner. Avant même qu'il n'atteignit le bureau, la jeune réceptionniste cria :

« Monsieur, vous êtes celui qui a causé tout ce problème ce matin.

— Je suis désolé. J'aurai dû laisser ma valise avec vous.

— Oui monsieur, nous avons un coffre à bagages. Votre taxi sera là dans deux minutes. Bon voyage ! »

En sortant, Kovi rencontra par hasard un autre collègue :

« C'est votre valise qui nous a fait évacuer l'immeuble ? »

Dans l'échange, Kovi apprit que son collègue était en garde de nuit et était allé au lit il y a seulement quelques heures, juste pour être réveillé par les pompiers et ordonné d'évacuer le bâtiment. En s'en allant, l'homme fit une déclaration sympathique : « Mais ces gars ont vraiment réagi de façon excessive. »

Le taxi !

« Vous allez où, monsieur ?

— À l'aéroport, s'il vous plaît.

Au comptoir d'enregistrement, la dame lui dit :

— Monsieur, la première étape de votre voyage sera en classe affaires.

— Merci. Et le reste ? demanda Kovi.

— Renseignez-vous à Amsterdam. Voici vos cartes d'embarquement. Bon voyage ! »

Dans une étonnante série de chances, à Amsterdam, comme Kovi s'approchait du bureau de correspondance, l'homme bien vêtu l'informa :

« Monsieur, nous avons un siège différent pour vous. C'est á l'étage, classe affaires. »

La longue journée de voyage avait à peine commencé pour Kovi et elle était déjà très riche en événements ! L'histoire avec la valise laissée sans surveillance pourrait suivre Kovi jusqu'à chez lui. Il pouvait imaginer les commérages : « Savez-vous ce qui est arrivé avec la valise de Kovi ? » « Avez-vous entendu dire qu'ils avaient dû évacuer un bâtiment parce que Kovi avait laissé une valise ? » etc. etc. Leurs voyages d'affaires étaient normalement en classe économique. Pourtant, ce jour-là, après l'événement désagréable avec sa valise laissée sans surveillance, il fut assez chanceux pour avoir été surclassé en classe affaires deux fois dans le même voyage.

Il y a longtemps Kovi avait oublié son porte-documents à un arrêt de bus public. Mais c'était à une autre époque et cela n'avait pas suscité de peur. Dans ce cas, la valise était laissée intentionnellement juste à l'extérieur de l'hôtel sur un site protégé pendant qu'il attendait un taxi imminent.

« Eh bien, ne laissez jamais un sac sans surveillance n'importe où. Si vous voyez quelque chose de suspect, appelez les autorités. »

Ce jour-là, Kovi apprit la leçon à ses dépens.

Après son retour, plus tard dans la semaine, Kovi attendait dans le hall et il était en train de lire son rapport de recherche, lorsqu'un homme à côté de lui commença à parler :

« Alors, que faites-vous ?

— Je fais des recherches en physique des particules.

— Ah ! Êtes-vous une de ces personnes ?

— Qui ?

— Eh Bien, ces types qui prétendent être à la recherche de la Particule de Dieu.

— La Particule de Dieu ?

— Ouais ! Qu'est-ce que cela signifie de toute façon ? Voulez-vous dire quand vous trouvez cette particule, vous trouverez Dieu ? »

À ce moment-là, il fut appelé. En s'en allant, il piétina Kovi accidentellement :

« Aïe !

— Désolé, je crois que je suis vraiment trop excité.

— A propos de la Particule, Dieu, ou votre travail dentaire?

— J'ai besoin de réfléchir à ce sujet, dit-il comme il disparaissait dans le couloir. Il apparut quelques minutes plus tard tandis que Kovi attendait toujours. Comme il était sur le point de sortir du bâtiment, il insista :

— Vous n'avez pas encore répondu à la question, mon ami.

— Bonne journée, monsieur, répondit Kovi. Nous avons déjà trouvé le boson de Higgs. Maintenant, nous sommes à la recherche de quelque chose de nouveau.

— Ah ! Vous êtes à la recherche d'une autre Particule de Dieu ? »

Kovi sourit et il pensait à la recherche de nouvelles particules — « nouvelle physique ». L'homme se retourna et s'éloigna en secouant la tête, marmonnant :

« Incroyable ! Ces physiciens savants ! Je suis heureux de ne pas être à la recherche des particules et j'ai déjà trouvé Dieu ! »

Les physiciens des particules avaient découvert le boson de Higgs en 2012, mais cela ne semblait pas avoir engraissé l'âne. Il s'agissait néanmoins d'une période passionnante dans la recherche en physique fondamentale. Le jour où les physiciens des particules avaient annoncé la découverte du boson de Higgs, Kovi apparut à la télévision pour en parler. On lui posa des questions, dont l'une était ce que les physiciens des particules voulaient dire lorsqu'ils affirmaient avoir observé une particule semblable au boson du Higgs :

« Veuillez expliquer au public ce que vous voulez dire par observer une particule », le présentateur de télévision demanda à Kovi.

Voilà donc Kovi à la télévision en direct et il commença à expliquer :

« L'analyse des données a montré un signal significatif au-dessus des bruits de fond. En l'absence d'un signal, les données seraient conformes à ce que nous attendons des bruits de fond dans le détecteur. Mais lorsque les données affichent quelque chose de significatif au-dessus des bruits de fond, nous nous référons à cela comme étant observation de signal, dans ce cas, le signal provient d'une particule semblable au boson du Higgs. »

Le présentateur de télévision procéda à demander si « l'observation » pourrait être une erreur ? Kovi dut préciser que ce qu'ils appellent « observation » est le résultat de longues, reproductibles et complètes analyses des données, avec de nombreux tests et essais, appuyés par une dure et impitoyable revue par les pairs. De plus, l'observation doit être faite dans différentes expériences indépendantes.

Beaucoup d'amis et membres de famille avaient vu Kovi à la télévision jour-là. Il n'était pas prêt pour l'entretien en direct. Quelques collègues et Kovi discutaient de la récente annonce de la découverte d'une particule semblable au boson du Higgs lorsqu'ils avaient été convoqués à la station de télévision pour une interview en direct. Sans aucune préparation, après avoir été maquillé, Kovi fut projeté sous le feu des projecteurs, miteux et dans une tenue vestimentaire qu'il n'aurait pas autrement considérée pour l'occasion. Il aurait dû refuser, car il y eut beaucoup d'autres entrevues après cette date, pour lesquelles il aurait été mieux présentable. Cependant, l'euphorie d'apparaître en direct sur une chaine de télévision nationale obscurcit son jugement. Le résultat fut un fiasco qu'il regretta.

Plus tard ce jour-là, Kovi s'assit avec Aisha un long moment. C'était une agréable soirée. Le soleil s'était couché tard. Dans le clair de lune, son visage était brillant. Aisha sourit à Kovi et dit :

« Tu as parlé de l'observation d'une particule semblable au boson du Higgs. Nous les gens ordinaires somment des observateurs. C'est drôle comme une vérité profonde se dégage de simples observations.

— Quoi ?

— Rien, je réfléchis juste à ce que tu as dit. Vos observations semblent être le résultat de longues analyses compliquées et techniques des données que, seuls quelques-uns comme vous prétendent comprendre. D'autre part, pour nous laïcs, les observations proviennent du bon sens et de l'attention avec de profondes et importantes conséquences que beaucoup plus de personnes peuvent comprendre. Je veux dire qu'il n'y a pas de formalisme mathématique complexe pour justifier une observation. »

Kovi lui dit que c'était une assertion profonde, philosophique et discutable, que le sens commun, l'intelligence et l'intuition sont essentiels à toutes les observations de physique :

« Discutons de cela plus tard, mon amour. Mais tu as raison, c'était mon constat simple de ta beauté et attrait qui avait déclenché et soutenu mon amour pour toi. Et je suis certain que c'était une observation objective, dit Kovi.

— Bel essai, mon amour. Bel essai ! répondit-elle. »

Ils s'assirent dans la soirée venteuse et se régalèrent avec du vin et du fromage, en se moquant de la mauvaise apparition télévisée de Kovi.

Comme il commençait à faire froid, ils rentrèrent à l'intérieur de la maison ; leur télévision était toujours en marche et attira leur attention sur un débat concernant la diversité et l'inclusion, un débat dans lequel une personne intolérante défendait des vues basées sur des différences raciales superficielles qui n'ont pas été démontrées scientifiquement.

« L'ignorance peut être la source de nombreux problèmes. Surtout lorsque des arguments non fondés sont utilisés pour tenter d'influencer les gens, dit Aisha.

— Un endroit marqué par la diversité raciale et culturelle doit être un endroit béni et riche, où ses gens peuvent apprendre beaucoup en partageant les uns avec les autres, déclara Aisha.

— Les gens devraient également voyager dans le reste du monde pour développer la tolérance et l'acceptation des autres, ajouta Kovi. »

Kovi était reconnaissant que ses activités professionnelles l'aient obligé à voyager souvent. Parfois, il avait eu la chance de se rendre à plusieurs endroits au cours d'un voyage. Il allait à des conférences de physique avec ses Djembés. En ces jours, Kovi pensait qu'il pouvait rendre le monde meilleur en faisant de la physique et en jouant du tambour.

« Jouer du tambour ! Essayez ça, c'est bon pour votre santé. Vous pouvez taper le tambour comme un boxeur, ou le touchez comme un musicien. De toute façon, vous libérez de la frustration », estimait Kovi.

Chapitre Dix-huit
Un safari

Après des journées entières à faire de la physique, ils se réunissaient au bar, après le dîner, pour des moments de plaisir et de détente. Les discussions se poursuivaient sur la physique la nuit avec du café et de la boisson. Certains jouaient à des jeux alors que d'autres improvisaient avec une guitare et les Djembés de Kovi. Les pentes des montagnes et les vallées brillaient sous le ciel nocturne, créant un beau et fascinant contraste accentué par la neige qui couvrait les montagnes. La musique résonnait dans la nuit jusqu'à ce qu'un voisin vînt se plaindre. Ils l'invitaient à se joindre à eux, mais il refusait poliment, invoquant la nécessité de se réveiller tôt.

L'une de leurs conférences était organisée dans une ville où Kovi avait de la famille. Plusieurs de ses collègues et amis y convergèrent pour une semaine d'atelier de physique. C'était un des rassemblements de jeunes et vieux, tous doués et intelligents.

Chaque matin, ils se rencontraient à l'entrée de l'hôtel, discutaient et échangeaient des idées sur des sujets de recherche. Après le petit déjeuner, ils prenaient un bus pour aller au centre-ville et puis se dirigeaient vers le lieu de leur conférence tout en poursuivant leurs discussions. Pour les non-initiés, ils devaient avoir l'air des groupes de personnes étranges, de différentes parties du monde, parlant anglais avec de différents accents et conversant les uns avec les autres dans des baragouins incompréhensibles que seuls les membres des groupes semblaient comprendre et suivre. Les non-initiés devaient se demander ce qui avait réuni ces groupes disparates et pourquoi dans leur ville bien-aimée ? Ils devaient obtenir un certain soulagement — ou pas — lorsqu'ils remarquaient que les groupes contenaient quelques-uns de leurs compatriotes qui étaient aussi enthousiastes à propos de ce dont ils parlaient. Mais alors, peut-être les non-initiés avaient vu tout cela dans les grandes villes internationales, où différents groupes de personnes se rassemblent pour des réunions, certaines dont ils ne savent rien ou bien ne les intéressent pas.

À un coin de rue, ils avaient vu un homme marcher en avant et en arrière en hurlant des choses différentes. Personne ne semblait s'en soucier. Les gens passaient, non impressionnés et ne lui prêtaient pas attention. La plupart évitaient le contact visuel avec l'homme qui semblait échevelé et paraissait comme fou. L'attention de Kovi dériva un moment de son groupe et ses discussions sur cet homme, alors qu'il se demandait ce qui s'était passé et comment était-il arrivé dans cet état ?

« Imaginez qu'il y ait de telles personnes marchant à pied et se racontant un tas de choses que personne autour ne semble comprendre ou qui n'intéresse personne — peut-être que c'est l'impression que nous donnons aux d'autres », se demandait Kovi.

Cet homme ne réussissait pas à expliquer aux passants ce qui le dérangeait et tous les matins, il essayait, de nouveau, à la même place. Kovi et ses collègues aussi étaient passionnés par les discussions et ils aimaient expliquer ce qu'ils faisaient, mais ils avaient besoin de sensibiliser davantage le public afin de mobiliser le soutien et de maintenir la viabilité à long terme et la continuité de leurs activités de recherche, c'est-à-dire engraisser l'éléphant de nouveau !

Un soir, Kovi décida ne pas aller au dîner de la conférence, mais plus tôt de rendre visite à sa famille. Il mangea la nourriture de son pays et but du Sodabi. Il entendit des heures de conversation dans sa langue maternelle. La dernière fois qu'il s'était senti tellement chez lui, c'était au cours de l'enterrement de Papa Kodjo. C'était agréable et apaisant.

À un certain moment de la soirée, son cousin lui demanda ce qui l'avait amené dans cette ville et de leur expliquer le travail qu'il faisait.

Alors Kovi commença à faire un discours passionnant, agitant les mains, visiblement heureux de les informer au sujet de ses activités de recherche et d'éducation. Mais, pendant tout ce temps, tout le monde autour de la table, devenait de plus en plus calme et tranquille. Lorsqu'il s'aperçut qu'il n'arrivait pas à convaincre qui que ce soit, il s'arrêta avec un faux sourire et but un coup de Sodabi. Son cousin lui dit tout simplement :

« Prince, vous ressemblez à ce mec fou au coin de la rue. »

Ils convinrent de donner une autre occasion à Kovi pour s'expliquer, mais, pour le moment, c'était mieux de se remémorer leurs années d'enfance tout en consommant plus de Sodabi.

Kovi était arrivé à sa nouvelle destination dans un pays lointain pour un atelier sur les logiciels d'analyses de physique. L'atelier réunissait de nombreux collègues pour une semaine de réunions et discussions techniques. C'était un long voyage pour Kovi. Les gens du coin avaient différentes caractéristiques et parlaient une autre langue. Kovi se demandait s'il y avait un coin de la terre qu'il n'avait pas encore visité. Peut-être que l'Antarctique et la Sibérie ! Il était fatigué de voyager et « vivre dans des valises. » Mais, souvent, il montait à nouveau à bord d'un avion pour aller à quelque part. C'était tellement ennuyeux de continuer à aller aux mêmes endroits et une étroitesse d'esprit de faire peu ou pas de voyages du tout. Faire de la recherche en physique l'avait emmené à des endroits exotiques dont il aurait été en mesure de visiter seulement une poignée sur son propre temps de vacances et ses propres ressources.

« Voyager élargit vos horizons, non pas à cause de l'euphorie de voir les animaux, ni même de faire le travail de recherche, mais plutôt de rencontrer et d'interagir avec d'autres personnes et d'autres cultures du monde entier », se disait-il souvent et il était reconnaissant d'en savoir plus sur les autres !

Un soir, au cours de l'atelier, Kovi décida de sortir, d'aller hors des sentiers touristiques, de s'entremêler avec les gens du coin pour se faire sa propre idée. Il entra dans un restaurant et s'assit confortablement auprès du comptoir. Il ne pouvait guère comprendre le menu. Mais, il savait que le mot « biru. » Comme il commençait à boire sa bière, un gentilhomme bien vêtu entra, s'assit à côté de lui et murmura quelque chose en japonais. Kovi répondit : « Désolé je ne comprends pas. » Ensuite, le monsieur dit « désolé » plusieurs fois, s'inclinant la tête. Après un moment il s'arrêta et ajouta : « Je m'excuse beaucoup, c'est le style japonais. »

Kovi pouvait deviner qu'il était un client régulier, une bouteille à moitié vide de Saké ou comparable lui fut remise, peut-être celle qu'il n'avait pas finie la dernière fois qu'il était là. Il but quelques coups et demanda à Kovi de boire avec lui. À un moment donné, il dit :

« Vous savez, les Japonais ont inventé deux grandes révolutions.

— Lesquelles ? répondit Kovi.

Il prit encore un coup de Saké et dit :

— La première est la révolution Toyota. »

Il sourit et ajouta :

« La deuxième, c'est le pub de lingerie.

— Pub de lingerie ! Je dois me renseigner sur un de ces pubs ! s'exclama Kovi. »

L'homme se tourna vers d'autres personnes autour, leur parla pendant un moment en japonais et commença une deuxième bouteille de Saké. Puis, il demanda à Kovi son nom et son âge. Il écrit le nom de Kovi sur la bouteille de Saké qui n'était pas vide, la remit au serveur, frotta le haut de la tête de Kovi deux fois et dit :

« Si jamais vous revenez dans ce pub, vous pourrez boire de cette bouteille. »

Puis il partit. Alors qu'il atteignait la porte, il se retourna et dit :

« Pubs de lingerie, pour toutes sortes de faveurs spéciales. »

Et il disparut au coin de la rue sans dire à Kovi où trouver un pub de lingerie. Pendant ce temps, deux jeunes femmes étaient entrées et s'assirent à côté de Kovi. Après une tentative infructueuse de communiquer, ils réalisèrent qu'ils avaient un langage commun, c'est-à-dire, rire ensemble, se moquer de l'incapacité de Kovi à parler japonais et de leurs difficultés avec l'anglais. Kovi se souvenait qu'on lui avait demandé l'âge qu'il avait, son groupe sanguin ; s'il avait un partenaire ; si sa partenaire était japonaise... Kovi dut courir pour prendre le dernier métro.

Le lendemain matin, avant la reprise de l'audience, Kovi vit un collègue qui criait :

« J'ai la solution. Puis-je avoir vingt minutes pour la présenter?

— Comment se fait-il ? Vous devez avoir bu du Saké jusqu'à tard la nuit dernière.

— Oui, je me suis juste réveillé ce matin en rêvant de la solution ; ça devait être le Saké.

— Merveilleux ! C'est merveilleux, mon pote ! Nous avons un certain nombre de problèmes à discuter et à résoudre cette semaine. Je vais vous faire un approvisionnement constant de

Saké. Peut-être alors vous pouvez imaginer toutes les solutions pour nous. »

En s'éloignant de son collègue, Kovi pensait aux pubs de lingerie pour des faveurs spéciales et maintenant, il voyait qu'avec la bonne quantité de Saké, il pouvait juste imaginer des solutions aux problèmes. Hum ... Il semblait qu'il était venu au bon endroit !

Kovi avait toujours voulu retourner là-bas boire la bouteille qui peut-être, portait toujours son nom à ce jour et explorer les pubs de lingerie, quelque part au Japon.

Kovi arriva en Afrique du Sud pour explorer des projets de recherche avec des collègues qu'il avait rencontrés au cours de ses études postdoctorales. À l'invitation des collègues locaux, il s'était rendu en Afrique du Sud où il avait prononcé des discours dans différentes villes sur ses sujets d'enseignement et recherche. Un après-midi, il s'approcha d'une dame au comptoir d'information dans un magasin. Elle marmonna quelque chose à Kovi quand il s'approcha :

« Je suis désolé. Je ne comprends pas, répondit Kovi.

— Vous ne comprenez pas le Xhosa ? demanda la dame.

— Koza, non.

Elle rit et corrigea :

— Xhosa, avec le son X ! »

Dans la langue d'origine de Kovi, ils ont « le son X », non pas dans les mots ni dans les phrases mais pour exprimer la colère, la déception, ou le dégoût.

« Xhosa est facile. Vous pouvez apprendre rapidement avec une femme Xhosa ! dit-elle.

— J'ai un ami qui parle couramment Zoulou, Sotho, Tsonga, Xhosa, anglais et Afrikaans, répondit Kovi avec une certaine fierté.

— Alors vous êtes paresseux et vous n'avez aucune excuse.

— Je parle Mina, Éwé, français et anglais, Kovi tenta une réplique.

— Maintenant, vous devez ajouter le Xhosa, insista-t-elle.

— Vous voulez être ma femme Xhosa ? Kovi ne pouvait pas résister l'ironie. »

Comme elle riait, Kovi sourit et pensa que le rire est un langage universel que nous pouvons tous comprendre. Il devait être temps pour elle d'arrêter de travailler. En s'éloignant, elle dit : « Ubenemini Emnandi. »

« Bonne journée », répondit Kovi en Xhosa avec les seuls mots Xhosa qu'il savait.

Une semaine plus tard lorsque les activités principales étaient terminées, Aisha rejoignit Kovi en Afrique du Sud et avec certains de leurs amis locaux ils entamèrent une aventure en voiture qu'ils avaient organisée des mois plus tôt. C'était un voyage de sept jours pour visiter l'un des célèbres parcs nationaux. Ils séjournèrent dans un chalet à l'extérieur du parc. Le premier soir, un divertissement fut organisé pour tous les invités au chalet. Ils étaient debout au milieu de la chambre. L'artiste avait une voix rauque, yeux rougeâtres et une tête chauve. Il donnait l'impression d'être un musicien accompli. Il joua au Djembé pendant quelques secondes à un rythme qui rappela à Kovi son village ancestral et de merveilleux souvenirs. Avant de continuer, l'artiste dit :

« Ce morceau est dédié à tous ceux qui sont simplement fatigués. »

Perdue dans ses pensées, Aisha se tourna vers Kovi,

« Ça va bien ? Tu aimes ? lui demanda-t-elle d'une voix apaisante et calme. Son sourire ne cacha pas bien son véritable sentiment :

— J'aimerais avoir une journée internationale, comme la fête des mères ou des pères, une journée internationale en l'honneur des personnes débrouillardes qui ont essayé et sont simplement fatiguées, dit Kovi. »

Elle posa sa tête sur son épaule, avec ses doigts caressant son cou tendrement :

« Oui, je comprends, dit-elle. Pour le moment, profitons de cette belle musique. C'est pour toi, l'un de ces ingénieux inlassables. »

La musique résonnait dans toute la salle. L'artiste principal jouait deux Djembés dans des modes acrobatiques qui défiaient l'imagination. Les femmes dansaient, faisant des gestes où tous leurs corps vibraient et leurs poitrines et derrières bougeaient en de beaux mouvements circulaires. Les hommes étaient torses nus montrant leurs physiques musclés. La sueur dégoulinait le long de leurs corps et accentuait la douceur de leurs peaux. Le spectacle conduisait la foule dans des cris et gémissements de plaisirs et créait une ambiance festive qui, en définitive, poussait même les plus raides à la danse : « Quel plaisir de se détendre dans la danse ! » pensait Kovi.

Le jour suivant, il se promenait à pas nonchalants sur sa propriété dans la chaleur de midi. Kovi rencontra le propriétaire du chalet, près de la réception. Il s'intéressa tout particulièrement à ce qu'ils avaient fait. Kovi lui dit qu'ils étaient entrés dans le parc à six heures pour une promenade en voiture pour observer la faune tôt le matin et étaient sortis à dix heures trente pour éviter la chaleur de la journée. Il semblait surpris.

« Vous êtes les premières personnes que j'ai rencontrées et qui sont sorties du parc si tôt dans la journée. Vous avez vu les carnivores ? demanda-t-il.

— Malheureusement, nous ne les avons pas vus, répondit Kovi.

Il semblait déçu. Pourquoi aller au parc et de ne pas voir les carnivores ?

— Mais parmi les grands, nous avons vu le buffle, l'éléphant, l'hippopotame et le crocodile, continua Kovi.

— Alors vous êtes allé jusqu'à la rivière, il déduit avec un sourire de soulagement.

— Vous devez retourner pour une soirée en voiture pour voir les carnivores, indiqua-t-il.

— Oui, puis prendre un avion privé et voler tout droit vers le restaurant carnivore pour le dîner !

— Vous avez un avion privé ? demanda-t-il.

— Non, je n'en ai pas. Malheureusement ! »

Il rit :

« Vous êtes un rêveur mon ami. Même-moi, je n'aurais pas pensé à ça. Qui sait, vous pourrez peut-être le réaliser un jour. »

Il continua sa marche dans son allure confortable, en disant : « Ça c'est vraiment drôle. Je pourrais l'essayer moi-même. Merde ! C'est chaud. »

À partir de ce jour, ils avaient suivi ses recommandations. Chaque matin, après le petit-déjeuner ou avant le dîner, ils allaient en promenade pour observer la faune, guidés par des gardes forestiers. Au milieu de la journée, ils faisaient une randonnée ou une balade en voiture dans le parc. Pendant plusieurs heures, ils appréciaient la diversité de la flore et de la faune en promenade tranquille et lente, en voiture. Chaque jour, le scénario était différent comme s'ils se retrouvaient face-à-face à des luttes pour la survie entre prédateurs et proies. Ils étaient déterminés à voir les soi-disant Big Five — le lion, l'éléphant, le léopard, le rhinocéros et le bison — avant la fin de leur safari. Alors, ils avaient commencé un jeu de voir qui pourrait repérer un nouvel animal le premier et la probabilité que cet animal fût l'un des Big Five.

Un jour, à une aire de repos, ils bavardèrent avec une famille qui était aussi sur la quête des Big Five. Ils se racontaient leurs aventures à propos de ceux des Big Five qu'ils avaient vus, quand et où. Il semblait que cette famille avait vu un ou deux des Big Five de plus que Kovi et son groupe, en particulier l'insaisissable léopard. La famille avait un garçon, d'environ douze ans. Il était bavard et décrit en détail pour Kovi comment il avait repéré le léopard. Lorsqu'il eut terminé son récit, Kovi lui demanda ce qu'il devait faire pour repérer plus d'animaux. Le garçon répondit simplement qu'il fallait regarder. Cette réponse n'était pas utile au début, mais ensuite après une seconde pensée, le garçon avait raison. Un membre du groupe de Kovi, Henry, un bon ami de Kovi, avait le don de repérer les animaux et attirait l'attention de tout le monde quand personne d'autre n'avait rien remarqué. Dans certains cas, Henry s'était trompé. Le plus souvent, il avait raison parce qu'il regardait intensément.

Durant l'une de leurs incursions dans le parc, ils n'avaient vu que les impalas. Il semblait qu'ils faisaient de mauvais tours dans le parc, manquant ou arrivant aux endroits intéressants après des événements spectaculaires comme la chasse d'un impala par un rapide et gracieux guépard. Ils étaient sur le chemin de retour au chalet quand ils avaient repéré un groupe de lions. Beaucoup de voitures s'étaient réunies et les gens regardaient.

Après un moment, les lions avaient commencé à marcher le long de la route goudronnée, avec un cortège de voitures derrière eux. « Où vont les lions ? » Cela devait être la question dans l'esprit de tous. Ils étaient tous déterminés à le découvrir. Le lion, la lionne et tous les petits marchaient à pas paresseux et lents vers une destination non identifiée, insensible à ces humains qui prenaient leurs photos à des distances confortables de leurs véhicules.

Tout d'un coup, l'objectif des lions devint évident, quand ils interceptèrent un troupeau de buffles. Il semblait que les lions connaissaient le chemin des buffles pour aller étancher leur soif en fin de journée et les lions avaient planifié leur marche pour intercepter et tendre une embuscade aux buffles.

Le jeu du chat et de la souris qu'ils avaient vu à la télévision se déroulait en direct devant eux. Une grande détermination des deux côtés ! Les lions essayaient de séparer et d'isoler un aîné, un enfant, ou un buffle épuisé alors que les féroces et plus vigoureux buffles maintes et maintes fois chassaient les lions. Les prédateurs prenaient une pose et suivaient les proies à proximité, puis ils se regroupaient et recommençaient leurs attaques. Le jeu continuait pendant des heures jusqu'à ce qu'il commençât à faire sombre, le parc allait être fermé et Kovi et ses amis avaient besoin de sortir. Une chose fut évidente : les lions avaient de la patience, ils ne se souciaient pas du temps que ça allait prendre et ils allaient avoir leur repas. Un bel exemple de détermination et de patience !

Tôt le lendemain matin, ils faisaient une randonnée dans le parc avec l'un des gardes forestiers en tête du peloton. Il était bien armé d'un fusil et de couteaux. Il connaissait bien la flore et faisait des commentaires sur diverses plantes qu'ils voyaient, en soulignant celles qui étaient toxiques ou médicinales. Il faisait aussi des commentaires sur les traces laissées par les animaux lorsque les empreintes étaient visibles.

Ils s'étaient arrêtés quelque part et prirent le petit déjeuner dans la brousse pendant qu'ils fixaient la grande étendue de la végétation verte devant eux. Dans les sous-bois ou sur les feuilles, ils remarquèrent des mouvements d'animaux et d'oiseaux.

Comme ils continuaient à marcher, ils avaient commencé à deviner les animaux par l'examen de leurs excréments. Souvent, ils devinaient mal et le garde forestier expliquait quel animal avait laissé ces cacas. Ils croisèrent certaines fèces et le garde forestier leur demanda de deviner l'animal en se basant sur toutes les choses qu'il leur avait enseignées jusqu'à présent.

Ils firent tous les suppositions au hasard. Henry analysa les fèces comme suit :

« Remarquant comment la merde était dispersée lorsqu'elle avait touché le sol en provenance du cul de l'animal et étant donné l'étendue des excréments au sol, j'imagine que l'animal doit être très grand avec ses fesses hautes au-dessus de la terre. La girafe est un animal avec ce profil. Ça doit être une girafe. »

Le garde forestier était tellement impressionné qu'il demanda à Henry : « Quel genre de travail faites-vous ? » Henry répondit qu'il était physicien. Le monsieur secoua la tête, se retourna pour se diriger au groupe en disant :

« C'est incroyable. De toutes mes années en tant que garde forestier, personne n'a deviné cela correctement jusqu'à maintenant. Ces érudits physiciens ! »

Tôt le matin du jour suivant, Kovi et Henry sortirent du chalet pour une rapide randonnée dans la brousse. Le soleil se levait. L'air frais du matin était rafraîchissant. Ils marchaient à un rythme confortable et prêtaient attention aux oiseaux chantants. Ils s'arrêtèrent à chaque occasion de s'émerveiller devant la diversité de la flore avec beaucoup de belles fleurs. La rosée sur les feuilles attirait beaucoup de créatures.

Bientôt, ils étaient allés assez loin pour ne plus entendre le bruit des activités humaines au chalet. Ils pouvaient voir la rivière devant. Kovi était en train de prendre des photos lorsque Henry marcha brusquement à la berge. Tout d'un coup, ils étaient dans une course pour la survie. Un hippopotame en colère les chassait. Instinctivement, Kovi se cacha dans la brousse. L'hippopotame choisit sa cible et Henry rendit les choses faciles à l'hippopotame lorsqu'il courut sur la route non asphaltée qui longeait la rivière. Kovi pouvait voir la scène se dérouler et il n'arrêtait pas de penser :

« Mec, fais un tour dans la brousse où il pourrait être difficile pour l'hippopotame de maintenir de la vitesse. » Kovi se sentait hors de danger mais s'inquiétait pour Henry.

Kovi avait pris une photo quand ils avaient croisé l'animal. L'hippopotame et Henry étaient à environ cinquante-trois mètres l'un de l'autre, juste au moment où Kovi était allé se cacher dans la brousse. L'hippopotame était environ cinquante fois plus lourd et pouvait atteindre trente kilomètres heure en vitesse de pointe, mais pouvait maintenir cette vitesse seulement pendant quelques centaines de mètres ou moins. Avec l'hippopotame derrière lui, Henry devenait l'homme le plus rapide en vie.

« Cours mec ! Cours ! Comme une chauve-souris hors de l'enfer ! »

Mais Henry ne pouvait pas maintenir cette vitesse sur plus de deux cents mètres. Lors de la deuxième photo, Henry avait augmenté l'écart à environ quatre-vingts mètres. À ce point, tant l'hippopotame comme la proie étaient à leurs vitesses de croisières. La sécurité était encore à environ deux cents mètres de la balise d'une station forestière sur la route.

La scène bientôt évolua bien au-delà d'où Kovi se cachait et il ne pouvait pas voir comment ça s'était terminé. Il cherchait son téléphone cellulaire, mais il ne l'avait pas. Il ne l'avait pas pris avec lui. Kovi était inquiet pour Henry. Il ne cessait de se demander : « Est-il en sécurité ? » contre toute attente, il espérait que oui.

Kovi fut sauvé quelque temps plus tard par les gardes du parc. À son agréable surprise, il vit Henry avec eux et il était indemne. Henry était tout aussi inquiet et craignait qu'un hippopotame en colère eût dévoré Kovi. Il se plaignait du fait que Kovi n'avait pas couru avec lui sur la route. Il expliqua à Kovi que si tôt le matin, il était sûr que les gardes forestiers seraient en patrouille, que leurs chances de sécurité étaient de rester sur la route pour rejoindre la station du garde forestier.

Il s'était avéré que les rangers étaient venus pour sauver Henry. Ils avaient chassé l'hippopotame avec des balles en caoutchouc pour le sauver. Kovi insista que son ami eût pris une approche plus risquée et que comme lui il aurait dû disparaître dans la brousse pour échapper à l'hippopotame. Mais la colère n'avait pas duré longtemps et ils étaient heureux qu'ils aient eu une certaine excitation ce matin-là.

À ce jour, les deux hommes continuent de débattre l'événement de ce matin-là. Supposons que les rangers n'aient pas remarqué et ne soient pas allés au secours de Henry. Alors, voici les faits : Henry et l'hippopotame étaient à environ quatre-vingts mètres, tous deux à leur vitesse maximale. Mais ils ne pouvaient pas maintenir leur vitesse beaucoup plus longtemps avant d'être épuisés. La sécurité était encore à deux cents mètres à la station du garde forestier. Henry insistait qu'il aurait pu atteindre la station sans être rattrapé par l'animal mais Kovi n'était pas si sûr.

Par leur dernière matinée au chalet, ils avaient vu, à ce moment, quatre des cinq Big Five. Le léopard leur échappait encore. Ils quittèrent le chalet et traversèrent le parc sur le chemin du retour à la civilisation. Peut-être, ils auraient la chance de voir le léopard. En effet, ils avaient de la chance. Dans l'une des aires de repos, ils avaient reçu des informations de certaines personnes concernant l'endroit où un léopard avait été repéré. Ils rentrèrent dans la voiture et conduisirent sur les lieux tout de suite. Et là, il y avait un léopard et elle se reposait à l'ombre d'un arbre. Elle était la star, car beaucoup de voitures avaient convergé et les gens faisaient des enregistrements vidéo ou prenaient des photos de leur célébrité.

Ce safari était l'une des aventures mémorables de Kovi dans la nature. Après leur safari, Aisha retourna aux USA et Kovi se dirigea vers « l'Afrique au Nord » pour visiter André Simon Le Beau, le ministre de l'éducation de son pays. André Simon était un vieil ami de Kovi, celui qui lui avait appris à conduire une voiture à transmission manuelle lorsqu'ils faisaient leurs études supérieures.

Chapitre Dix-Neuf

Poignée de main ferme et virile

André Simon Le Beau était rentré dans son pays à la fin de ses études et plus tard il avait invité Kovi pour des visites. Au cours de sa première visite, Kovi avait été dans le pays pendant quelques jours et se déplaçait à l'aide une voiture de location lorsqu'un agent de la circulation l'arrêta. L'homme de loi s'approcha de sa voiture :

« Permis de conduire ? New York ! Votre passeport ?

— Je ne l'ai pas. Il est à l'hôtel.

— Vous êtes censé avoir votre passeport avec vous tout le temps.

— Désolé Monsieur. Je le fais normalement. J'étais pressé et j'ai oublié.

— Je tiens à vous donner une contravention.

— Pourquoi ?

— Pour ne pas vous être arrêter au stop.

— Ah ! Il s'agit d'un carrefour. Je suis arrivé en premier et j'ai ralenti.

— Mais vous ne vous êtes pas arrêté.

— Désolé Monsieur.

— Je tiens à vous donner une contravention.

— Vous pouvez juste me donner un avertissement.

— Quel genre d'avertissement ?

— Je ne suis pas sûr.

— Vous avez demandé un avertissement. Dites-moi quel genre d'avertissement vous voulez.

— Vous pourriez me dire de faire attention la prochaine fois.

— Ah ! Donc vous voulez un avertissement verbal. »

Il était parti un moment pour vérifier l'immatriculation du véhicule. À son retour, Kovi mit de l'argent dans sa main et il s'en rendit compte. Kovi lui dit :

« Et si vous me donniez l'avertissement d'une poignée de main ferme et virile ? »

Le policier rit et répondit : « C'est bon, vous pouvez y aller. Ne faites plus ça. »

Dans la soirée, André Simon rencontra Kovi à l'hôtel et l'emmena chez lui pour dîner avec sa famille. Pendant un moment, ils s'étaient assis dans la salle de séjour et suivaient les nouvelles du soir à la télévision. Excité, Kovi raconta ses précédentes interactions avec la police à André Simon qui devint mécontent du fait que Kovi ait tenté de soudoyer un agent de police. Il soutint que les gens comme Kovi, avec ce genre de comportement, induisaient et supportaient la corruption dans son pays.

« Tu sais bien que d'où tu viens, tu ne peux pas t'en tirer avec un tel acte méprisable. Pourtant, tu viens ici et n'hésites pas à le faire. »

Il criait en marchant devant le téléviseur. André Simon était un type décent, toujours sur le « bon côté » de chaque question. Kovi estimait qu'il allait rigoler de l'histoire, mais il l'avait mal pris. Il aimait profondément son pays, avec détermination à se débarrasser de la corruption à tous les niveaux de la société. Pour sa piètre défense, Kovi dit :

« Je suis d'accord que d'où je viens, je n'oserais pas faire pareille chose. Mais ici, cela semble être une pratique courante. »

Il était encore plus furieux :

« Simplement parce que d'autres personnes le font, ne signifie pas que tu dois le faire aussi. Je m'attendais à ce que tu saches mieux.

— Eh bien, je vais retourner là où l'agent de police m'a arrêté, le chercher et le supplier de me donner une contravention. Est-ce que cela te fera sentir mieux ? »

À ce moment-là, il fit un discours, disant que Kovi se moquait de ses commentaires et qu'il n'avait pas compris la question. Kovi l'écoutait attentivement et lorsqu'André Simon avait fini de parler, Kovi acquiesça et changea de sujet.

Quelques années plus tard, Kovi suivit avec fierté et respect, l'ascendance d'André Simon dans l'échelle politique.

« C'est le type de personne dont nous avons besoin en politique », pensait Kovi.

Il était très énergique et passionné pour aider les gens. Au dire de tous, il avait bien fait pour sa communauté et il avait occupé plusieurs postes jusqu'à l'échelon national. Un jour, à la surprise de Kovi, son ami fut inculpé d'allégations de corruption qui salirent complètement son image. Des accusations étaient portées contre lui. Il avait toujours clamé son innocence. André Simon comparut en cour, il fut élégant, éloquent, digne… et condamné. Il fut envoyé derrière les barreaux.

Un jour, lorsque les activités de recherche de Kovi le ramenèrent au pays d'André Simon, Kovi décida de lui rendre visite en prison. André Simon était heureux de voir Kovi, comme il lui donna « une poignée de main ferme et virile. » Plusieurs années derrière les barreaux avaient pesé sur lui. Il paraissait avoir beaucoup vieilli, avait l'air échevelé et semblait avoir perdu son charme avec les gens. Kovi l'écouta pendant un moment. Il insistait toujours sur son innocence et affirmait qu'un coup avait été monté contre lui. Il expliquait qu'ils avaient essayé de le corrompre beaucoup de fois, mais il avait refusé et sa chute était due au fait qu'il ne faisait pas comme les autres et par conséquent considéré comme une menace. Avec une certaine tristesse sur son visage, il regrettait de n'avoir pas pris les pots de vin, pour les mettre ensuite à l'usage du peuple.

« Souviens-tu de ma poignée de main ferme et virile ? » lui demanda Kovi.

Il secouait la tête et riait aux larmes. Mais, il était toujours fidèle à lui-même et insistait que Kovi n'aurait pas dû tenter de soudoyer un agent de police.

Quelques mois plus tard, il y eut une révolution et un changement de gouvernement et André Simon fut libéré de la prison. Il fut nommé ministre de l'éducation dans le nouveau gouvernement et il entreprit ensuite un long processus pour s'innocenter. Il avait insisté sur le fait qu'un organisme indépendant fût créé pour réexaminer son cas et toutes les chefs d'accusation contre lui et ensuite faire une recommandation à la cour de cassation du pays. Le processus prit du temps, mais il fut finalement innocenté de toutes les accusations.

En homme bon qu'il était, il pardonna à tous les gens qui avaient terni son image avec les allégations qui avaient causé sa chute et la prison. Il fut un véritable champion de la réconciliation et fit tous les efforts pour amener son pays à discuter et résoudre les problèmes de développements de l'éducation et de la recherche.

Il mit en place un comité international d'experts pour venir dans son pays et examiner l'état du système d'éducatif et proposer des recommandations pour son amélioration.

Kovi fut l'une des personnes invitées et il était heureux d'être impliqué dans la tâche. Le comité de révision avait fait quelques voyages au pays et chaque voyage avait duré deux semaines. Le comité fut également chargé d'analyser les priorités de recherche scientifique du pays et des collaborations avec la communauté internationale. À la fin de la révision, le comité publia une feuille de route qui devint la référence pour le ministère de l'éducation dans l'établissement des objectifs, des étapes et des évaluations des progrès en matière d'éducation et de la recherche.

André Simon Le Beau, le ministre de l'éducation, noua aussi des collaborations avec d'autres pays africains afin d'élaborer des approches pour s'attaquer à des problèmes communs en matière d'éducation. À travers les contacts pris avec les membres du comité de révision, André Simon avait visité beaucoup de grands laboratoires de recherche de par le monde pour développer des partenariats avec les instituts de recherche et de promouvoir l'amélioration de la recherche fondamentale dans son pays.

Lorsqu'il avait siégé au comité, Kovi eut l'occasion de rencontrer son ami, le ministre et de discuter de l'école africaine de physique : « ASP. » L'école avait été fondée pendant qu'André Simon était en prison et se concentrait sur l'enseignement supérieur en physique et applications. André Simon soutint que pour améliorer le pourcentage d'étudiants qui pourrait plus tard faire de la recherche scientifique et de développer une plate-forme d'éducation efficace pour l'avenir, il fallait améliorer l'enseignement scientifique dans les écoles secondaires. Au strict minimum, les élèves du secondaire devraient être motivés à s'intéresser aux disciplines scientifiques et aussi les enseignants du secondaire devraient être formés pour plus de méthodes efficaces d'enseignement scientifique.

Sur la recommandation du ministre, le programme de l'ASP fut étendu pour inclure un programme de sensibilisation des élèves de l'enseignement secondaire et d'un atelier pour les enseignants du secondaire. Le ministre engagea son pays pour parrainer l'école et encouragea ses autres collègues africains à faire de même. Souvent, il soutint que si chaque pays africain contribuait de cinq mille dollars américains tous les deux ans pour le budget de l'école, l'ASP pourrait être entièrement pris en charge par les pays africains.

« Et deux mille cinq cents dollars chaque année est un chiffre négligeable dans le budget du même le moins développé des pays africains », calcula-t-il.

Le ministre fit beaucoup d'efforts pour porter l'ASP à l'attention des autres chefs d'État africains, pour revoir les objectifs de l'ASP et élaborer des mécanismes pour maintenir l'école de façon durable.

Kovi fut heureux de faire partie du comité d'organisation de l'ASP et ce faisant, d'apporter sa contribution au développement scientifique de son pays d'origine et de l'Afrique, en général.

Chapitre Vingt
Fuite des cerveaux

Un jour, Kovi reçut une invitation à présenter un rapport sur l'ASP à une grande conférence et il était heureux de constater que l'organisation de l'ASP attirait une attention internationale.

La conférence avait commencé et la salle était pleine de monde. De nombreuses présentations et discussions étaient en cours. Il faisait chaud dans la salle et Kovi avait besoin de prendre l'air. Kovi sortit et rencontra un type qui était légèrement vêtu et grelottant dans le froid, mais heureux de fumer une cigarette. Kovi le regarda, incapable de comprendre l'insatiable envie d'aller dans le froid, habillé de façon inappropriée, pour fumer. L'homme semblait tirer une grande satisfaction et plaisir à chaque inhalation de fumée. C'était évident par la façon élégante dont il tenait la cigarette entre l'index et le majeur, la contraction de ses joues alors qu'il inhalait et le visage pointu avec les lèvres quelque peu arrondies en projetant la fumée dans un jet de particules suspendues pour un certain temps dans l'air froid avant qu'il ne fût dissipé.

Quand l'homme remarqua que Kovi le regardait, il lui offrit une cigarette. Kovi refusa, mais l'offre les mit à l'aise et les deux hommes engagèrent la conversation après s'être présentés. Edward était son nom.

Edward était particulièrement intéressé par le pays de Kovi. Kovi expliqua qu'il était d'un institut aux États-Unis mais Edward répondit qu'il savait déjà ça, depuis qu'il avait vu son badge et qu'il était plus intéressé par son pays d'origine. Il continua expliquant à Kovi qu'il était des USA, était né et avait grandi là-bas, mais ses parents avaient émigré de l'Est. En réponse, Kovi répondit qu'il était aussi des USA mais Edward semblait agacé :

« Mais vous êtes originaire d'où ? » insista Edward.

Alors, Kovi expliqua qu'il était originaire de l'Afrique, Afrique de l'Ouest, mais il ne dit pas le nom de son pays d'origine. Edward connaissait le Ghana et le Nigéria et à la surprise de Kovi, il déclara correctement que c'étaient des pays d'Afrique de l'Ouest. Quand il apprit que le pays d'origine de Kovi était quelque part entre les deux, Edward devina que c'était peut-être cet étroit and mince pays qui saillit de la côte vers l'intérieur.

« Je ne connais pas le nom de ce pays, dit Edward.

— Veuillez deviner.

— Est-ce que votre pays a changé de nom récemment ?

— Non. Le nom n'a pas changé depuis l'indépendance !

— Intéressant. Les pays là-bas changent de nom tout le temps au point qu'on ne sait pas leurs noms actuels.

— Eh bien, Edward, cela ne s'applique pas à tous les pays africains et je suis sûr que vous le savez.

— Vous êtes venu de là et vous faites de la recherche en physique des particules ?

— Ouais.

— Est-ce qu'ils font de la recherche en physique des particules dans votre pays ? »

Edward ne devina jamais le nom du pays. Pour répondre à sa question, Kovi dit qu'en ce moment, il n'y avait pas ce domaine de recherche développé en des efforts sérieux et concertés dans le pays.

« Vous êtes la première personne, de ce pays minuscule, que je rencontre. Faisant de la physique des particules ! Comment en êtes-vous venu là, par les États-Unis, à cette conférence en Russie ? »

Kovi sourit car ce n'était pas la première fois qu'il avait entendu de telles questions ou commentaires. Edward semblait sincère et chaleureux, mais naïf. Kovi lui demanda s'il avait honnêtement le temps d'écouter son histoire. Edward lui répondit et dit qu'avec plus de cigarettes — il en avait assez — il était vivement désireux de l'écouter. « Dites-moi tout », ajouta-t-il. Ainsi ils allèrent s'asseoir confortablement dans une salle fumeurs dans le coin.

Kovi commença à raconter son histoire avec excitation teintée de déception et de tristesse sur son visage et dans sa voix. L'humeur devint de plus en plus sérieuse dans la salle alors qu'Edward écoutait attentivement.

Kovi n'avait jamais échoué, donc il n'avait jamais redoublé une classe de la première année de l'école primaire jusqu'à la License. Dans le système d'éducation dans son pays à l'époque, quand un élève échoue à l'examen final, l'élève doit répéter la classe jusqu'à ce qu'il ou elle réussisse pour progresser à la classe suivante. Il était normal de voir les élèves qui ont échoué plusieurs fois et étaient donc trop vieux pour les classes dans lesquelles ils étaient.

Au début du lycée, les élèves devaient choisir et déclarer leur préférence entre mathématiques et physique, sciences naturelles, comme la biologie, ou la littérature et la philosophie, etc. Tous les élèves étaient tenus de prendre tous les sujets d'examens, mais à divers degrés de complexité et de profondeur, selon les filières. Les difficultés des problèmes d'examens et les coefficients dépendaient aussi des filières. Si vous étiez en filière de mathématiques et de physique et que vous n'aviez pas bien travaillé dans ces matières, parce qu'elles étaient fortement pondérées pour vous, il était fort probable que vous n'alliez pas réussir même si vous aviez bien fait dans toutes les autres matières. Lorsque vous réussissiez aux examens écrits, vous passiez les examens oraux où vous étiez sujets à l'interrogatoire direct des professeurs inconnus et c'était la moyenne pondérée et combinée des notes aux examens écrits et oraux qui déterminait le seuil de passage. Certains des meilleurs élèves ne pouvaient pas gérer le stress et la tension qui s'accumulait durant les jours des examens et ils échouaient.

Il y avait des démons et des pièges dans les examens écrits. Par exemple, les problèmes de physique pouvaient être une collection d'histoires courtes où la réponse à un problème était une variable dont dépendait la solution au problème suivant. Une simple erreur au début pouvait alors se propager partout. L'élève était alors à la merci de l'examinateur qui avait des centaines de réponses à noter dans un laps de temps pour constater que l'élève avait le bon raisonnement logique mais avait seulement fait une erreur numérique mineure au début, erreur qui s'était propagée aux solutions des problèmes suivants.

Dans les sciences dures, les réponses aux problèmes des examens avaient tendance à être exactes et objectivement uniques. On pouvait donc atteindre une note parfaite. Dans d'autres matières telles que la philosophie ou la littérature où l'on pouvait être appelé à commenter ou débattre d'un extrait d'un célèbre écrivain, la réponse n'était jamais claire. On croyait qu'on ne pourrait jamais atteindre la note parfaite, parce qu'il y avait peut-être quelque part quelqu'un qui pourrait argumenter mieux et étayer son argument sous une forme écrite plus élégante. Par conséquent, les notes dépendaient des opinions subjectives des examinateurs.

À l'époque, avec une seule université dans le pays qui avait une capacité limitée, les examens du baccalauréat semblaient être conçus, d'une certaine manière, pour éliminer un grand nombre d'élèves, qui devaient converger de différentes régions du pays à des endroits désignés pour passer les examens pendant plusieurs jours.

Lorsque Kovi était entré à l'université, son père, Papa Kodjo, voulait que son fils fasse médecine. Il s'agissait d'un domaine prestigieux qui nécessitait plusieurs années de préparation intense, suivies par plus d'années de spécialisation. À la fin de toutes ces études, le titre de Docteur conférait beaucoup de respect et un signe de grande intelligence et le fait d'aider les gens à guérir générait beaucoup de satisfaction personnelle et d'épanouissement. Mais Kovi décida, au contraire, de poursuivre un domaine qui pourrait garantir un emploi après moins d'années à l'université. Ainsi, il continua dans la physique. C'était une décision qu'il regretta plus tard, puisque l'enseignement de la physique, aussi, demande des années pour atteindre le doctorat, puis plus d'années d'études postdoctorales, suivies par des exigences perpétuelles et implacables de se prouver professionnellement dans un environnement toujours concurrentiel.

Kovi avait été parmi les rares étudiants qui s'étaient spécialisés en mathématiques et physique à l'université. Au cours de la première année, ce groupe était d'environ trente étudiants, mais cela se réduisait de façon dramatique à environ huit étudiants à la troisième année. La progression vers les niveaux académiques supérieurs était sujette à la réussite aux examens de fin d'année. À l'époque, les examens de fin d'année avaient lieu en juin et ceux qui échouaient avaient la possibilité de repasser les examens en septembre. En cas d'échecs aux examens de juin et septembre, on n'était autorisé à répéter le même niveau l'année suivante qu'une seule fois. Deux échecs au même niveau dans les deux années consécutives entraînaient une expulsion automatique du programme. C'était un programme rude et impitoyable qui sans aucun échec demandait trois ans pour finir.

Kovi était parmi les rares qui avaient terminé le programme dans le strict minimum de trois ans. Il avait réussi chaque année universitaire, premier de la classe pendant les examens de juin. Ceux qui avaient échoué deux fois au cours de la première année n'étaient pas autorisés à continuer et ceux qui avaient atteint la deuxième ou troisième année et échoué deux fois à ce niveau étaient aussi expulsés. On pouvait prendre jusqu'à cinq ou six ans dans le programme et ne pas finir, auquel cas, on devait alors faire face à la difficile décision de commencer un nouveau programme à zéro, ou de mettre un terme à ses études universitaires.

Un plus grand nombre d'étudiants optaient pour d'autres programmes qui étaient tout aussi difficiles à accomplir et seulement une fraction des étudiants universitaires réussissait à terminer leurs programmes avec succès.

Les programmes de mathématiques et de physique étaient conçus et dispensés par des professeurs français et locaux et les examens comptaient des problèmes théoriques et pratiques où les étudiants étaient tenus, en un laps de temps donné, de mener à bien des expériences de chimie ou de physique et/ou des démonstrations. C'étaient des moments d'intense pression qui pouvait ébranler même les meilleurs étudiants.

Lorsque Kovi avait obtenu le diplôme de Licence, il avait été confronté à un autre problème : il n'y avait pas de possibilité de poursuivre l'enseignement supérieur en physique à la seule université du pays. On devait aller à l'étranger pour la maîtrise ou le doctorat en physique. Aller à l'étranger nécessitait une bourse et obtenir une bourse signifiait être bien connecté à la classe politique. Certains étudiants qui ne pouvaient pas trouver de bourses pour aller à l'étranger étaient devenus enseignants de physique dans des villages isolés et ils n'étaient pas bien payés.

Kovi était bon, jeune, naïf et sans réseau. Beaucoup de ses collègues avaient des bourses en attente et débarquaient en France, Allemagne, Russie et Chine quelques jours après la proclamation des résultats.

Papa Kodjo aidait Kovi et payait ses frais et fournitures universitaires ; il dépensait plus de la moitié de son salaire mensuel pour Kovi seul et moins de la moitié pour le reste de la famille de sept enfants et deux adultes.

Kovi, en dépit de ses succès scolaires, n'avait même pas obtenu la bourse nationale pour couvrir ses dépenses locales. Papa Kodjo croyait tellement en son fils qu'il était prêt à faire le sacrifice. Mais dans la dernière année, les dépenses étaient devenues trop pour Papa Kodjo et il informa son fils qu'il n'était plus en mesure de porter la charge de ses études. Il fut annoncé sur la radio nationale que Kovi avait reçu la bourse nationale pour la dernière année universitaire. À ce jour, personne ne sait comment cela s'était produit. Le Seigneur travaille de façon mystérieuse !

Lorsque Kovi obtint sa Licence, il n'avait pas de bourse pour continuer l'enseignement supérieur à l'étranger. Kovi prit un poste d'enseignant dans un lycée privé où le proviseur était aussi le ministre de l'éducation.

La bénédiction du Seigneur brilla une fois de plus sur lui. Au cours de sa première année en tant qu'enseignant de physique du secondaire, le chef du département de physique de l'université encouragea le ministre de l'éducation à « trouver une bourse pour ce jeune homme. » Ces hommes étaient bons, que le Seigneur les bénisse ! La bourse que le ministre offrit était un programme d'échange d'étudiants. Kovi dut signer un accord qu'il devait retourner dans son pays d'origine pour un minimum de deux ans après son diplôme de maîtrise aux États-Unis et son pays l'emploierait à son retour. Donc, voilà comment Kovi avait commencé son voyage vers les États-Unis au lieu de la France.

Edward, un gros fumeur, s'arrêta et dit :

« Wow ! Quelle histoire. C'était un bon programme. C'était manifestement construit pour réduire la fuite des cerveaux. Mais il semble que vous n'êtes pas retourné après la maîtrise. Qu'est-ce qui s'est passé ? Dites-moi plus. »

Donc Kovi arriva à New York un samedi du mois d'août et poursuivit son voyage vers le Midwest où il avait pris des cours intensifs d'anglais pendant trois mois avant de commencer le programme de maîtrise. Il avait fait une thèse de maîtrise sur les cellules solaires photovoltaïques comme une source bon marché de l'électricité pour l'Afrique.

Deux ans plus tard à la fin de la maîtrise, il devait retourner pour remplir « les conditions de deux ans de résidence dans le pays d'origine » en fonction de l'accord qu'il avait signé avant de se rendre en Amérique. Mais il voulait faire le doctorat avant de rentrer, alors il demanda à l'agence qui administrait la bourse la permission de continuer avec le doctorat. Il fut informé que sa bourse était pour deux ans, que pour continuer plus loin, il devait trouver ses propres sources financières et montrer qu'il pourrait couvrir le doctorat. Kovi postula à plusieurs universités et obtint des postes de maître assistant et des bourses et donc fut autorisé à faire le doctorat, mais « les conditions de deux ans de résidence dans le pays d'origine » s'appliqueraient toujours à la fin du doctorat.

C'était durant le programme de doctorat que Kovi avait connu de dures concurrences de la part des camarades étudiants américains, chinois, indiens bien compétents. C'était alors que Kovi venait à apprécier l'éducation dans son pays d'origine, qui, bien qu'il ne fût pas doté d'une infrastructure d'apprentissage sophistiquée, l'avait néanmoins préparé à être compétitif parmi ses pairs à l'échelle internationale.

Au cours du programme de doctorat, Kovi changea son domaine en physique nucléaire et des particules pour des raisons qui n'étaient pas claires. Il avait été envoyé en Suisse pour recueillir et analyser des données nécessaires pour sa thèse de doctorat. Après le doctorat, il voulait faire des études postdoctorales. La permission lui avait été accordée pour cela mais « les conditions de deux ans de résidence dans le pays d'origine » s'appliqueraient toujours à la fin. Il avait signé un accord pour retourner à son pays pour une période deux ans après ses études en Amérique et il ne pouvait pas rompre cet accord même si sa situation personnelle avait changé. Il avait quitté son pays depuis longtemps et il soutenait qu'il n'y avait aucun système de soutien pour faire de la physique nucléaire et des particules dans son pays. Alors il avait essayé d'obtenir une annulation de l'accord. Il obtint une lettre qui affirmait qu'il n'était pas forcément nécessaire qu'il revînt dans son pays et qu'il était libre d'aller poursuivre sa vie ailleurs, comme il le désirait. Cette lettre n'était pas suffisante pour renoncer à l'accord.

Au cours de ses études postdoctorales, Kovi se fiança avec une citoyenne américaine et avait commencé à se sentir à l'aise en faisant sa vie en Amérique et en Europe. Il avait pensé à jouer la carte : « Je suis fiancé avec une citoyenne américaine et nous souhaitons fonder une famille ici, en Amérique » mais cela ne suffisait toujours pas. On lui avait dit que, même s'il s'était marié à une citoyenne américaine et son épouse avait un bébé cela ne supprimerait pas ses obligations. L'accord avait été mis en œuvre pour qu'une main d'œuvre formée et qualifiée, aille aider son pays. Il avait signé l'accord et bénéficié d'une bourse en vertu de cet accord, par conséquent, il devait s'acquitter de ses engagements. Sa future épouse demanda l'aide des amis, membres de famille, membres du Congrès, sénateurs et avocats de l'immigration hautement qualifiés, en vain. Comme ses études postdoctorales touchaient à leur fin, son visa expirait sans possibilité de renouvellement supplémentaire. Ce fut alors que Kovi quitta l'Amérique pour aller en Afrique du Sud avec un visa à long terme basé sur ses compétences exceptionnelles.

En fin de compte, Kovi remplit « les conditions de deux ans de résidence dans le pays d'origine », retourna aux USA avec une carte verte et plus tard, il devint citoyen américain. Il obtint un passeport américain et monta à bord d'un vol le même jour pour aller dans un pays étranger pour faire de la recherche en physique. Avec le temps, il acheta une maison, vécut à proximité de la vieille dame de Oak Street et devint un homme qui murmurait aux plantes.

Edward arrêta de fumer pendant un moment et dit :

« Wow ! Mais vous êtes un exemple typique de la fuite des cerveaux. Envoyé dans un pays industrialisé pour des études supérieures, pour ne plus jamais retourner dans son pays d'origine. Très compétent et faisant des recherches qui ne bénéficient pas à votre pays ! Vous retournez dans votre pays ? Faites-vous quelque chose là-bas ? »

Kovi expliqua à Edward que, ensemble avec les collègues intéressés, il avait créé une école en Afrique, une école biennale de physique et applications — ASP. C'était sa façon de contribuer au développement de son pays d'origine et de l'Afrique.

ASP tournait tous les deux ans dans différents pays africains. La durée de l'ASP était de trois semaines et de soixante à quatre-vingts étudiants de toute l'Afrique étaient sélectionnés parmi plus de quatre cents demandes dans chaque édition de l'école. Les étudiants sélectionnés avaient un minimum de trois années d'études universitaires en physique, en mathématiques, en informatique ou en ingénierie. Des scientifiques du monde entier étaient invités à donner des cours dans cette école. Le programme de l'ASP avait ensuite été élargi avec l'ajout d'un atelier pour les enseignants du secondaire et un programme de sensibilisation dans les écoles secondaires dans le pays d'accueil. ASP créait un cadre de réseau scientifique pour aider les étudiants africains à poursuivre des études supérieures et conserver une fraction maximale de ces étudiants au sein de l'Afrique et ainsi réduire la fuite des cerveaux.

Le plus gros problème avait été d'obtenir les fonds nécessaires pour les éditions actuelles et futures de l'école. Kovi demanda à Edward s'il connaissait des sources de financement qui pourrait aider et l'invita à enseigner à l'école, à condition qu'il ne fume pas, ni à l'intérieur, ni à l'extérieur de la salle. Edward devint membre actif de l'organisation de l'ASP.

Aujourd'hui, au cours de chaque édition de l'école, Edward aide avec le financement, la conception du programme scientifique et la sélection des étudiants. Il est devenu un enseignant régulier à l'ASP et il continue à encadrer de nombreux étudiants. Edward est toujours à la recherche de quelques bons étudiants qu'il aide avec diligence à poursuivre des études supérieures dans son université, à condition que les étudiants signent un accord pour « les conditions de deux ans de résidence dans le pays d'origine. »

Biographie

Dr Kétévi Adiklè Assamagan est un chercheur en physique nucléaire et des particules. Il a fait une licence en physique et en chimie à l'Université de Lomé au Togo, puis il est parti aux États-Unis pour poursuivre sa maîtrise et son doctorat en physique à l'Université Ball State et à l'Université de Virginia respectivement.

Par la suite, Dr Assamagan a fait des études postdoctorales à l'Université de Hampton. Depuis 1998, il travaille sur l'expérience ATLAS. Il est membre de la Collaboration ATLAS qui a découvert la particule connue sous le nom du boson de Higgs. Dr Assamagan est un des membres fondateurs de l'école africaine de la physique fondamentale et des applications (www.africanshoolofphysics.org).

Ses domaines de recherches actuels se concentrent sur la matière noire et la physique au-delà du modèle standard de la physique des particules. Il est membre de la Société Nationale des Physiciens Noirs (NSBP), de l'Association Américaine pour l'Avancement de la Science (AAAS) et de la Société Américaine de Physique (APS). Il peut être joint par courriel à Keteviassamagan@gmail.com.